風雲時代

幻獸志異
4 潛龍之力
龍人 策劃　雨魔◎著

如同**魔獸世界**一般，馭獸齋擁有許多不同寵獸的角色，有的凶猛殘暴，有的純真可愛，有的忠心護主，有的見利忘友。擁有不同功能的寵獸，就像量身打造的個性裝備，寵獸們將與主人共同冒險犯難、打擊罪惡，探索未知的世界。

故事背景

三十世紀，地球上所有的國家和民族都統一在聯邦政府的大旗下，
幾個世紀後，人類成功在地球以外的方舟、夢幻、后羿三個星球定居下來。
由於地球經過三十個世紀的開採，資源遠遠少於其他三個星球，
聯邦政府也移居到后羿星。
人類對外界物質的研究彷彿到了盡頭，轉而致力於開發人類自身的潛能。
人類的身體非常脆弱，
雖然通過一些古老的功夫修煉，來達到強身的目的，但是並非每一個人都適合修煉，
要想達到一定的程度，動輒就是幾十年，實在是太久遠了。
於是，科學家們想利用一種簡單有效的方法，來取代按部就班的修煉，
幾十年過去了，終於讓他們研究出來利用其他生物來彌補自身缺陷的不足，
而且瞬間合體後DNA的組合，可以讓人類擁有該生物所獨有的本領，強化肉體。
在以後的幾個世紀裏，培養寵獸蔚然成風，
不只是聯邦政府每年投資大量資金在該研究上，

四大星球的各大財團也每年投入大量的人力物力，
就連有興趣的個人也會在家弄個實驗室來研究。
身體素質的提高將能更好的和寵獸合體，發揮出更強的實力，
因此武術武道武館再一次的興起。
然而好景不常，自身本領的極大提高，使人類的好勝心再一次顯現，
聯邦政府在巨大的衝擊下宣佈垮台，四大星球各自獨立分為四個星球聯邦政府。
據傳說，聯邦政府在垮台前，把每年研究寵獸的失敗品封鎖到一個秘密的地方，
而更在垮台後，將尚未成功的高等獸的實驗品統統封鎖在那個秘密地方，
後世之人將這個秘密的地方稱為——力量之源。
據說，只要能夠達到那裏，你就掌握了全世界，
因為只要從這裏隨便得到一隻高等獸，你就可以縱橫四大星球，唯你獨尊了。
聯邦政府有鑒於高等獸和人類合體後所發揮出來的駭人力量，
在垮台前將所有關於寵獸的寶貴資料付之一炬，
從而直接導致人類在這方面的研究倒退到最原始的地步，研究也停滯不前。
在大戰中倖存下來為數不多的幾隻七級護體獸，也就成了現今人類所知的最高級寵獸。
而威力強大的神獸，只有在夢中尋找，主人公的傳奇也就在夢中開始了……

四大星球

地球：人類的母星，是人類最早居住的地方。雖然地球的經濟與政治地位均低於其他星球，但是總有一些擁有強大力量的修煉武道之人隱於地球。更何況，地球有兩座聞名四大星球的高級武道學府：北斗武道、紫城書院，武道人才充沛促使地球可與其他星球分庭抗禮。

后羿星：地球外最先被發現適合人居的星球，地質地貌與地球無二，同樣是個蔚藍的星球。由於聯邦政府將總部從地球移到后羿星，后羿星一躍成為四大星球的政治中心，並發展迅速。

四大星球中最有名的崑崙武道就在后羿星。而四大星球首屈一指的產藥集團「洗武堂」也設有頗具一定規模的附屬學校，培養了大量的醫藥人才。

夢幻星：夢幻星地勢平坦，多平原、丘陵，物產豐富，能源充沛，為各財團所看重，經過數十年的治理，很快成為四大星球經濟最發達的。此時習武成風，冷兵器與熱兵器同樣重要，夢幻星的「煉器坊」便是以此聞名，煉器坊的附屬學校每年為各個星球輸送了大量冷熱兵器方面的人才。

方舟星：最後一個被發現的星球，有著大面積的海洋湖泊，是一個以水為主的星球，少陸地。但是資源豐富，經濟發達。由於開發得不夠，這個星球比其他星球都充斥著未知的秘密和危險。

寵獸等級

寵獸分為一到九級，而每一級又分為上、中、下三品。

一到三級稱之為寵獸，較為常見，寵獸店能夠輕易地買到，但攻擊力不強，主要用來作一些輔助的用途，又被人稱之為奴隸獸。

四級到七級稱之為護體獸，四級和五級的護體獸較常見，寵獸店的搶手貨，不過越是高級的寵獸越脆弱，在未長大之前很容易死亡，四級以上的護體獸能夠大幅度增強主人的攻擊力，級別越高增強的幅度越大。

六級的護體獸就比較罕見了，千金難求，在寵獸店也很難見到，但仍可以在某些大型寵獸店買到，一般六級護體獸都會作為一個寵獸店的鎮店之寶。

七級的護體獸非常罕見，可以說是無價之寶，從百年前到現在四大星系數百億的人口中，據說能擁有七級護體獸的不超過十個，而在上個世紀大戰中倖存下來為數不多的七級護體獸，也不知散落在四大星球的哪個角落裏。

七級以上的稱之為神獸，力量之強大無與倫比，合體後力量更是非人力所能達，這種超強的力量一直為人所津津樂道，也因此有人把七級以上的神獸稱為高等獸，而七級以下的稱為低等獸。

七級獸處在中間，關係就比較曖昧，七級獸是最有可能升級躋身到神獸行列的寵獸。

但是由於到現在還沒有七級以上神獸出世的傳說，所以擁有一隻七級護體獸就成為了天下習武之人的夢想！

聯邦政府在毀滅前將所有資料付之一炬，仍有流落在民間的寶貴資料被保存下來，一些有心人在暗中默默地繼續研究。

那些在大戰中逃散的各級寵獸，有很多沒有被戰後的人類捕捉到，就和普通獸類在另一個世界中悄悄衍生自己的後代，也因此，人類世界不再寂寞，更有千奇百怪的獸類充斥在星球中人類痕跡不及的地方。

馭獸齋傳說

卷四 愛獸無悔

CONTENTS 目錄

第一章 魔羅真面目

月師姐的兩天陪練，已經讓我摸清了她出招的習慣，當下，不避不退，手中一揚，「盤龍棍」已經橫握在手，如同先前練習時一樣，瞅準她的變化間隙，「盤龍棍」帶著我強大的修爲如出海蛟龍，夾雜著排山倒海的氣勢，瞬間將月師姐掩蓋。

月師姐刹那間木劍被絞得粉碎，如呆頭鵝般望著手中的碎木屑不發一言，她實在沒想到，自己最引以爲傲的明月殺法，雖然沒有施出全力，卻也不應該敗得如此慘啊！

我笑嘻嘻地來到她身邊，悠然道：「月師姐，不要這麼灰心喪氣嘛，讓我給你分析一下，你會敗得這麼慘的原因！」

「其實我能夠勝你的原因有三個，第一，這兩天的練習，讓我瞭解了你的出招習慣；第二，你用的是普通木棍，我用的卻是上古的神兵；第三，你既然熟練掌握這樣精絕的劍招，一定對其他的劍招也頗有研究，我相信世上很難再有強過此招的劍招了，所以我改用棍，打了你個措手不及。所以你才敗得這麼快！」

突然，月師姐陡然跳將起來，掐著我的脖子道：「原來你這麼狡猾的，快賠我的木劍！不然和你沒完。」

我見她故意裝作惡狠狠的樣子，知道她的心結打開了。

我道：「賠，賠，一定賠，小弟一定賠給你的，就不要再掐著小弟的脖子了，再掐就斷氣了。」

月師姐繃著臉鬆開手，目無表情地看著我。

我取出一截僅次於神鐵木的鐵木，拿著神劍削起來，有了以前的經驗，很快一柄別致的小木劍就刻了出來。

我笑著將木劍送到她手中，道：「謝謝月師姐對小弟的厚愛，小弟沒有別的，就拿這柄木劍送給師姐，權當是小弟的謝禮了。」

月師姐哼了聲，接過木劍，摸了兩下，忽然道：「這好像不是普通凡木所造啊，有點像鐵木，卻比一般鐵木更加堅韌。」

我道：「師姐好眼力，這正是鐵木，所不同的是，這個是千年鐵樹上的鐵木，而且此鐵木曾有鳳凰棲息孵化，故比其他鐵木要好上許多。」

月師姐瞥了我一眼道：「別以爲拿了段破木頭，師姐就會原諒你，你要是不漂漂亮亮的勝了今晚的那三個老頭，就別想我原諒你。」

我笑道：「師姐，你就放心吧，我對自己充滿信心，就憑剛才的三大秘訣，照樣可以殺得那三個老頭措手不及。」

月師姐道：「有信心就好，但也不要太大意了，要真是他們三個中的一個，你可千萬不要逞強，他們年老成精，明月殺法也早練得爐火純青了，再加上他們百多年的修爲，突然增加幾倍，可不是你能夠敵的，千萬小心安全。」

我謝道：「謝謝師姐關心，這些我也已經想到了，萬一不行我就認輸好了，沒什麼大不了的。但是共同除魔的計畫，就要全靠月師姐您了！」

月師姐道：「這個你就放心吧，我也早準備對付那個怪物了，只是三個老頭說些什麼只要不危及到我們白家，他們就不會出手！真是氣死人！」

我歎道：「這三人任何一人出手也可輕易除去那魔羅啊！可惜了。」

我歎可惜，是歎這三位老人實在太頑固，保守著祖宗的信條，永遠不知道變通，等到后羿星變成鬼蜮，誰又能獨善其身！

這三位長老任何一位的修爲都與魔羅不相上下，即便魔羅能強過他們一星半點，只要他們施展出明月殺法，雖然增長功力的時間有限，但是已經能將措手不及的魔羅斬殺！

等到了地點，原本我以爲只有我們幾個人而已，沒想到，卻有百多人已經在恭候今晚的主角——我！巨大的習武廳燈火輝煌如同白晝。

三位德高望重的長老見月師姐陪著我施施然走來，其中一位長老道：「今晚的測試馬上開始！」

我倆走到他們三人面前，我恭敬的向三人施了個禮，月師姐像是沒看著三人般，站在我身邊一動不動，三位長老哼了一聲，怪月師姐無禮，但是想到她才是真正聖者的繼承人，將來會成爲白家的大家長，爲了自己未來著想，卻也不敢拿她怎麼樣。

一位長老道：「依天，你準備好了沒有？只要撐過這招，你就是我崑崙武道的弟子，是校長的親傳弟子，如果接不住，就請自便。」

我微微一笑道：「多謝長老囑託，依天記在心中了，不知道是哪位長老要下場賜教依天？」

中間那位長老道：「你一小娃子，用不著我們幾個老人出場，和你過招的是我們三人親傳的徒弟，白天，你過來和依天認識一下。」

我呵呵笑道：「好啊，那讓我見見您三人的高徒。」

月師姐在我身邊道：「這下包準沒問題，白天是這三個老頑固的徒弟，一樣是個死心眼，修爲比師姐稍微強一點。」

在我右手邊一個沉重的聲音應了一聲，向我們走了過來，來人年約三十多歲，一臉方正，眼如鷹隼不苟言笑，龍形虎步裏暗合一種內外兼修氣勢凌人的超然法度。

在我打量他時，對方也在打量我，眼眸若一潭清水平靜無瑕，我心中暗自警惕，此人端的不可小覷，修爲高強，而且天生就是無比冷靜的人，這樣的人最難對付。

白天走近我們，雙手合什，向三位長老行禮道：「三位師父好。」

中間的長老看了他一眼，徐徐道：「他就是你今晚的對手，爲師讓你不得留手，全力施展明月殺法，生死各安天命。」

白天應了一聲，向我望過來，淡淡道：「你好，我是白天，我會遵照師父的命令，全力施爲，希望依天兄不會令我失望。」

我也淡淡地道：「令師說了，各安天命，爲了自己的小命著想，我就算是想留手，恐怕也不能了。」

月師姐走過來拍拍他的肩膀，道：「小天，看師姐的面子，等一會施展明月殺法的時候稍微留點後手，大家都是師兄弟，何必弄得跟仇敵似的呢，對不對，聽師姐的。」

白天向月師姐一禮道：「師姐說的甚是，但是白天要遵守師尊的命令。」

月師姐睜大眼睛，氣道：「跟你師父一樣，都是死心眼，等一會兒被小師弟打敗了，可別哭啊！」

中間的那位長老又道：「依天，按照我們的約定，只要你能撐得了一招明月殺法，就是我崑崙武道的一員，你可記清楚。」

我瞥了他一眼，呵呵朗笑道：「一招？明月殺法化身萬千，何來一招之說，一招即百招，百招即一招，不過我一定會贏的！」

三位長老被我說得臉上一陣紅一陣白，狠狠地瞪了白月一眼，心中暗罵，死丫頭把明月殺法的秘密私自告訴一個外人。

當下，我和白天兩人同時走向比武場地，我在心中已下了決定，等下一上場，我就全力施出全身解數，力求在數招之內令他敗北，拖長了對我實在不利，我已經決定動用七小的力量，一般來說，我是不願動用牠們的力量，我體內的四股力量只有最弱的那股是我自己修煉出來的，只有自己修煉出來的壓過其他幾種，才能更好地駕馭牠們。

可是動用七小的力量，狼之力和龍之力都會因爲某些原因而增長，所以迫不得已我是不願動用七小的力量的。

我倆互相一拜，我道：「師兄請。」白天道：「你先請。」我也不客氣，搶先縱身躍起，十幾米的距離，轉瞬間抵達，我高聲喝道：「師兄，我不客氣了，看我這招毒龍擺尾。」身體高速旋轉起來。

白天哪料到我會這麼無賴，說動手就動手，瞬間被我打得只有招架之功，我一連踢出十幾腿，白天連連後退。

也許他感到臉上無光，剛開始就被壓在下風落在劣勢，猛的一聲怒喝，一手化劍，另一手倏地拍出一掌，我在空中三百六十度反轉，借他這一掌，怪叫一聲，驀地向後退去。

本來他想一掌暫時阻擋一下我的攻勢，讓他有機會從容施展劍指，打出明月殺法，攻勢便可連綿不斷，不勝不休。卻沒想到我的突然後退，把他的後手全部打亂。

情形很明顯，主動權在我手中，我要打便打，要退便退，誰能奈我何，和我比實戰經驗，我比他多太多了。

我哈哈笑道：「過癮！玩劍？好，我就陪你玩劍！」

白天見我退走，爲防不備，已然拿出他的趁手兵器，一把冷森森的劍，劍扁平而寬，如一泓秋水，一看便知道不是一把普通的凡劍，不過要和我的神劍相比，那又差多了。

我若天邊閃過的流星，身體攪動著氣流又向他投來，在空中猛的喝道：「合體！」神劍現身於空中，毫芒大漲，瑩黃的光芒四射。一頭威猛的巨熊從光中走出，由遠逐漸走近。

陡然巨熊人立而起，張開大口發出震天懾地的猛烈吼聲，向我撲來，甫一接觸我的身體，化作點點星光，消失不見，隨即大地之熊的力量源源不斷的湧進我的身體。

黃光星星點點零散的環繞著我，使我彷彿披上了一件神秘的細紗。我哈哈大笑著，舉起手中如同光芒組成的沒有實體的神劍，向白天力劈而下，白天被一系列的變化給震驚了，也許他還是首次遇上我這般多變的對手，不過我要不是爲了阻止他發出明月殺法，或者說搶在他發出之前就打敗他，我也不會這般使出渾身解數的。

四周觀看的人也是一片譁然，三位長老從我倆的對打一開始，就一直皺著眉頭，他們可能沒想到我會這麼難纏吧。

我雖沒看到三人的臉色，月師姐卻一絲不露的都看在眼裏了，更是在心中幫我偷樂了半天，一邊看，一邊高聲爲我打氣道：「打他，打他，把他打趴下，小師弟千萬可別留情啊，誰讓他和他的幾個頑固師父一樣，不知天高地厚，教訓他一下，讓他知道什麼才叫作一山還有一山高。對，打他，這招用得好。哈哈！」

三位長老在一邊聽得那是一個窩囊啊！可又有什麼辦法呢，誰叫自己徒弟不爭氣，老是處在劣勢呢！

白天的修爲本身就沒有我高，我再突然的一合體，高低之分立下，他又哪裏會是我的對手，招式隨心所欲，越打越順手，看他的情形，估計再有幾招，他就撐不下去了，現在我就等他做最後的垂死掙扎，奮力一搏之後，必然氣力和精神都下降到最低，這時候，我只要瞅準機會，必然可以輕易得手。

我一邊小心他隨時可能發出的最後一擊，一邊在心中暗自偷著樂，沒想到戰術運用得當，自己不費吹灰之力就可以把他拿下，更用不著再使用七小來引發體內的狼之力來取勝了。

突然我發現白天一直沒有表情的眼睛，驟然射出一道精光，隨即消失，我心中砰砰直跳，暗道：「要來了！」

果然，白天突然使出一直都沒有使過的陌生步法，從我進攻的間隙中閃過，同時他那把一直毫無建樹的寬劍，忽然亮出一抹青光，瞬間加速以極爲詭異的弧線向我撩來。

我心中動容道：「這是什麼鬼劍法？」不過表面卻表現得從容不迫，我知道這可能是他最後的賭注了，我邊儘量加快自己的速度來躲避他那附骨之蛆的寬劍，邊打醒精神盯著他的劍勢，一旦有衰弱的跡象，我會以雷霆之勢，把他擊敗。

正想著的時候，忽然白天的劍勢一頓，我一愣神，接著就是狂喜，經過這麼長時間的高強度對戰，他終於乏力了。

我剛要追上去，卻見他突然自然而然的身體轉動，一瞬間變成背對著我，我眼尖的發現，他的寬劍隨身轉動，帶著滾滾氣流。

我笑道：「原來還藏有後手，差點上了你的當！讓我來助你一臂之力吧。」我霍地一聲大喝：「石柱！」伴隨著「轟隆」的巨響聲，一根根粗大的石柱陡然從他身下出現。

他的寬劍出乎我意料的脫手而出，呼嘯著向我削來，速度之快、之猛，我也只能暫避其鋒。當我再向他看去，他的人影已經不見了！

我哀歎一聲，終於還是讓他使出了明月殺法，剛才他突然從地面消失，接著又出現在半空，這麼快的速度，大概他只能在功力倍增後才能施展出來。

我在心中告誡自己，「貌似忠厚的人，未必就真的老實」。我之所以這麼說，是因爲我看到他手中又多了一把劍，一把比剛才那把劍要好出數倍的劍，劍窄而短，全身呈紅色，不知爲何物打造，不過我卻能清楚的感應此劍的殺氣。

白天身在空中，臉色漲得血紅一片，看得出是相當費力。一字一頓地道：「明！月！殺！法！」透過習武廳頂部的透明高強度頂窗玻璃，月光爭先恐後地聚焦在白天的劍上，形成一個濛濛的小月亮。

在場下，月師姐望著白天和我，用只有她自己能聽到的聲音喃喃道：「小師弟，這就是我沒有告訴你的明月殺法的最終奧義啊。明月殺法之所以能夠短時間數倍提高人的修爲，就在於它能夠借助外在的大自然力量，暫時補充到使用者體內。小師弟，你可千萬要撐下來啊！」

三個長老見自己的徒弟在使自己提心吊膽了半天後，終於不負所托地使出了「明月殺法」的最終奧義，提在嗓子眼的一顆心這才漸漸放回去，面帶喜色地望著場中的比鬥。

場上白天的每個動作都扣人心弦，我清晰地感受到大量的月能投射到場地中，我慢慢收回手掌，地面的石柱也一瞬間消失無形。

我徐徐地挺腰抬頭，一個濛濛的小月亮首先印入我的眼眶，我的心中突然蹦出一個念頭：「月圓？」我疑惑地望著那個小月亮，心中道：「今天難道是月圓之夜？」

念剛及此，身體中的兩股力量瘋狂的向上飆升，幾近貪婪地汲取著月能，瞬間被白天用「明月殺法」引進到場地中的月能，一部分投射到我身上來，龍之力迅速將狼之力給壓了下去。

就在我快要變身爲龍的時候，突然綠色的植物力量協同狼之力一塊向龍之力打壓，我也在這時清醒過來，同時明白了「明月殺法」的最終奧義，我哈哈一笑，指引著狼之力改變全身。

駭人的一幕在眾目睽睽之下突然發生，在明亮的光柱中，人類柔和的面部轉變爲有稜有角的猙獰狼吻，身上的衣服也消失不見，取而代之的是長而青亮的狼毫，高大的身軀人立著，鋒利的尖爪，不時劃過一絲寒芒，長而尖的耳朵豎在腦袋兩側，幽綠的眼神令人生寒。

我第一次在沒有七小的幫助下而變身了，變身爲一個徹底的狼人，飛在半空中的白天自然將我的全部變化都看到眼中，同時也深深的覺察到了我變身後身軀所隱藏的巨大力量。

感受到我的巨大壓力，又發現自己引來的月能都在不知不覺的流失，雖然不知道爲什麼，卻猜到一定和我的變化有關。

白天當機立斷，知道不能再等了，怒吼一聲，身體呈四十五度角向我飆射而來，手中的血紅色短刃引動著大團月能，向我滾滾而來。

令人恐懼又興奮的最後一刻終於到來了，我在光柱中仰頭長嚎，發洩著心中獸性，輕蔑地瞥了正高速向我投射而來的白天一眼，身體陡然發動，超快的速度帶動著停滯的氣流一起捲動起來。

眼見得手的白天駭然發現我竟然憑空消失了，心頭大驚，已經知道大事不好，恐怕這次要有負師命，雖然他心中感到敗局已定，卻仍不肯認輸，咬緊牙關，想刹住自己的速度停下來。

驚心動魄的一幕，使得連三老也一塊激動地站了起來，心中不斷的爲他們的寶貝徒弟祈禱，不是祈禱白天能夠得勝歸來，而是祈禱千萬不要受太重的傷。以三人的眼力，已經很清楚的看到我的突然變化，一下子把我和白天的差距拉長了十幾倍。

白天已經沒有勝出的可能了！

月師姐也擔心的緊緊攥著小手，目不轉睛地盯著場中的變化。

在眾人不相信的眼光中，我光憑自己的彈跳力，高高地跳到白天的身後，這個時候白天正背對著我，我哪還客氣，不過在動手之前，我向場外的三老瞟了一眼，三老的目光與我相對，忽然露出哀求的目光。

每次化身為狼或者龍的時候，我都從心底渴望殺戮，這不是我的本性，卻深深地影響著我。

三老哀求的目光，令我忽然心軟，殺戮之心大減，重擊下去的雙拳陡然就輕了許多，在我連續重擊下，白天失去了還手之力，吐著血，倒在地上，沒有了站起的力氣。

月師姐見我獲勝，興高采烈的大喊著向我奔來：「耶，勝嘍！」

三位長老關心自己唯一的寶貝徒弟，幾乎和月師姐前後腳向我們奔來。等他們三人發現自己的徒弟只是受了點皮外傷，站不起來是因為耗盡了全身的每一分力氣的緣故，尷尬的向我投來感激的目光。

月師姐拉著我的手歡呼著，小聲道：「輸了活該，誰讓他不聽我的勸告，不過他傷得怎麼樣？」

我瞥了他一眼，道：「小傷而已，兩天就能恢復得生龍活虎。」

這時，三位長老的其中一位走過來道：「我們履行自己的諾言，現在我們白家以至整個崑崙武道，都承認你是上任家主的親傳徒弟。」

我望著他笑了笑，淡淡道：「多謝三位長老成全。」剛才他們眼見自己的徒弟非常危險，本來可以不用顧及什麼，直接飛過來從我手下把他救走，然後宣佈我獲勝的，不過他們卻沒有這麼做，只是等到勝負塵埃落定的一刻才趕過來，這不禁令我對三老大有改觀，雖然三人迂腐固執，卻不失公正之心，這點已是十分難得啊！

月師姐拉著我道：「小師弟，爲了慶祝你獲勝，師姐早已給你擺下酒宴給你慶祝。」

我愕然道：「什麼？在哪？」

月師姐一把拉著我，道：「跟我走就好了，師姐難道會騙你嗎？」

我望著她手上拉扯的衣服，忽然驚覺，自己在不自知的情況下，竟從狼人變回來了。

我任憑著月師姐拉著我向前走去，轉頭望向空中，仍剩餘的一線線月光，我暗忖難道是因爲月光太少的緣故，還是因爲不是真正滿月的緣故，所以變身只能持續極短的時間。

想到這，身體忽然起了一陣冷汗，剛才真是危險，心中不斷地叫著：「幸好，幸好。」跟著月師姐去了。

望著彩光閃爍、人流穿梭的街區，我一眼就認出，這是我第一天來天街城的時候，在這裏用的餐，也是在這裏，我認識了風笑兒，巧遇月師姐和沙祖世家的沙祖樂，人生就是這麼令人感歎。

到了這裏，我自然知道月師姐要領我去哪，我對月師姐感謝的一笑，道：「月師姐，謝謝你，沒有師姐的鼎立襄助，沒有師姐陪我熟悉『明月殺法』，我是不會得到三老的認可的。」

月師姐道：「這罵師姐不是，咱們都是一家人，再說，我陪你練了半天，可是全沒用上，父親歸隱，你就是我的親師弟，改天我帶你去見見我母親，也讓她老人家看看父親的徒弟。」

再說就是見外了，我感激的一笑，跟著師姐上樓而去，此地正是我那天用餐同一家。

香噴噴的酒菜，仍不能打斷大家的談興，來這裏的也正是那天的兩女三男，除了沙祖樂因爲是外人的關係，其他幾人都觀看了剛才我和白天動人心弦的一場大戰。

沙祖樂也在「崑崙武道」學習，此時提起白天，也是一臉欽佩，聽聞我沒受一絲傷就把白天打得吐血倒地，滿臉掩不住的驚訝。

月師姐這會兒繪聲繪影，把我和白天的比鬥娓娓道出。

沙祖樂聽完，唏噓的感歎一聲道：「想白天也是崑崙武道穩排在前十的高手，竟然使出了壓箱底的功法也不是依天兄一招之敵，看來我平常之念都是自欺欺人，自己只是個井底之蛙罷了，來依天兄，得勝歸來，當飲一大杯。」

我們一飲而盡。

邊喝邊說，漸漸就談到了令人談魔色變的魔羅，沙祖樂道：「不但『崑崙武道』受到了政府的邀請，就連我們沙祖家也同樣受到了邀請，至於其他世家，我想也不會例外的，此魔實在鬧得太凶了。正所謂覆巢之下安有完卵，現在后羿星已經被他弄得雞犬不寧，如果后羿星的人都走光了，我們這些所謂的世家也就該消亡了。」

我試探地道：「既然沙祖兄看得這麼透徹，那麼你們沙祖家有什麼打算？」

沙祖樂搖頭道：「打算？打算自然是有的，我們沙祖家已經在密切聯繫幾大世家，希望能夠共同對付此魔，只是這魔羅神出鬼沒，隱藏甚深，沒有誰能道出他的真實身分！」

我點點頭，沒有說話。

沙祖樂繼續道：「此魔所練功法奇特，無從辨別他的出身，而且修爲極高，逃遁之術更是高明之至，幾次三番都讓他逃之夭夭，要是真能夠查到他的真實身分，我們沙祖家倒是會不惜代價除去此魔。」

我和月師姐相對一笑，這個收獲可以說是今晚的一大意外，當下在月師姐的保證下，我和沙祖樂訂下了同盟協議，他答應帶領家族子弟不日趕赴北龍城的梅家共除魔羅。

第二天，月師姐帶我去見了師母，慈祥的面容像極了我的母親，師母雖然身爲四大聖者之一的妻子，卻看得出，並不會任何高深的武學。月師姐告訴我，師母只會一些簡單的修身養性的長生功法，每日裏練一練，再加上平時就清心寡欲的，此時雖然年歲很高了，卻依然充滿活力，身體健康如昔。

老人家見到我顯得非常開心，拉著我噓寒問暖，我也含笑應對。最後說到四叔歸隱的事，我一不小心說露了嘴，道出了他們歸隱的真相。

師母望著遠方出了會兒神，口中歎了一聲，自言自語道：「原來是這樣啊，原來是大師哥的主意啊！」

我一愣，心中忖度師母話背後的意思，好像她是說義父和二叔、三叔、四叔都是師兄弟的關係。

師母回過神來，看到我和月師姐都疑惑地望著她，微微一笑，徐徐地道：「這也沒什麼好隱瞞的，今天我就告訴你們，這四大聖者原本就是師兄弟，他們有一個非常厲害的師父，這個師父雖然厲害，脾氣卻也很怪，分別傳授了他們不同的功法，卻不讓他們拜師，所以可以這麼說，他們只有師徒之實，卻沒有師徒之名。」

「就這樣，四個徒弟分別從他那裏學到了四種不同的本領，每隔五年，就趕走一個徒弟，並且不准他們在外面說是自己的徒弟。」

月師姐忍不住插嘴道：「這師公的脾氣還真是夠怪的。」

師母微微笑道：「你師公學究天人，修爲也高得嚇人，後來爲了探求武道，尋求宇宙的奧秘，在把你父親趕走後，自己一個人突然離開了家園，投身到茫茫宇宙星河裏，再也不見他回來過。」

「啊！」我和月師姐同時張大了嘴巴，只是我們驚歎的卻不盡相同，我驚歎的是自己曾在第四行星六大聖地之一的樹窩，聽「長者」說過它自己的一個故事，其中就說到，它的主人幾千年前把它帶來這裏，把它丟在這裏紮根發芽，然後它的主人又繼續自己探索宇宙的旅行。

這個故事和師母說的事情是多麼相似啊！要不是兩者相差的時間太遠，我真會錯把師公當作「長者」的主人了。

其實我在這裏猜的很相近了，四大聖者的師父，正是那人流傳下來的一脈，只不過到了他這一代，他認爲此乃虛無之事，且路途多危險，他不再想自己的徒弟也像自己的長輩一樣在宇宙中一去不回，才做了那些決定。

只是四大聖者個個都是極其聰明的人，也知道自己的傳承，他們的師父爲了打消他們的念頭，於是不讓他們拜師，只傳給他們功法，而且是分成四份，所以四大聖者雖然在四大星球已經達到了無人能夠企及的高度，卻仍不能如他們師父一樣，可以自由遨遊在宇宙星河裏。

就這樣，四大聖者的大師兄，下了閉關歸隱的決心，希望可以勘破自己的瓶頸，追尋自己師門先輩的腳印。並且也說服了其他三個師兄弟一塊歸隱。

師母歎道：「他們是想追尋他們師父的腳步，這是他們的使命，沒人可以阻擋的。」

說到這，一椿堪稱本世紀最強的隱秘，在三個人的心中迴盪不已。

我心中歎道：「原來如此，四人假說是結拜兄弟，事實上卻是師兄弟，那麼我父親會不會也是師公的另一個徒弟呢？」

告別了師母，在月師姐的安排下，我又坐著飛船飛回了「北龍城」，一路上我的心情都無法平靜下來，比起那些先輩們，自己實在太渺小了，以四大聖者的力量卻仍不及他們的師父，我自以爲天下無敵的龍之力，由此看來也並非真的可獨霸天下。

沙祖樂說他是井底之蛙，我又何嘗不是一樣呢，自己只不過是個稍微大點的井底之蛙罷了。本質上沒什麼不同啊！

自己會不會有一天也走上和他們一樣的道路，追尋宇宙的奧秘呢？不過有一點是肯定的，我不會狠心拋棄親人。想起自己的親人，現在我多了一個親人，也是唯一的親人──藍薇，想到她，心頭泛起陣陣的甜意，母親在天之靈也會滿意這個兒媳婦的。

正想著的當兒，忽然眼前多出一個東西，什麼形狀沒來得及看清，倒是上面的幾個字讓我十分眼熟——「飛船聯盟，救濟貧困」。

我朝盒子的主人看過去，獐頭鼠目，神情倨傲，我歎了一口氣道：「又是五千嗎？」

那人不屑地道：「他媽的，知道是五千還不拿出來，還要老子等你。」

我心中感歎，魔羅再不除，人民的日子就沒法過了。這些人也忒可惡，雖說魔羅是罪根，可是我也不能放任這些人明目張膽地打著救濟的幌子，行搶劫之實。

既然政府一時半會兒抽不出手來教訓你們，那就讓你家小爺教你一個乖，讓你們這群渣滓知道，天下並非所有的人都是任由你們掠奪的。

我探手伸到盒中抓出一大把錢，我一邊數著一邊念叨：「一百、兩百……三千二、三千三……」

那人被我的舉動給怔住，站在一邊瞠目結舌，其他乘客一個個也看得暗暗心驚，都希望我是政府派下來的高級官員來暗查此事的。

那個要錢的痞子，過了一會兒忽然反應過來，罵罵咧咧的，一揮拳向我打來，口中道：「你他媽的是不是活膩了，跟老子找事！」

我從容不迫的一低頭從他揮過來的拳頭下閃過，轉頭向他微微一笑，道：「你說的五千，現在只有三千八，還差一千二呢。」

他見我還敢問他要錢，嘴差點沒氣歪了，捨不得手中的盒子，剛才那隻手又揮了過來，口中罵道：「你他媽的找死，老子今天要是不把你打得滿地找牙，我痞四的名號還能混嗎！」

我嘿嘿笑著，輕鬆抓住他的拳頭，道：「你今天出來應該找個巫師給預測一下的，或者找個風水師看看你家的風水了。」

那人愣道：「我爲什麼要看風水？」

我悠然道：「巫師可以告訴你，今天應該積口德，風水師會告訴你，你應該另外找個地方過你的下半生了，也就是找個風水寶地，把你埋了。」

痞四聽見四周的乘客都哈哈大笑，明白我是在調侃他，怒道：「你媽的，吃飽了沒事幹，跟老子這犯貧，我今天要不把你給修理了，老子跟你姓。」

我反手一擰，他吃疼向後仰去，我當胸一腳，把他踹飛出去，我走出座位，邊走邊道：「跟我姓，你還不配！」

他面目兇惡地站了起來道：「好啊，孫子兒，今天你惹了我們飛船聯盟，就別想活著下去了，兄弟們，有人找碴，快來！」

他這一高聲嚷嚷，在其他幾個船艙收錢的人都聞音趕了過來。我隨便瞥了一眼，大概有十幾個人，每個人手裏都抱著一個盒子。

我認準了這十幾個人的長相，等一會兒動手的時候不要誤傷了乘客，這十幾人沒一個是好東西，打了他們是讓他們能夠悔過重新做人。

十幾個人慢慢把我圍了起來，大部分乘客都嚇得靠到了座位的邊上。

我望著那痞四淡淡地道：「就這幾個人嗎，要不要我等你們人到齊啊？」

痞四不知從哪裏弄來一根鐵棍，窮兇極惡的向我兜頭砸了過來，我動也不動，等到他靠近我，動作利索的一把抄住他的鐵棍，同樣是當胸一腳，他哀嚎著又跌飛出去。

痞四倒在地上，朝那十幾個人喊道：「你們死人啊，看不到他是沖著我們飛船聯盟來的，還不給我打他！」

其他十幾人本來還在觀望，被痞四這麼一說，都犯了凶性，拿著小刀、匕首、鐵棍、叉子之類的怪叫著向我打來。

我笑了笑，這些人也就是些三腳貓的功夫，靠著人多和囂張的氣焰爲禍社會。

我站著不動，拳打腳踢，不足兩分鐘，站著的就只剩下我一個人，本來還耀武揚威的十幾個人，此時個個哭爹喊娘的爬不起身來。我望著這些人，他們本就沒什麼武功，廢不廢他們的功夫也沒什麼區別，就這樣放了吧，恐怕他們以後還會爲惡，把他們都殺了，他們的罪還不至於是個死！

想來想去，還是旁邊的一個膽大乘客提醒了我，等到北龍城，把這些人都交給政府不就好了，讓政府來管這些事吧。

我把他們從乘客那裏強要來的錢，在船長的幫助下一一的又還給乘客，等到下了飛船，我一人趕著這十幾人遞交給了政府。

等到一切忙完，又已到了晚上，今晚月光大好，我在郊區找了一個安靜的公園，待了下去，坐在柔軟的人工草坪上，四周靜謐無聲，我又展開我的「九曲十八彎」功法，修煉起來。

經過昨日與白天的一戰，我隱約感到自己突破第三曲進入第四曲的時機已經到來了，如果能夠在幾天內進入第四曲的境界，我除魔的信心就會大增，除魔的實力也會大增。

等到第二日清晨，我從坐定中醒來，一夜時間，周圍的青嫩軟草已是佈滿了露珠，在和煦的陽光下晶瑩剔透。

經過一夜的打坐，我也精神抖擻，乘著早晨的些許涼風，我飛向梅家的方向，到了梅家，沒想到出去辦事的梅老爺子已經回來了，經過梅魁的帶領，我見到了一別整年的梅家大家主，一年不見，老人家依舊精神矍鑠，健康如昔。

老人家見到我也很高興，跟我提起來當年我突然消失不見的事，說是讓他著實擔心了很長一段時間。

我自然也簡單地表達了我對他的歉意，同時將我在第四行星的事，簡單的一筆帶過，這些老人家精得跟猴似的，要是把第四行星的事都告訴他，不說別的，就是六大聖地的吸引力，已經足以讓他再次給我下套了，所以我學得乖巧了，遇到如李霸天之類的老人家，我也變得狡猾起來。

李雄在一邊低聲對我道：「這幾天發生的事，梅魁已經如實的告訴了他，老爺子同意我們的觀點，認爲此魔羅定是和梅家有很大的淵源，甚至認爲就是梅家的敗壞子弟幹出的事。」

我心中想，既然梅老爺子也是這樣的觀點，那麼他心中一定有了人選，我道：「他有沒有提出幾個值得懷疑的人，這應該很好找吧，在那天留下來的，且修爲很高的。」

李雄道：「奇就奇在這裏，那天留在家中沒有隨老爺子出去的，倒也有幾人，只是這幾人，老爺子斷定他們根本不可能有那麼高的修爲。」

我想了想道：「這個好辦，你我幾人都是見過魔羅的人，雖然沒看到他的真面目，但是卻可以感覺到他身上隱藏的那股陰冷邪惡的氣息，只要老爺子想辦法讓我們可以一一接觸他們，我想我們應該可以找出魔羅的真面目。」

李雄爲難地道：「辦法倒是好辦法，只是讓我們幾個外人來指正他們本家的人，恐怕老爺子面子上過不去，不會答應我們。」

我道：「這都什麼時候了，還顧忌面子，這關係到全球安危的大事，如果依舊讓魔羅逍遙法外，猖狂下去，恐怕他們梅家也會變成無本之木，無水之魚，到那時，就是後悔也來不及。」

李雄苦惱地道：「依天，你想得太單純了，作爲一個大世家的家主，他需要考慮到很多方面，你的方法恐怕很難讓他答應啊。不過，卻可以一試，不過這話要讓梅魁去說，你也知道，梅家也就梅魁能擔任家族的重任，餘者皆是碌碌之輩。現在梅老爺子已經有了卸下重擔的念頭，而培養的重點對象就是梅魁，所以如果讓他來說，估計可行。」

我道：「這個我不懂，你拿主意就好，我只想找到魔羅，並將其剷除，其他，我一概不管。」

李雄笑了笑，不理我的抱怨，接著道：「梅魁來說，有幾個好處，一是這個好辦法由他嘴中說出，長了老爺子的面子；二是梅老爺子或許會利用這個機會來考驗未來接班人的魄力；三是梅魁可利用這機會在家族中樹立威望。我想這幾點有可能會讓梅老爺子答應我們的要求。」

我道：「聽起來倒是一個可行的主意，而且以梅魁的脾性，十有八九會答應我們，那好，就按你說的來做。」頓了一下我嘻嘻笑道：「以你和梅妙兒的關係，這個事你來說正合適。」

李雄沒好氣地道：「我是在和你說正事，你不能正經點？」

我肅容道：「誰有心情和你說笑話不成，你倒自己說說看，我和你究竟誰和梅魁說這個事好一點，或者讓梅妙兒和他說這件事要好些。他雖然喊我們大哥，卻並不真正是你的小弟，我們至少也要顧及他的面子吧。」

李雄愣了一會，望著我忽然啞然失笑，道：「依天啊，依天，我發現你真是天才，才這麼一會兒，你就擁有了玩政治的才能，要不是你將會是我的妹夫，我真要防你一防，你才是真正危險的人。」

我打趣他道：「還不是你這位做兄長的教得好！」

藍薇叫來了梅妙兒，我站在一邊笑嘻嘻地看著李雄吩咐她怎麼向梅魁提出這件事，以梅妙兒對他的癡戀，自然是有求必應。

梅妙兒聽完以後，去找梅魁說項去了。李雄沉聲道：「如果這件事，梅老爺子答應了，今晚將會是一場惡鬥硬戰，你覺得我們的勝算有多少？」

我略一沉思道：「勝算我們大概有七成，這還是算上梅老爺子回來後，帶回來的這些戰力，如果真要戰，我想僅你、我、藍薇、梅魁四人已經足夠了，只是魔羅狡猾多端，又擅長隱匿行蹤，如果他見勢不好，不顧一切地逃跑，我們恐怕都攔他不住。」

李雄道：「你的意思是，我們要之前就做好安排，布下天羅地網，讓他無處可逃？可是魔羅修爲極高，人手安排少了困他不住，人安排多了，恐怕還會打草驚蛇，再說，梅家的人我們是調不動的，就只有我們李家的三十來人，也太少了點吧！」

我歎道：「你說的沒錯，人少了困不住他，人多了又容易令他產生警覺，逃走了想再抓住他，可就難上加難了。只是事情來得太倉促了，我本來已經約好了沙祖世家和崑崙武道的人，不過要等他們恐怕還得兩天，要是他們現在就在，咱們的人手也就充沛了。」

正說著，梅妙兒伴著梅魁一塊兒來了，看情形，梅妙兒已經和他說過了，梅魁爲難道：「李雄大哥，你和依天大哥的主意雖然好，只是怕爺爺不會答應，那些有嫌疑的人，大部分是我的長輩，爺爺好面子，怎麼會讓我們幾個小輩來查問長輩！」

李雄道：「這個我和依天已經想到了，能不能讓老爺子答應，這件事只能你去說，就看你的表現了。」

梅魁愕然道：「我的表現？」

李雄神秘一笑道：「我倒是不怕老爺子會不答應，倒是你們梅家的那些長老，老人嘛一般都是比較保守、固執，所以等一會那些長老阻撓你的時候，你要表現得強硬些。我保證梅老爺子會答應。」

我們一行走進一個古色古香的密室中，這是梅家商議大事的所在，我們幾個因爲特殊的身分，也被邀請在內一起參加了會議。

梅老爺子坐下來，掃了我們幾人一眼，淡淡地道：「你們有什麼看法，說出來吧，讓我看看你們有沒有什麼好主意來解決這件事。」

我們幾人互相望了一眼，把視線停在了梅魁身上。

梅老爺子道：「魁兒，你來說吧，那晚的事我基本上瞭解了，就不用說了，說說你們幾人商量的方法。」

梅魁從座位走出，按照我們事先的安排，侃侃而道：「家主！經過我們詳細的推測，這也是您老人家承認的，此魔羅必然和我梅家有莫大關係，甚或是隱藏在我梅家的一員，而且此人大有可能在我們梅家有很高的位置。」

剛說到此，坐在兩邊的長老們頓時一陣譁然，驚訝聲四起。

老爺子面色一沉，道：「安靜，聽他說下去。」

我和李雄見老爺子明顯向著梅魁，深感此事有門！

梅魁咳了一聲接著道：「魔羅隱藏在我梅家是不爭的事實，不然他無法在梅家實力最薄弱的時候突然出現，在我們眾多好手的圍攻下，仍能從容逃逸，這可看出他對我們梅家的地形十分熟悉。」

忽然右排一個老者哼道：「無知小娃，你沒聽說過『兔子不吃窩邊草』這句話嗎？」

梅魁深記我和李雄的話，對這些長老千萬不能軟弱，要表現出一家之主的氣魄，梅魁看了他一眼，然後把視線轉回到梅老爺子身上，從容道：「你說的沒錯，『兔子不吃窩邊草』，這句話是說，兔子很狡猾，不是牠不想吃窩邊的草，而是爲了隱蔽自己，只能忍著不吃。當牠決定不要這個窩的時候，你說牠還會忍著嗎？」

那老者道：「不要和我打啞謎，我只問魔羅，不管兔子不兔子。」

梅魁不慌不忙道：「魔羅需要在梅家的身分給他掩護，自然是不會在梅家鬧事，這一年多來，大家可以想想，每發生一件和魔羅相關的事，有幾件是在北龍城發生的？一件都沒有對吧！現在魔羅突然連續在我們梅家露面，這說明了什麼？出於種種原因，魔羅決定不再用梅家來隱藏自己，或者這一年多來，他的修爲大升，已經不需要這個身分來掩護，不管原因是什麼，最後的結果是，魔羅已經打算廢棄這個窩，所以他才開始吃窩邊草！這樣說，你該明白了吧！」

梅老爺子暗暗點頭，梅魁的成長，令他感到十分欣慰。

那個發問的老者，被梅魁質問似的回答，弄得十分惱怒，但是家主在場，哪輪到他來發火，只能硬生生的忍著，對梅魁的發問只當是沒聽見。

我心中暗笑：「槍打出頭鳥，誰叫你多嘴！」

在梅老爺子的默許下，梅魁駕輕就熟的接著說了下去。

李雄在耳邊輕聲道：「今天讓這小子搶盡了風頭。這下子，老爺子也該滿意了吧。」

我輕聲笑道：「這不正是我們所想看見的嗎！」

梅魁說完後，梅老爺子滿意的微微頷首，道：「你的演講很精彩，我想這不僅是你一個人想出來的吧？」

我和李雄大駭，沒想到老頭子最後還來這麼一手，難道是我們猜錯了，梅魁也嚇了一跳，剛要開口說話，梅老爺子徐徐道：「不論是誰的主意，都是一個好主意，我同意你們的方法，這些事，魁兒，你去安排吧，儘量做到小心謹慎，萬事齊備，不要打蛇不成，反被蛇咬一口，那就划不來了。」

我和李雄聽了老頭子後面的話，這才噓出一口氣。好了，事情水到渠成，只等魔羅落網了。大功告成，梅魁神色興奮的領命而去。

在老爺子的安排下，我們躲到另一個房間裏，密切監視著密室裏的情況，等到一切安排妥當後，梅魁領著最有嫌疑的七個人魚貫而入。

第一個是中年人，面色陰沉，氣息也是冷冰冰的，不過卻沒有魔羅那種邪惡的感覺。

第二個是個身材不高、體形略胖的人，整張臉一團富態，舉手投足倒也顯得修爲不凡，不過仍然不是魔羅。

最後一個進入的身材頎長，皮膚白嫩，面容鎮定，雙目炯炯有神，走動間龍行虎步，帶著一股霸氣。可以清晰的感到他的修爲不凡，隱然是梅家除了老爺子外，我見過修爲最高的人。

不過他的氣息凝沉、渾厚，和魔羅那種飄忽的邪惡氣息截然不同。

我們大感愕然，七人看完，竟然和我們想像中完全不同，這七個人竟沒有一個是魔羅，甚至令我們感到懷疑的人都沒有。

梅老爺子面帶怒氣地望著我們，道：「你們不是很肯定的說，魔羅就是他們中的一個嗎，七個人你們都看到了，你們倒是告訴我，哪一個才是魔羅？」

我們訥訥以對，無以爲答，我在腦中細細地思索著，剛才進來的七個人，從第一個回憶到第七個人進來時的情景，突然我心中一動，回憶定格在第七個人身上，回想著他透漏出的強大修爲，竟有凌駕老爺子之上的趨勢。

「該死，」剛才我們都把注意力放在魔羅獨特的邪惡氣息上，忽略了修爲這一點，在梅家能夠超過老爺子的，除了魔羅還會是誰，他一定是故意放出強大的氣勢，隱藏了他的邪惡氣息。

我喝一聲道：「最後一個人是魔羅！快追，他要逃了。」說著，我隻身搶先向外飛去，幾人驚訝地看著我突然向外飛去，藍薇緊隨著也向外飛去。

李雄道：「你怎麼知道他是魔羅？」

「修爲能和老爺子並駕齊驅的，除了魔羅還能有誰！」我說話時，人已經飛到了屋外，梅老爺子心頭一震，喝道：「快追！不能讓他跑了。」

眨眼間，我已經飛到了外面，望著廣袤的夜空，我邊飛邊思索著他會飛往哪個方向。這時候，我忽然大生警覺，接著異變突起，身下後方響起「呷呷」的得意怪叫，魔羅以雄厚的修爲，挾著強大氣流，驟然從我的後下方向我襲擊而至。

百忙之中，我只好側轉，希望可以避過他這強大的一擊，同一時間，神劍——「土之厚實」被我召喚了出來，右手掣劍，向他的腦袋力劈下去。希望能夠憑藉這種兩敗俱傷的打法，逼得他回防。

這樣我也能爭得一息喘息的時間，而且我知道藍薇就在我身後，馬上就能趕到，老爺子他們也會隨時趕到。

魔羅一聲哈哈狂笑：「米粒之光也妄想爭輝。」無物不摧的神劍竟然被他空手抓住了，千分一秒的機會，我發現他抓著我神劍的手怪異之極，皺巴巴的如同樹皮，形狀如同棘刺。

呼嘯聲中，他灌注了強大內息的一腳，重重的踢在我的胸口，我的身體猛地向上一拋，他邪惡的內息順著他的腳蜂擁向我身體湧進，耳邊響著魔羅瘋狂的笑聲，身體又連續遭到幾次重創。

魔羅強大的內息迅速地在我身體中破壞著我的機能。我自忖必死的當兒，盤踞在身體每個角落的綠色植物之力，突然開始吸收這些外來的破壞力，減輕了身體的負擔，吸收了魔羅的破壞力，綠色植物之力，也由開始的嫩綠色變成黃綠色。

魔羅望著不斷吐血的我，哈哈大笑道：「你們自以爲聰明，想引我上當，沒想到卻上了我的圈套吧，一切都在我的掌握中，今天就是變天的時候，該我掌管梅家了，新時代將會在我手中誕生！」

所有的變化都發生在幾秒鐘的功夫，藍薇趕到時，我已經被重創得不知生死了，藍薇如喪考妣的一聲悲愴的尖叫，瞬間召喚出「霜之哀傷」進行合體，帶著藍色冰寒氣息的藍薇狀若瘋狂的向魔羅攻來。

魔羅毫不在意的用從我手中奪來的神劍輕鬆抵擋著藍薇的進攻，雖然他不能和我的神劍合體，卻可以把它當作一把削鐵如泥的兵器來用。

幾聲呼嘯，梅老爺子幾人先後趕至，將魔羅團團圍住。

梅魁厲聲喝道：「魔羅，投降吧，你無路可逃了。」

李雄高聲喊道：「藍薇，快回來，危險！」

藍薇置若罔聞，瘋狂地發洩著無限的悲傷，身周三米之內，充斥著極爲寒冷的氣息，那種氣息不但寒冷，而且悲傷！

魔羅哈哈大笑道：「爲了一個死人，你也拚命，送給你好了。」說著，把我扔了出去。藍薇陡然收手，把我搶在懷中。

悲傷而寒冷的淚水滴在我的臉上和嘴裏，鹹鹹澀澀的味道使我費力地睜開眼睛，望著她，我努力擠出一點笑容，道：「乖，別哭，我還死不了，快去幫忙，別讓魔羅給跑了！」

藍薇只是搖頭，只是哭著，我無力地歎道：「女孩的眼淚呀！可惜此時不是享受佳人溫柔的時候。」

而此時的魔羅聽了梅魁的話，笑得連眼淚都出來了，向著梅無影道：「大哥啊，我今天還叫你一聲大哥，我苦忍了幾十年就是爲了這一天啊，你乖乖放棄手中的權利，把家族交給我，我還可以放你一條生路，讓你頤養天年。」

梅無影沉聲道：「沒想到最懦弱的你，竟會是隱藏在我身邊最毒的毒蛇，你這一年來把后羿星折騰得天翻地覆，丟盡了我們梅家祖先的臉，今天要是老夫不能將你拿住，實在愧對祖先。」

魔羅囂張地道：「那就讓我看看所謂的梅家家主，修爲究竟有多高明吧！」

梅無影緩緩取出自己的兵器，一對亮晶晶的圓環。

魔羅笑道：「人們傳言一句話：『乾坤環現，天地一變』。不知你的乾坤環和我的日月叉哪一個更厲害！」兩柄精巧的小叉出現在他手中，釋放著詭異璃光。

梅無影盯著他手中的日月叉，動容道：「你竟然是五強者之一！」

魔羅笑聲一頓，道：「沒想到吧，我會是傳說中除四大聖者外最強的五人之一，怎麼樣，害怕了吧，現在投降還來得及，我會看在兄弟一場的份上，放了你的。」

梅無影面色凝重地道：「得道多助，失道寡助，你妄想以一人之力，對付我們這麼多人嗎？今夜你在劫難逃，我勸你還是投降吧，看在先祖的份上，我會給你一個痛快。」

我無力地躺在藍薇懷中，看著事情的變化，聽了老爺子的話，心中不禁歎道：「你和一個喪心病狂的人說什麼道理，除非他死，否則他是不會放棄抵抗的。」

魔羅哈哈大笑道：「老東西，你是怕了吧，想人多欺負我人少嗎！好一個『失道寡助』，我倒要讓你看看，究竟誰才是失道的一方。」

在魔羅的奸笑聲中，圍在空中、地下的近千名梅家的子弟竟有一半倒戈相向，我們面面相覷，內心震驚無比，怎麼會有這麼多人支持這個喪心病狂的東西，那麼說，我們的一切計畫都盡在他的掌握中，所以才能把我們玩弄在股掌之上？

魔羅哈哈笑道：「現在你該知道，誰才是失道的一方了吧！你能給予他們什麼？我卻能給予他們想要的力量，所以他們支持我，梅家從今天起就是我的了，不久天下也會是我的！」

梅無影沉聲道：「做夢！就算你今天成功了，也不可能奪得天下，終有一天這些被你蒙蔽的人會醒過來的。」

魔羅不悅，道：「說什麼沒用的廢話，有能耐就奪了我的性命。我不怕告訴你，天下間除了四大聖者，我還沒怕過誰來，現在好了，四大聖者全部歸隱，這個天下註定要是我的了！你雖然修爲很高，但你的力量並不能將我致之死地，在你們中只有一個人能令我感到恐懼，能讓我有死的恐懼，可惜啊，他現在也快一命嗚呼了！」

梅老爺子幾人聽了魔羅的話，都驚訝地望了我一眼，我被抱在藍薇的懷中，確實出氣多進氣少。

我雖然動個手指都困難，卻十分清楚魔羅所指，他怕的並不是我，而是我體內的龍之力，這股力量是無可抗拒的，無人匹敵的，所有的力量都只能仰視它的高高在上。

藍薇聽到魔羅說我就要一命嗚呼了，本已止住的淚水又禁不住的滑落，我馬上斷斷續續的安慰她道：「藍薇，別信他的。你還記得我給你說過我在第四行星的事嗎？某種意義上說，我也是擁有不死身的怪物呢，他的力量遠沒有第四行星上的那個傢伙來得強大，所以你不用擔心我，而且我現在傷勢已經止住了。」

藍薇淚眼迷濛地望著我，哽咽著道：「真的嗎，你真的不會離開我？」望著她嬌柔的樣子，我心中十分心疼，我道：「當然了，我不會騙你的，還記得我們的約定嗎，找一處山清水秀的地方，蓋上幾間茅草房，取名『馭獸齋』，每日以養寵獸爲樂。」

藍薇更緊的把我抱在懷中，生怕下一刻我會突然不見了。

魔羅望著我們陰森地笑道：「生離死別嗎？也好，省得待會就沒時間了。」

梅無影忽然正容道：「我現在以梅家大家長的名義，將你這個邪惡之徒逐出門牆，以後你和梅家再沒有一絲瓜葛。」

魔羅不在乎地道：「隨你的便，你現在還是梅家的掌管者，興許一會兒，你就到地下掌管你的梅家了，哈哈！」

梅無影一直拖延時間卻不動手，我私自猜測他可能沒有勝魔羅的把握，只是他爲什麼一直拖延時間呢，他在等什麼？抑或他正在做一項很難決定的判斷！

我壓低聲音道：「藍薇，傳點內息給我。」一股極冷的內息從藍薇手掌處傳來，我借著她的這點內息召喚出了七小，

我吩咐藍薇道：「等會動手，場面一定非常混亂，但是你不用顧及我，七小的力量足以保護我了，這點你應該知道，你在動手的時候，千萬不要下重手，跟隨魔羅的這些梅家

子弟，都是一時被魔羅蒙蔽，咱們儘量還是給梅家留下一些元氣爲好。」

我歎了一口氣，心中暗道：「這場內亂過後，不論是誰勝誰負，梅家的實力都將會大減，需要很多年來恢復啊！」

魔羅嘿嘿奸笑望著梅無影道：「還不動手，你在等什麼呢？沒有人能夠幫助你，今晚咱們倆必然只有一個能活著，你要是能夠殺了我，不但成就了你的威名，還拯救了全后羿星的人，以後他們就不必活在我的恐懼下了，多麼偉大的事業啊！」

梅無影沙啞著道：「不要太囂張，誰勝誰負，還未定呢。」

魔羅狂笑一聲道：「那好辦，就讓我來幫你定好了！」說著話，身體已經飛起，向梅無影投去，手中的日月叉，幻化出萬般妖異的彩光。

梅無影也是一聲大喝，手中揚起乾坤環迎了過去，兩人在空中相遇，毫無花巧地碰在一起，兩件奇異兵器撞在一塊，迸發出萬端奇光異彩，爭相輝映。

兩人的對戰，終於引發了早就一觸即發的內戰，混亂將每個人都淹沒在其中。廝殺喊叫的音浪環聚在整個梅家莊園。

藍薇在我附近不遠的地方擊退每個妄圖靠近的人，七小歡騰叫囂著在我四周演繹著狼舞，在牠們眼中，這種極至的混亂才是正常的，狼群捕食的情景可不正就如此嗎？獵物哀嗚著四下逃竄。

七小彷彿是牢固無比的防禦罩，牢牢的護著我。我在藍薇和七小的護衛下，一邊轉動體內的力量替自己療傷，一邊全神貫注地注視著魔羅和梅老爺子的戰鬥，其他人的輸贏根本無關大局，只有他們倆人的戰鬥才是真正能夠影響最終結果的！

一方是恐懾天下的魔羅，另一方則是傳承了數百年的武道世家的大家主，兩人的修爲都可稱爲驚天地泣鬼神！不時有人因爲不小心進入兩人戰鬥的氣場，而慘死當場。

全場恐怕只有我最閒了，我在心中推敲著魔羅的修爲，按照他現在表現出來的功法，竟是遠遠超過了上兩次，爲什麼會有這麼大的差異，我猜測可能是他最近練成了某種邪功，所以修爲大漲，另一個是他平常就有所隱瞞，現在則全無顧忌地發揮了出來。

魔羅和梅老爺子都已經合體了，而且我注意到兩人都是和我一樣的深層次合體，這說明他們兩人早已參透了合體之謎！

魔羅突出奇招，挑飛了梅老爺子的雙環，當胸一腳把他踢飛出去，魔羅手持雙叉，傲然而立，不屑追擊的樣子，望著梅無影，魔羅嘿嘿笑道：「老頭子，你認輸吧，你會的梅家功法，有什麼是我不會的，而我會的東西，你卻不會，老頭子你落伍了！哈哈！」

梅老爺子尷尬的接回自己的一對乾坤環，深深地望著魔羅，忽然一咬牙，髮鬚無風自動，雙手慢慢的向上舉起。我大訝地望著他，看他十分費力的樣子，好像在施展某種即便以他的修爲也很難控制的威力很強的功法。我咽下一口口水，緊張萬分地望著他，心中也在為他暗暗祈禱：「梅老爺子你可千萬要撐下去啊，后羿星人們的希望就看你了！」

魔羅望著他，雖然知道他在施展某種可能他所不知的強大功法，卻仍自負的沒有阻止。

突然，梅老爺子一對亮晶晶的乾坤環，倏地轉為透明，一道道電光在環內閃爍；接著化為火紅色，一朵朵藍殷殷的火焰在裏面跳動燃燒；然後又化為碧藍色，海浪般咆哮；五彩轉換，明豔動人，詭異綺麗，說不出的誘惑！

雙環彷彿有靈性般的跳動起來，無限的向外長大，又陡然收縮回來，氣勢駭人之極。魔羅終於也收起小覷之心，鷹隼般的凌厲眼神緊緊盯著那對乾坤環。

魔羅雖然心中有所恐懼，卻仍不忘諷刺梅老爺子，道：「怎麼，終於肯下血本拿出看家本領了嗎?這樣也好，等你黔驢技窮，就算是下了地獄，也沒什麼怨恨了吧！」

梅無影辛苦的支持著雙環，望著魔羅忽然高聲喝道：「去！」雙手向外一托，乾坤環「尖嘯」著一左一右向魔羅包抄過去。

這一招我知道，當年在地球李家的時候，梅魁和李獵的一戰，梅魁就是靠這招勝的！只是同樣的招數在梅無影手裏用出來，卻顯出截然不同的威勢，雙環閃耀著令人眼花的光芒，以其超快的速度連綿不斷的向魔羅砸過去。

魔羅毫不含糊，已經及時的祭出自己的日月叉，連刺帶挑一次次的化解雙環帶來的殺機，日月叉不知是什麼時代的神兵利器，綻放著明亮的光芒，只是在魔羅手中使來總有一股子邪氣！

乾坤環倒也沒弱了「乾坤」兩字，變化中衍生出源源不斷的殺機，令魔羅窮於應付，令他大感丟臉，也逐漸不耐煩起來，一聲厲喝，兩隻日月叉突然生出一團濃霧，兩柄小叉在霧中合併成一柄。

一柄長及人高的閃著寒芒的三尖兩刃叉被魔羅持在手中，魔羅望著旋飛著而來的一對乾坤環，暴喝一聲，電速般套住一枚圓環，砸飛了另一枚圓環，兩枚乾坤環受到重擊，神光頓時黯淡下來。

我一看不好，心臟突突的跳個不停，看來魔羅使出全力了，梅無影撐到現在，早就沒了更強的反抗能力。

魔羅身若飛梭向梅無影投去，口中呼呼狂囂道：「我要你的命！」狀若索命夜叉，手中的日月叉重若千鈞，無形中給梅無影增添了強大的壓力。

梅無影也隨著暴出一聲怒喝，面若怒目金剛，兩枚黯淡的圓環倏地又發出了奪目光彩。梅無影的聲音彷彿來自遙遠的天際，聲聲震撼人心，「以我的血爲媒，以我的生命爲代價，遠古的神獸啊，幫助我消滅眼前的敵人吧！」

剎那間，狂風大作，吹得人東倒西歪，接著電閃雷鳴，一道道電光，彷彿天邊的銀蛇飛舞。兩環一上一下，一枚圓環湧出滔天大浪，另一枚卻釋放出茫茫火海，就在眾人神爲之奪的時候，突然兩環轟然相交，一聲驚天動地的巨響，乾坤環化爲片片碎塊。

眾人疑惑不知所解的瞬間，一聲異鳴，經久不息的在半空中迴盪開來，一頭獅身牛鼻虎尾鹿蹄的怪獸猶若天降出現在眼前。

梅無影淒厲的大聲喊道：「魔羅納命吧！這才是梅家最大的秘密，只有家主才知道的秘密，今天老夫與你同歸於盡！」

魔羅驚道：「上古神獸——麒麟！」

我也驚駭萬分地望著這隻成年神獸，傳說麒麟是龍的變種，同樣擁有龍一樣強大的力量，這是僅次於龍的最強寵獸，沒想到梅家竟然有一隻這樣的神獸在守護著他們。

與我擁有的幾隻上古神獸不一樣，這是一隻成年的無主神獸，擁有強大的神力，而我的神獸的威力，卻要以我的能力而定。

魔羅突然哈哈大笑道：「神獸又如何，看老子怎麼收了你！今天真是我的幸運日，看來上天註定老子要做天下之主，等我收了這隻麒麟，即便是四大聖者也只配與我提鞋！」

傳說中與鳳凰同坐第二寶座的神獸麒麟，散發著強大無與倫比的威勢，虎吼一聲，帶著朵朵火焰向魔羅衝去。

魔羅大喝一聲，吐出一大片的血霧，將麒麟包在其中，魔羅嘿嘿狂笑著也投身其中，魔羅妄圖利用自己可以吸收別的寵獸的本領，把麒麟也給收到體內，到那時，他或許真的就是天下無敵了！

突然間，一聲淒慘的叫聲傳出，魔羅慘嚎著從血霧中飛出，搶身向遠處逃去，血霧中燃起熊熊大火，麒麟漲大了的身軀倏地從火焰中奔出，轉眼間就跟上了魔羅。

魔羅發現麒麟跟了上來，哀號道：「怎麼可能，爲什麼我不能把牠吞噬了！天亡我啊！」

他的垂死掙扎並沒有用，麒麟追上，輕易一口將魔羅吞下，只剩下一顆燃燒著的醜陋大頭從麒麟嘴中掉到地面上。

我歎了口氣，暗道：「玩火者，火亦焚之！縱橫一年無人能制的魔羅，落得如此悲慘的身首分離的下場，實在是他作孽無數的下場，天道不可逆！」

第二章　洗武堂

魔羅的悲慘下場，令每一個人都忘記了動手，呆若木雞地望著顧盼自豪的麒麟。

麒麟甩了甩牠的大腦袋，伸出血紅的舌頭舔了舔自己的嘴巴。就在人們把注意力都放在麒麟身上的時候，得勝的梅無影身周突然爆發出熾熱的火焰，將梅無影包裹在其中。

梅妙兒第一個發現，驟然發出淒厲的尖叫：「爺爺！快救爺爺！」

其餘人才陸續發現，梅魁縱身向他飛去，邊飛邊大喊著道：「爺爺！」

梅妙兒哭喊著也衝了上去，像是撲火的飛蛾，我急忙道：「李雄拉住她，別讓她靠近火焰，此火來得詭異！」

被火焰包圍著的梅無影竟然還沒死，望著自己最寵愛的兩人，露出慈祥的笑容，十分平靜地道：「別難過，孩子，這是叫出神獸的代價，沒有人能夠逃脫，我死後，家主的位置由魁兒擔任！乾坤環由歷代家主保管，希望你好自珍重。妙兒，你有雄兒照顧你，我也可以放心了。」

梅魁哭泣著道：「爺爺，魁兒還小，還需要爺爺的指導。」

梅無影神色平靜地道：「癡兒，你的表現爺爺很滿意，又有這麼多朋友幫助你，爺爺相信你。天下無不散之宴席，該是你長大的時候了。」

麒麟陡然又是一聲狀若霹靂的吼叫，火焰愈發旺起來，一瞬間，梅無影淹沒在火海中。在兩人哭天喊地的聲音中，隨著麒麟在這個空間徹底不存在了。

烏雲過去，竟下起淅淅瀝瀝的小雨，空氣是那麼清淨，彷彿一切都不曾發生過，那只是讓人永遠無法忘記的噩夢。

從剛才麒麟的出現到消失，我身邊的七小都顯得既害怕又興奮。

我費力地抓著藍薇的玉手，撫慰她驚駭的心情。

比起悲傷不已的梅魁，李雄要顯得老練得多，懂得利用這個機會，說服那些尚在頑抗的受到魔羅迷惑的梅家子弟。李雄收拾情緒，威嚴地望著下面死傷慘重的梅家子弟們，道：「魔羅已死，你們還不投降！如若執迷不悟頑抗到底，就想想魔羅的下場吧！不論他曾經答應過給你們什麼，力量也好、金錢也好，權勢、美女也好，現在他就像是煙一樣，永遠的不存在了，更無法給你們任何東西，再替他賣命的人就是徹徹底底的傻瓜。剛才梅無影前輩在彌留之際已經將家主之位傳給了梅魁，梅魁是你們新一任家主，如果你們能夠追隨新的家主，發誓永遠效忠他，重振梅家聲威，以往之事，新任家主將會既往不咎，而頑固的抵抗者，格殺勿論！放下你們的兵器宣誓吧！」

軟硬兼施下，再加上剛才魔羅在非人力所能抗拒下的慘死，令這些聽命他的手下，從心底產生了動搖，不知道是誰第一個扔下了兵器，幾乎所有的人都跟著扔下了手中的兵器。

這一場內戰，使梅家的實力大減，倒退了二十年，梅家是否以後能夠恢復自己在后羿星的勢力，就要看梅魁的作爲了。

大局得到控制，所有的人都放心地歎了口氣，在李雄的幫助下，梅魁勉強發出一些命令，開始清掃場地，並且著手爲老爺子舉行葬禮。

我重傷之下，也只能看著他們忙活，自己還真是頻中大獎，自己是今天第一個失去作戰能力的人，完全把我的所有計劃打亂。不然也許有我的幫忙，就不會出現這種悲悲切切的場景了。

事情就這麼偃旗息鼓的過了好幾天，再幾天後，老爺子的葬禮大張旗鼓地舉行了，因爲梅老爺子是與魔羅同歸於盡的，挽救了人民，維護了政府的聲譽，包括后羿聯邦政府和七大世家，都有家族的重量人物前來弔唁。

死者已矣，活著的人還是要活下去的，而且要更好的活下去，否則老爺子的死豈不是讓親者痛仇者快。

梅魁雖然是重親情的人，也是一個顧全大局的人，葬禮有條不紊的一連舉行了十天，等到第十一天的時候，由政府給老爺子追加了功勳，作爲結束的最後一項。

不管這些前來弔唁的人懷著的是一顆什麼用心，卻給足了梅家的面子，給足了梅魁這個新家主的面子。七大家族的人陸續離開了，可是梅家的內戰卻還沒有結束。幾個在梅家位高權重的梅魁的長輩，開始針對梅魁進行了一系列的要求換家主的活動。

這種事情，不是看叫聲是否響亮，而是看誰的實力大，梅魁新坐家主，可說連凳子還沒坐熱，手裏一點實力沒有！這也難怪那些老傢伙不服，想乘機翻天。

只可惜他們雖然算盤打得好，想趁著梅魁實力不穩的時候，強行把他推下台，換自己當家主，卻把我們的實力給忘了，李雄穩穩當當的可代李姓世家說話，有地球數一數二的李家支持，當然月師姐是一定會幫我的，再加上沙祖世家，三大絕對不可小覷的實力聯合起來，即便那些不可一世的老傢伙，也無法抗拒這種無形的壓力。

梅魁還是在朋友們的幫助下，穩坐上了家主的位子，以後的發展，我相信梅魁。他既然能在武道上有不凡的作爲，我相信在現在的位置上，他一定會有出色的表現，能讓梅老爺子看重的人，絕對不是等閒之輩，也許梅魁在這方面的才能很快就表現出來。

一切事情都結束了，世界陷入了安靜，彷彿所有的邪惡所有的黑暗突然都消蹤匿跡了，整個后羿星都一團和氣。

我的傷勢已經漸漸好轉，魔羅那幾下差點就要了我的小命，現在一說起來，藍薇就用小手堵住我的嘴不讓我說，可見當時我的身陷險境給了她多大的驚嚇。我現在也能活動活動了，四肢不像剛開始那樣連動一下都會疼得我直皺眉頭。

至少現在我可以在病床上，每天和藍薇伺弄我的豬寵和她的那匹火紅小馬，因爲百獸丸已經用完了，所以火紅的小飛馬也生長得很緩慢，正常情況下沒有好的靈藥襄助，牠得要半年左右的時間才能真正成熟。

沒有了吃的，「似鳳」天天吵著要罷工，沒法子，只能把牠放出去，讓牠自己出去找吃的，可是我卻在心中祈禱，這隻賊鳥可千萬不要爲我闖禍啊！

每日裏，心靈手巧的藍薇都會換著花樣，給我弄好吃的，每次被李雄撞見，都讓他眼饞不已。

沾我的光，也讓他吃了不少，只是幾天過去，卻發現，梅妙兒每日都要來上幾次，頻率之高，讓我摸不著頭腦。

幾天後，只見李雄綠著臉來央求藍薇不要再教梅妙兒做些稀奇古怪的東西，說她做的那些東西，恐怕連大象都能毒死，可是人家大小姐一番心意，不吃還不好！所以想來想去，只能求藍薇高抬貴手放他一馬！

這麼多天躺在病床上，睡得我發悶，唯獨今天令我心情輕鬆不少，調侃了他一番。想梅妙兒是梅老爺子生前的心肝寶貝，平時都是別人伺候她，哪裏會煮什麼飯菜，由此來看，她倒是對李雄死心塌地了。

又過了兩個月，梅魁在李雄的指導下，漸漸上了正軌，處理起家族的事情也是有板有眼，頗有領導人的氣魄。梅家在外的生意也正常運作著，沒有什麼大的紕漏。

李雄到后羿的任務早已完成，要不是看在朋友的面子上，早就回去了，此次出任務，帶來的三十多家族精英，在梅家內戰一役上只死去兩人，重傷三人，輕傷六人，經過三個月的休養，也都痊癒了。

此時我沒了牽掛，決定兩天後就起程回地球，說到地球，這顆最古老的星球，我真的非常想回去看看，最好是能回到村子裏看一看，看看里威爺爺和愛娃妹妹。只可惜我身上的傷初癒，還需要一段時間調理，雖然無妨大礙，藍薇卻死活不讓！

我也只好在她的陪伴下，繼續住下去。

這一天，下人忽然來說，有一個政府官員要找我，我納悶之餘，讓下人把來人請進來，在藍薇的陪伴下，我會了會這位陌生的政府官員。

一談之下，才知道，因爲上次我一人把飛船聯盟那群打著行善的幌子行勒索之事的不法之徒給揪到了政府，在魔羅的事情解決後，政府終於有時間來正視那些乘機興起的黑暗勢力。

他此行的目的是來感謝我的，本來以他的身分來說是用不著他親自來頒獎給我的，只是他們在查我的地址的時候，發現我竟然是除魔英雄之一，爲了表達對我的重視，特意由他親自過來。

瞭解了事情的始末後，他就開始向我大吐苦水。我也才瞭解事情並未如我想像中的那麼簡單。

聽他的言裏言外之意，都頗有請我幫忙的意思。只是見我傷勢未癒，不好意思開口，卻也透漏了那麼點意思。

說出了此行的所有目的後，又坐了會兒，他就起身告辭。

我望著白色的天花板，接過藍薇親手削的水果，喃喃道：「看來，我又有事做了！何時我才能回地球啊！」

藍薇溫柔地坐在身前，望著我淺淺的笑道：「我不阻止你去做有益人民的好事，但是一定要在傷勢完全好了，我才同意。」

我抓著她的纖纖素手，深情地注視著她美麗的雙眸，悠然道：「難道我是傻子嗎？身體乃是最大的本錢，我當然要聽從老婆大人的吩咐，把身體給養好。」

藍薇一點我的腦袋，燦顏一笑道：「貧嘴。你這樣說我也就放心了，雖然你有不死身，卻不是真的不死，多加小心才好。」

我嘻嘻笑道：「謹尊夫人的法旨。」

雖然我因傷哪也去不了，不過有佳人在側，倒也過得逍遙自在，隨著魔羅被消滅，時間往後推移，所有人都被眼前的安靜所迷惑，以爲天下真的又太平了。

沒有人還記得，魔羅並不是一個人，至少有兩個，可是就是那麼巧，第一個魔羅被消滅後，另一個魔羅也彷彿突然消蹤匿跡，蹤跡杳然。

梅魁大任在身，每天忙到昏天黑地，哪有功夫去想另一個魔羅的事，李雄忙著回地球，恐怕也早就把魔羅的事忘了，而我，說來慚愧，身陷溫柔鄉，也早將魔羅給拋擲腦後了。

另一個魔羅因爲突然消失，各地也沒有傳出人、獸莫名消失或死亡的消息，這才真令我們放棄了警覺。

藍薇的那匹火紅小飛馬現在已有半人高，與七小差不多的個頭。按照牠一身美麗的火紅鬃毛，我給牠取了好幾個名字，比如：赤霞、火雲等幾個名字，可是藍薇都不滿意，說我起的這幾個名字雖然不錯，卻顯得太過正式，少了一股子可愛。

最後藍薇給牠起名：紅棗，緣由是因爲牠特別喜歡吃大紅棗子。我心中暗道，紅棗這個名字可愛倒是夠了，可是少了一些大氣。

半大的紅棗正是調皮的時候，時常搗亂，把我和藍薇弄得啼笑皆非，沒辦法，我只好放出七小陪牠玩，紅棗有很強的好勝心，一隻小狼，牠還勉強能打個平手，不過七小一起上，牠只有挨揍的份，因此，時常七小一擁而上把牠一陣蹂躪。

望著紅棗滿身漂亮柔順的鬃毛塗滿了七小的口水，我和藍薇也是哭笑不得。小傢伙的精力總是旺盛得很，轉眼間，搖搖腦袋打個響鼻，又精神奕奕來找我和藍薇的麻煩。

時間又過了半個月，我的傷勢已經完全癒合了，只是拜魔羅所賜，本來我已是要即將度劫進入第四曲的境界，被他重創後，修爲又倒退回第三曲，想要再進入第四曲臨界點，恐怕又得過很長一段日子了。我只能再怨自己運氣太差。

希望下一次滿月化龍的時候，能夠多貯存一些月能，推動自己修爲往前進。

我收回思感，深深的又吸了兩口清晨鮮花的芳香，向來路走回，在梅家倒讓我享受了幾個月神仙眷侶的生活，每日裏都有藍薇陪我到此處繁花似錦的梅家私家花園修煉。只是今天，她的義姐風笑兒要來，所以我也只好獨身過來。

風笑兒本來在后羿星的演出早已結束，只是因爲慶祝禍國殃民的魔羅被消滅，又加演了十場，便一直拖到現在。

我緩步走回，這對姐妹還在談笑風生，銀鈴般的笑聲不時從風中傳出。

我微微笑著走進屋中隨口道：「說什麼呢？笑得這麼開心。」

藍薇道：「我和笑姐在談她演出裏發生的一些可笑的事。」

風笑兒也望著我淡淡一笑，以前對我的芥蒂已全無蹤影了，看來這次魔羅的事，令她成熟不少。

藍薇道：「依天，笑姐姐央我陪她一同去夢幻星，可是我又……」

我知道她的言下之意，她是又想陪風笑兒去夢幻星，又割捨不下我，而我因爲早就決定傷好以後一定要幫后羿星的聯邦政府對付一些黑勢力，所以沒法陪她一塊去。

我道：「放心的去吧，據說夢幻星是四大星球中最發達的一個星球，去玩玩吧，順便也算是保護你義姐了，我三叔也在夢幻星，我早已答應他要去夢幻星看他的，雖然他現在歸隱了，我也還是要去看看他的，放心去好了，這邊事一完，我就過去找你們。」

藍薇猶豫道：「不如我陪你一塊解決這邊的事，然後我倆再一塊去夢幻星找笑姐。」

我笑道：「不用了，這點小事，還用得著夫人出馬嗎？這些小蟊賊，也就趁著亂才占了點社會的便宜，現在大害已除，只剩些許小蟊賊，又能翻出什麼天來，相信你的夫君，放心和你義姐去夢幻星等我的好消息吧。」

兩天後，藍薇依依不捨的陪同風笑兒一塊去了夢幻星，留下我一人待在后羿。百無聊賴，我也決定出去活動活動筋骨，自己傷勢也好得差不多了，該是出去打探打探消息爲民除害的時候了。

梅家一場內戰傷了元氣，現在把放在週邊的一些子弟全線回收，養精蓄銳，以圖未來的發展。

「似鳳」每日裏早出晚歸，我想這麼些日子，牠是不是把半個星球都逛遍了，只是讓牠找些靈草妙藥之類的，倒是非常管用，要讓牠分辨哪是壞人，哪是好人，並且找出壞人住的地方，倒是非常難爲牠了。

那隻我剛到后羿收的豬豬寵——球球，現在也漸漸長大，再過些時日就要成熟，可以與我合體了。

想到這些寵獸，我又忽然記起自己在地球上煉的百獸丸已經用盡，自己是不是應該再煉上一爐，以備不時之需啊！

「依天大哥，我把您的中飯送來了。」

來人是梅魁專門派來伺候我的人，小丫頭叫小靈，人如其名活潑可愛，因為我不喜歡和太多人一起進食，所以一般都是她把飯菜送來的。

小丫頭把飯菜放下，左右探頭看了一下道：「藍姐姐呢？」

我道：「你藍姐姐去夢幻星了。」

小丫頭笑嘻嘻地道：「藍姐姐走了，她就不怕依天大哥一個人在這裏寂寞嗎？」

我沒好氣地道：「去，小丫頭，你知道什麼。你知不知道在北龍城哪裏可以買到藥材？」

小靈張口剛要說，忽然眼珠一轉道：「依天大哥不是說小靈什麼都不知道嗎，那我還不能說這藥材在哪有賣的。」

我哭笑不得，暗道刁蠻的小丫頭，我道：「小丫頭，還和大哥這拿腔作勢的，你要是不告訴我，我就問梅魁去。」

小靈一見我提到她們大家長，馬上道：「別，別，我告訴你還不成嗎，現在藥店很少有藥材出售的，不過你可以去『洗武堂』，這是后羿星最大的連鎖藥店，如果它們也沒有的話，我就不知道了。」

靈丫頭走後，我邊吃邊想，這個藥店的名字倒是取的怪異得很，「洗武堂」聽起來一點也令人無法想像這是一個藥店，倒像是某個武道宗派，希望這個大藥店，能有我煉丹所需的所有藥材。

用完飯，我帶上「似鳳」飛出了梅家，在一個繁華的商業區，我看到了三個燙金大字「洗武堂」，寬綽的店面中擠滿了前來買藥的人，我看著暗暗驚訝這「洗武堂」的生意竟是如此之好。

「似鳳」一進入店中就嗖的一聲鑽頭一般飛了出去，我喊了兩聲，收到大部分人眼光的責怪，也只好乖乖停住，任牠去了。

我往四下掃了一眼，沒看到哪裏有賣藥材的部分，正巧看到有一個詢問台設在靠邊一個顯眼的位置，我便向詢問台走去。

詢問台處是一個彬彬有禮的女孩，見我朝她走來，站起身，面帶微笑地道：「請問有什麼需要我們幫忙的嗎？」

我笑了笑道：「是這樣的，我需要買一點藥材，自己煉製一些特殊的丹藥，不知道哪裏有藥材可以買，所以就來這裏碰碰運氣。」

女孩道：「我們『洗武堂』是藥材最全的藥店了，您隨我來，我帶你去選購藥材，這一部分是只賣製成品的。」

女孩一面走，一面跟我介紹著「洗武堂」的悠久歷史，並向我解說店中的一些特殊的藥，「我們『洗武堂』遍佈后羿星的每個城市，即便是其他三大星球也大都有我們『洗武堂』的店面，在我們『洗武堂』選購的藥材是絕不會假劣產品，您可以放心購買，如果買過後有什麼不滿意的，可以隨時到『洗武堂』任何一家連鎖店進行調換。」

在一個更大的店面，裏面擺滿了各式藥材，女孩向我介紹道：「這裏的藥材都是按照藥材的屬性和功能分門別類擺放在特定的位置，你要是有什麼需要或不明白的，會有專門人員跟你解釋。」

說完話，又一個女孩替代了她的位置。

新女孩道：「您好，您是自己挑選，還是給我們開一張您需要的藥材單子，由我們專門人員幫你選擇。」

望著眼前巨大無比的屋子中，五顏六色，五花八門，擺放如同一條條長龍樣的藥材櫃架，我還真有點心虛，我道：「我給你開一張單子吧。」

女孩笑了笑，給我拿來早已備好的紙筆，我回想著百草經中「黑獸丸」的配方，一一寫了下來。

剛寫到一半，就聽到裏面傳來氣急敗壞的聲音，「快抓住那隻賊鳥，牠偷了一支血人參！」

我一拍腦袋，看來這隻不安分的賊鳥又給我惹麻煩了。

第三章 黑道風雲譜

「似鳳」像離弦的箭一樣，倏地從另一個出口處飛了出來，後面跟著一個年輕的小夥子，正又怒又急地跟在後面，口中不斷嚷著讓其他的店員一起幫著捉這隻古怪的賊鳥。

「似鳳」生怕別人不知道我是牠主人似的，突地落在我肩膀上，嘴中叼著一根模樣特殊、通體血紅的人參娃娃，一股濃郁的藥香不斷從血人參中傳過來，鑽到我的鼻子裏。

只憑這藥香，我就可以判斷這株所謂的血人參定然是珍貴異常的好東西，當然了，如果不珍貴的東西，我想「似鳳」這隻不知悔改的賊鳥也斷然不會放在眼裏的，更不會偷出來的。

女孩納罕地望了我和「似鳳」一眼，轉頭對那追來的小夥子道：「血人參不是師父要你養在密室裏的嗎，怎麼會讓一隻鳥跑去的？」

小夥子抹了抹頭上的汗道：「我哪裏知道，平常連一隻蒼蠅都飛不進去，這隻鳥怎麼會進去的，我也正在想呢！」接著說完又對我道：「您千萬別動，只要您別動，等我們捉住了這隻鳥，您今天的藥材，我們全部免費！」

我苦笑道：「您別費神了，我幫你拿這支血人參，只要您別怪我就行了，我哪還能讓你們給我免費啊！」

說著話，我在兩人驚訝的眼神中，開始從「似鳳」的嘴裏搶那支血人參，「似鳳」不但用嘴巴牢牢叼住，還伸出一隻爪子緊緊地抓著另一端，看樣子，是想和我頑抗到底。

我一邊把血人參往外拉，一邊道：「臭鳥，賊性不改，你要是再不鬆口，以後的丹藥就沒你的份了，猴兒酒你也別喝了，那麼大堆的鳳凰蛋殼，你也別惦記了。」

我每說出一樣，牠的力氣就小一分，等我說出鳳凰蛋殼，「似鳳」爪子一鬆，終於讓我把血人參拿到手裏，我遞給一邊呆立著的女孩，女孩怔怔地收下了血人參，突然發現「似鳳」不死心地盯著她手中的血人參在看，忽然醒悟過來，立即將血人參收藏了起來。

沒等他們質問，我就苦笑著說出了我和「似鳳」的關係，小夥子氣得望著我道：「你怎麼把鳥帶到店中，幸好我師父練功用的這棵血人參沒丟，要是丟了，你讓我怎麼向師父交代。這隻鳥也真是賊了，血人參今天才剛剛成熟，牠就來了，沒有成熟就從土壤中取出，會大大減少功效的。」

我在心中歎道：「只怕這隻賊鳥這兩天早已過來踩好了點，只等血人參一熟就偷走呢，還好我今天正巧過來買藥材，不然又讓這傢伙作了一次賊。」我見牠仍一副賊眼溜丟的樣子，伸手彈了牠一個暴栗。

小夥子說了兩句，氣也消了，看了「似鳳」一眼，道：「別說，你這隻鳥還真漂亮，您在哪個寵獸商店買的，改天我也去買一隻玩。」

我心說寵獸商店可買不著這種鳳凰的後代，我道：「這隻鳥是我從野外收的，不是在寵獸商店買的。」

說完我把已經寫好了的藥材單子交給了旁邊的女孩，女孩接過單子不經意地看了一眼，隨即顏色大變，狐疑地望了我一眼，道：「哥，你來看看這個藥方。」

小夥子不耐煩地道：「要我看什麼藥方，我那還有師父交代的事沒做呢，你按藥方給他抓藥不就成了。」

女孩低聲道：「這副藥方不大對勁，跟咱們『洗武堂』一粒千金的黑獸丸好像配方一樣，這可是咱們『洗武堂』的不傳之密啊。」

「我看看，」小夥子一聽，鑒於此事乃是非一般的小事，接過我寫的單子，看了兩眼，也壓低聲音對女孩道：「什麼像，根本就是黑獸丸的配方。」說著又抬頭看了我一眼，問女孩道：「怎麼辦？」

女孩白了他一眼道：「你是我哥，主意還讓做妹妹的拿！」

小夥子被她說得有些不好意思，抓了抓腦袋，卻拿不準主意。

兩人說話的聲音很低，我卻仍聽得真真的，我也心中納悶，這根本就是黑獸丸的配方，奇怪的是他們怎麼會知道，而且連名字也叫得一致無二，此配方乃是二叔傳我的百草經中所記載的。他們既然能知道，定是與二叔大有淵源的人。

我拿定主意，上前道：「我這就是黑獸丸的配方，只是這個配方可以說是我家傳之物，據我所知，還未曾見過其他人有此配方。」

「哎哎，」女孩急道：「你怎麼可以反咬一口，這個配方是我們『洗武堂』專利，我們『洗武堂』都有百多年的歷史了，還會是偷你的配方不成，你說你是家傳，你有什麼證據嗎？」

我微微笑道：「證據我當然可以拿出來，不過我要見到你們的師父我才可以拿出來，我想也許你們的『洗武堂』和我某個長輩有很大的淵源，所以我想見見你們的師父，或許他能告訴我一點什麼。」

女孩撇了撇嘴道：「又是一個亂認親戚的人，每年想和我們『洗武堂』攀親戚的人多了去了，不過我可告訴你，我師父可是個很可怕的人。」

小夥子道：「既然你想見我們師父，我們也省了心了，您跟我來吧，我帶你去另一個地方等我師父，今天血人參成熟，估計師父也就快到了，您可看好你那隻鳥，可千萬等會別再偷什麼東西了，不然師父怪罪，我就倒楣了。」

我笑道：「你放心吧，有我在身邊，牠不敢亂來，牠要是不聽話，我就關牠的禁閉，餓牠個兩天兩夜。」

有一搭沒一搭的和他聊著，他就帶我走進了所謂的密室裏，與其說是密室，還不如說是一個秘密的藥卉圃呢，一進去，一股草藥所特有的味道就直往鼻孔裏鑽。

我邊走邊看，道：「你這大都是珍貴的藥材啊！」

小夥子得意地道：「看不出，您還有點眼力，不過我告訴你，這還不算什麼，只是普通的好藥罷了，真正稀有的藥果，都另闢種植地，因爲那些稀有的藥物都需要一些特殊的環境，沒法子和別的藥物一起生長。」完了還不忘叮囑我道：「你可要管好你的鳥。」

我笑道：「你就放一百二十個放心吧，你別看牠貪吃，牠的眼光可高得很那，一般的藥物，牠是沒興趣的。」

彷彿以爲我是在誇獎牠，「似鳳」得意的在我肩上叫了兩聲。

把我帶到一間屋中，小夥子道：「咱們就在這裏等我師父吧，您只管放心，我師父他今天一定來，說不定，咱們前腳到，他後腳也就來了。」

我笑著問道：「你師父是什麼人啊，他在『洗武堂』是什麼地位？」

提到他師父，就跟提到藥物一樣，小夥子立即來了精神，道：「這要說你還真有福氣，我師父就是『洗武堂』的大老闆，平常，誰想見他一面都很難，您今天可算是趕巧，正好碰到血人參成熟，師父他一定會趕過來的。」

我道：「既然你師父是這『洗武堂』的大老闆，又怎麼會讓你和你妹妹在店裏面做普通的店員呢？」

小夥子一打開話閘子就滔滔不絕的往下說道：「這您可就外行了不是，這要成爲製作藥丸的大師，那首先就得辨藥形、識藥性，我和妹妹現在做的事，那是打牢基礎，爲以後作打算呢。」

我點點頭，心道剛才在前面看到的那麼大地方，擺放著至少也有數千種藥材，這要是一一辨明辨清了，還真不是容易的事，而這小夥子也不簡單，這麼大個藥圃，再有幾十個分門別類的特殊藥物，把這些個弄熟了，功夫也算是到家了。看來這些專門的人才和我這個半路出家的確實不一樣，我也只能按方子配藥，按說明步驟一步步的煉丹。

小夥子又道：「您知道煉丹嗎？」

我微微笑道：「略知一二。」

小夥子可能平常很少和人聊天，這一聊起來，就說個不停。既然說到煉丹，我倒是起了興趣，我想知道他們這種專業的人是怎麼看待這種既古老又現代的煉丹術。

小夥子見我興趣盎然的，頓時把我引爲知己，清了清嗓子道：「你別看我們現在的煉藥技術和手段都是利用高科技，不過那都是用來批量生產一些普通的藥丸，真正的那種具有特殊功能，或者藥性極強普通藥丸所無法達到的，這些都得用古老的煉丹術來進行。」

我笑笑道：「這麼說，你是這方面的高手了。」

小夥子忙擺擺手道：「我師父才是煉丹的高手，我還不行，不過我的目標就是成爲煉丹大師，而且成爲『洗武堂』的第一煉丹師！」

我道：「很遠大的目標！」

小夥子不無得意地道：「要成爲煉丹師，最重要的就要有一個上好的爐鼎，這是成就好丹的第一步；其次，要有一隻火屬性的寵獸，最好要在五級以上，牠可以在你煉丹的時候，精確的幫你控制火性；再者，要有較高的修爲。這三者不但是成就一爐好丹的必備條件，更是成爲一代煉丹大師的必備條件。」

一個溫和而不欠威嚴的聲音忽然響起來：「木頭，你又在說什麼呢？」

正在和我說話的小夥子聽到聲音，霍地站了起來，喜道：「師父，您老人家來了，您老要的血人參，我已經給您準備好了。」

我知道正主來了，也站了起來，看著小夥子那張欣喜的臉，想起他的名字——木頭，還真有那麼點味，頗想哈哈大笑兩聲。

木頭口中的師父，聲音傳來，人還未到，這時又傳來聲音：「聽花丫頭說，血人參差點被一隻鳥給偷走，那鳥的主人呢，可還在你這？」

我暗道：「這是打算興師問罪呀。」

木頭道：「師父，那鳥的主人還在我這呢，等您老人家有一會兒了，我看他也不是成心的，您老人家可別太難為人家。」

我感激地看了他一眼，沒想到這人雖然話多了一點，心腸倒還是蠻好的。他師父笑道：「榆木疙瘩，師父還要你來說教嗎，咱們血人參又沒丟，為什麼要為難人家！」

我頓時在心中對這師徒大生好感。

木頭的師父走入我們的視線，木頭迎了過去。他師父花白頭髮，面如七十許人，精神矍鑠，面色慈藹，一行一進中，動作渾然天成，修為已達爐火純青的境界，一眼望去，我感覺他的修為不在各大家主之下。更是比我高出不知多少。

我暗歎道：「天下高人真是多不勝數啊。自己這隻井底大蛙，今天又開了一次眼界，武道如逆水行舟，不進則退呀。自己要更加努力。」

木頭的師父一看見我，就目不轉睛盯得我渾身不自在，他道：「小兄弟的修為很不錯呀，你肩上的那隻鳥有名字嗎？」

我道：「老人家的修為也很高！我的這隻鳥叫『似鳳』，剛才差點就偷了你的珍貴血人參，真是不好意思。」

他呵呵一笑道：「不要緊的，這不是沒丟嗎，剛才我進來之時，花丫頭把你的配方拿給我看了，那確實是本店的黑獸丸配方，我大膽問一句，您的配方是不是來自百草經中。」

我一愣，道：「你怎麼會知道百草經的？這是我的長輩送給我的禮物。」

他歎道：「這個禮物好貴重啊，敢問小兄弟的姓名？」

我道：「依天。」我見他的神情逐漸變得激動起來，我突然有種預感，也許我猜得沒錯，他確實和我二叔有某種密切的關係。

他忽然發出一道音束凝聚到我耳中：「小兄弟的二叔，是不是四大聖者之一的鷹王！」

他既然能知道我二叔是鷹王，自然與他關係非同小可，我驚喜道：「請問您與我二叔是什麼關係？」

他忽然倒頭就拜，道：「少主人，我可等到你了。主人歸隱之前，命我在此等少主人，說是遲則一年，快則兩個月，沒想到，少主人今天才讓我給等到。」

一邊的木頭看得目瞪口呆，忽然道：「師父，你怎麼給他下拜！」

我也是太過震驚此事，一時竟忘了把他給拉起來，我趕忙上前扶他起身。

木頭的師父斥他道：「這是我們的少主人，怎麼可以無禮，去，到外面守著，沒有我的許可，誰也不准進來。」

木頭有些摸不著頭腦的去了，走的時候嘴裏還在嘟囔著什麼，恐怕他一時還適應不了我的身分的轉變吧，別說是他，就連我也無法適應，怎麼陡然自己成爲少主人了！

等到木頭走了出去，他才道：「老奴叫洪海，伺候主人也有八十個春秋了，主人歸隱之前，特別囑託了老奴一番，說要我務必等到小主人來，並要小主人接管主人名下的產業。」

我意料不到他竟然在我二叔身邊待了八十年了，那麼他應該也超過一百歲了，從他矍鑠的外表，怎麼也看不出他是百歲之人了，看來他的修爲比我想的還要高些。

我道：「海叔，你以後只管叫我依天，小主人幾個字，我總不大習慣。」

洪海道：「你稱老奴海叔已經讓我愧不敢當，如何再讓老奴直呼你的名字，再說禮不可廢，老奴還是稱呼你少主人，順口些。」

我笑了笑沒有再要求他，心中卻想，自己年老的時候會不會也是這麼固執，每個人都有自己的堅持，但是好像老年人則更強烈一些，不懂得有些時候需要變通。

確定了關係，洪海開始給我轉述一些二叔歸隱之前交代下來的，主要也就是接手他的一生心血，就是這「洗武堂」，洪海告訴我，「洗武堂」在二叔的苦心經營下，已經遍佈四大星球，是名聲和規模最大的藥材和丹藥連鎖店，由於二叔親自培訓了一批幾十人的煉丹師，所以「洗武堂」的丹藥才能在醫藥界聞名遐邇、獨佔鰲頭。

這個也不難想像，二叔在丹藥方面的研究當世無人能出其右，親自培訓的這批丹藥師自然是不會差的，又經過這麼一百年的努力，「洗武堂」如果沒有達到現今的程度才叫人奇怪。

洪海又道：「經過這麼多年的發展，這批最初的煉丹師已經發展到現在兩千人的規模，是我們『洗武堂』最重要的一部分。」

我暗暗咋舌，沒想到現在煉丹師已由原來的幾十人發展到現在兩千人的地步，怪不得剛才木頭說他的遠大目標就是作首席煉丹師呢！

接著我們又聊了一些其他的，最後我們又把話題轉到了魔羅身上，我便談起了政府的某個重要官員，希望我能幫助他們剷除后羿星的黑暗勢力。

洪海卻道：「他們的事，讓他們自己頭疼去好了，這些年，后羿星的政府日漸腐敗，本來還有兩大聖者撐著場面，現在四大聖者一起宣佈歸隱，后羿星的聯邦政府實力已是處在四大星球之末了。」

我道：「我並不是幫助政府，而是在幫助普通的人民，這些黑暗勢力一天不除，遭殃的都是普通人。只是現在雖然力有餘，可惜卻沒有什麼消息，無法找到這些黑暗勢力所在。」

洪海笑道：「少主人年輕，拚勁十足，既然少主人以天下人民爲己任，老奴自然是全力幫忙。」

我愕然道：「你幫我？你是打算陪我一塊剷除……」

洪海笑道：「少主人，我是『洗武堂』名義上的大老闆，無法陪你去一塊鋤強扶弱，不過我可以給少主人提供人手和資料。」

我道：「人我倒是不需要，因爲政府答應給我提供人手，倒是準確的消息我卻沒有，依上次那個官員跟我說，他們的情報多有不準，幾次行動不是無功而返，就是遭到早已準備好的頑強反抗，幾次下來，死了不少人，卻一點效果也沒有。」

洪海笑道：「政府那麼腐敗，能沒有內奸嗎！不過少主人，你盡可放心，老奴給你提供的資料，包準是最可靠的消息。不論是富商還是高官，無論是黑道還是白道，我們『洗武堂』都最受歡迎，所以我們的消息十分靈通，只要少主人想要的，沒有我們弄不到的。」

我驚喜道：「那可太好了。」

洪海道：「不知道少主人看中了哪個勢力，你告訴老奴，老奴也好吩咐下去，尋找最新最可靠的消息。」

我道：「你有沒有聽說過一個『飛船聯盟』的？」

洪海想了想道：「『飛船聯盟』我聽說過，后羿星有些規模的黑道勢力有十五個，其中在后羿星已經紮下了根的，家族勢力有三個，這『飛船聯盟』的前身是一些可憐的失業工人，後來是什麼原因變爲黑道勢力，我不是很清楚，不過少主人想知道，也可以查得到。『飛船聯盟』是新興的黑道勢力，到現在也不過十數年而已，不過實力發展迅速，行事也頗爲果敢、狠毒，現在可以說是最強的黑道！」

洪海頓了一頓道：「少主人如果想剷除『飛船聯盟』倒也不是難事，這『飛船聯盟』雖然實力龐大，卻是基礎不穩，只要搗毀它的總部，再抓住核心的幾個首領，『飛船聯盟』便會不擊而潰。」

我道：「海叔說得沒錯，只要抓住幾個首領，就可以很快的剷除『飛船聯盟』，你就幫我查這幾個首領的資料吧。」

洪海道：「少主人，這件事可不能急，『飛船聯盟』的首領既然有能耐在短短十年的時間內就令『飛船聯盟』成爲黑道第一勢力，其手段和智慧都不容小覷。而且他們到現在沒被其他黑勢力和政府給抓住，可見他們的核心力量是藏得非常深的！」

我道：「那豈不是沒辦法了？」

洪海道：「辦法自然有。」

我急道：「海叔，有辦法你就快說，都快被你急死了。」

洪海笑道：「老奴不是說了嗎，此事是急不來的，老奴給你想了一個辦法，『飛船聯盟』如一棵大樹，枝繁葉茂，卻範圍很大，無法都照顧到，少主人可從它的週邊開始，逐一擊破，等到『飛船聯盟』的幾個核心首領忍耐不住了，自然就會跳出來。同時，老奴也會不斷的幫少主人查找這幾人的資料，找是一定可以找得到，只是需要時間。所以少主人不能急，按照老奴的主意，包準你可以輕易消滅『飛船聯盟』。」

我道：「那好，就按照海叔的方法來辦。希望可以奏效，一舉擊破『飛船聯盟』。」

第四章　血參丸

和洪海商量好了對策和聯繫方法，洪海又和我說了些煉丹的事。我本要將「百草經」交給他的，但是海叔卻沒收下，他告訴我，這「百草經」乃是鎮店之寶，而且店中已有一個副本，不過卻比「百草經」中所記載的東西差了一些。

我想既然二叔沒有把完整的這份交給他，總有他自己的道理，所以我也不再勉強洪海。

洪海和我說起煉丹術，這令我頗爲汗顏，及到說起煉丹鼎爐，我才略微抬起一點頭來，召喚出我的靈龜鼎，頓時讓洪海嘖嘖讚歎不已，將精緻的靈龜鼎拿在手中，反覆觀看，愛不釋手。

他問我此鼎是否二叔傳授於我，我告訴他，這是我自己煉製的龜鼎，頓時令他對我刮目相看，眼中多了幾分敬佩。

海叔見獵心喜，也拿出了自己煉丹用的鼎爐，乃是高價托「煉器坊」打造出來的，然後自己又用三昧真火對其進行一定的改造，在鷹王的幫助下，才使鼎爐脫去凡胎，成爲超越凡器的寶貝。

但是比起我的靈龜鼎，他的鼎又遜色多了，畢竟我的鼎已是神器的程度了，擁有自己的鼎靈，煉起丹來得心應手，丹的效果也更好。

他召喚出幫助自己煉丹用的寵獸，是一隻六級中品的雙頂火鶴，這隻雙頂火鶴倒也神俊，身體隱隱散發出逼人的熱氣。

洪海道：「說起這隻雙頂火鶴，還有一段故事，不過那已是很遙遠的事，就不和少主說了，我的這隻鶴原本只是五級的，但是我按照百草經中的配方煉製了很多靈藥，牠吃了後，已由原來的五級，逐漸進化到現在的六級中品。」

我納罕道：「真這麼靈驗！」我只知道我的寵獸吸收了我的龍之力可以進化，卻沒見到牠們吃靈藥增長靈性，尤其是「似鳳」這傢伙可謂是「藥罐子」，我敢說牠吃的靈藥再沒有哪種寵獸能超過牠了。

可是儘管牠吃的靈藥都能把牠活埋了，也不見牠有一絲進化。

不過野寵小黑，那隻小黑龜，倒是進化得很快，雖然幾次進化都是機緣巧合，也許這其中也有靈藥的效果。

洪海呵呵笑道：「那是當然的，這方法還是主人鷹王傳授給我的，不過主人也說了，這普通寵獸可以通過服用靈藥進化，越是級別低的寵獸越是容易進化，不過想要通過這種方法進化到神獸的級別，那幾乎是不可能的事，即便是想要進化到神獸的過渡級別第七級，也是難上加難。」

我點點頭，心道：「這麼說還有點道理，要是真的只要服靈藥就可以任意進化，恐怕神獸也就沒什麼稀罕的了，隨便是誰，都可以利用靈藥把自己的寵獸進化成神獸。」

洪海輕輕地撫摩著他的雙頂火鶴，神態像是一個慈祥的父親，他歎道：「少主人，這血人參就是老奴用來煉丹的靈藥，希望可借助靈藥使牠能夠突破六級的界限，進入護體獸與神獸的過渡階段。」

我道：「海叔，你剛才不是說想要靠靈藥進入到這種程度，不是難度很大，且機會很小的嗎？」

洪海道：「確實這樣，想要進入第七級的程度，機會十分渺茫，所以我想求少主人一件事，能否把您的靈龜鼎借我用用，少主人的靈龜鼎靈氣充沛，如果能讓老奴用您的鼎來煉製血參丸，定能事半功倍。」

我皺眉道：「海叔，我的鼎就怕你不能用！」

洪海訝道：「這是爲什麼？」

我無奈一笑，默念中召喚出了小黑，七級的小黑已不再如六級時巨大兇悍的樣子，現在小巧可愛，卻擁有強大的破壞力。

小黑一出來，靈龜鼎也恢復了往日的神采，我再也掩飾不了牠的真面目，瑞氣重重，霞光萬道，彷彿寶物出世時的情景。

藥圃內的靈藥彷彿感受到了靈龜鼎蘊涵的巨大靈性，一塊向靈龜鼎傾斜過來。洪海瞠目結舌地望著眼前的神器，明白了我的意思。

有鼎靈的爐鼎必然已經認了主，除了鼎的主人，任何人也沒法使用。

洪海震撼過後眼神流露出難以掩飾的遺憾之色，道：「沒想到小主人的煉丹鼎，竟然是神器，老奴實在小看了少主人，少主人小小年紀就可以煉製出神器，前途當真不可限量，難怪主人幾次三番囑託老奴一定要好好服侍少主人。主人歸隱，我本也想覓一地終老此生，只是老奴始終無法如主人那般灑脫，視萬物如浮雲。老奴一生都在經營『洗武堂』，它就像我的親骨肉一樣，使我無法割捨啊！」

我暗想，每個人都有自己的獨特感情，只是每個人傾瀉的對象不同，方式不一樣，就如洪海這樣，把自己的感情都投入到自己一生的心血──「洗武堂」，雖然特殊，依然能讓人理解。

我道：「海叔，你可以把煉製血人參的方法告訴我，你在一邊指導，我來幫你煉製。」

洪海愣了一下，隨即喜道：「這再好也不過了，就憑少主人煉製出的這個神器，我就相信，在煉丹一途上，少主人亦不會差。」

我道：「既然您老同意，那把所需的藥材全部取來，我們這就開始吧。」

洪海道：「好好，少主人，您先等著，我讓木頭去把所需的藥材都給取到煉丹房中。」

我道：「有煉丹房是最好了，能阻止丹藥靈氣外泄，省得到時又引來一些不必要的麻煩。」我心中想的是第一次煉製龜鼎和「混沌汁」時，所招引來的一些奇禽異獸，這些怪東西都是因為感受到煉丹所洩露的大量靈氣望風而來的。

洪海哈哈笑道：「少主人，這個您就放心吧，老奴不敢說別的，咱們『洗武堂』的煉丹房那可是四大星球中數一數二的，絕對不會出現那種宵小怪獸前來偷搶靈丹的事情。」

我道：「那就好，這種事情，我可是怕了。」

洪海叫來木頭，吩咐他把早就備好的藥材一個個放到煉丹房中。木頭一聽洪海說是要煉丹，頓時來了精神道：「師父，您老要煉丹嗎，帶上我吧，您老上次就說要親自指導我煉一爐丹的。我不給您添麻煩，我還能給您沏茶倒水，揉腰捶背。」

洪海顯得心情很好，樂呵呵地道：「這件事就下次吧，今天不是師父要煉丹，是少主人要煉丹。」

木頭不依地道：「您要教少主人煉丹？那可不行，凡事都有先來後到之理，您要先教我，不然我不答應。」

洪海拍了他腦袋一下，訓道：「沒禮貌，和少主人說話得要有禮，不是師父教少主人煉丹，是少主人要給師父煉丹。」

木頭還要說話，洪海道：「去，趕快把藥材備齊嘍，別在這瞎摻合。」

木頭無奈的去了，我在心中道：「這木頭真不愧了他的名字，嗯，人如其名是有些木頭，不過倒是蠻可愛的。」

不大會兒，我們來到了煉丹房中，啓動了能量罩，洪海指著地上百十種藥材道：「這裏是我準備了兩年多，一百一十六種藥材，其中最重要的就是這血人參、金棗、火蓮、地黃等十五種藥材。」

我道：「是不是把這些全部都放到鼎中煉製？」

洪海道：「先取這邊三十六種藥物煉製，等到完全成爲一潭濃濃的藥水時，倒出裏面的藥渣，再把這邊四十八種藥材放到藥水中煮，等到把裏面的藥效完全融合到這四十八種藥材裏，然後取出，倒去藥汁，再放入這二十七中藥材，再將其煉爲汁，倒出藥渣，最後添入剩下的最珍貴的十五種藥材，煉製成丸，就大功告成了。」

我驚訝道：「這種血參丸煉製這麼麻煩，豈不是需要很長時間！」

洪海不以爲意道：「這個只要兩天三夜的功夫就能成，已經算時間很短的了，主人曾經煉製過一種丹，整整煉製了一個月，沒吃沒喝，幸得主人修爲高深，才度了過來。」

我聽得暗暗咋舌，一個月的時間。怪不得木頭先前說成爲一個好的煉丹師需要高深的修爲，由此看來，沒有高深修爲想要成爲一名高明的煉丹師，確實不大可能，只一個月不吃不喝的煉丹，修爲差些的，丹沒煉成，人已經不行了。

洪海道：「可惜少主人的神鼎太小，否則這前三十六種藥材就可以放在一起煉製，現在恐怕得進行兩次了。」

我笑道：「神鼎可大可小，別說那三十六種藥材，就是把這些全放進去也無礙的。」

我心中一動，靈龜鼎隨著我的意念，逐漸長大，直到底座大如磨盤，我才讓它停下，我望著洪海道：「海叔，這麼大夠了嗎？」

洪海笑得合不籠嘴，道：「足夠了，足夠了，我早該想到既然能被稱爲神器，又怎麼會只有這麼小，我是高興得糊塗了。」

我伸手一招，靈龜鼎的鼎蓋向上掀開，我道：「海叔，往裏面放藥材吧，藥材的量，你來掌握。」

洪海神情激動的把前四十八種藥材，一股腦的放到鼎中。我伸手一揮，鼎蓋轟然合上，我道：「海叔，要用哪種火來煉製？」

洪海道：「最好是用本身的三昧真火，如果用凡火，那不免給靈藥帶來幾分俗氣，效果就沒有那麼好了。」

我道：「海叔，我是至陰內息，無法催發三昧真火啊！」

他笑道：「所謂三昧真火，乃是靠本身的強大真元，催發出來的火焰，和你是什麼樣屬性的內息完全沒有關係，不過至陽內息，更容易催發出來，讓老奴告訴你至陰內息該怎麼催發出三昧真火。」

我大喜，道：「謝謝海叔。」我一直都在頭痛，至陰內息無法催發出三昧真火，如何來煉製丹藥，我也是因爲快要突破第三境界進入第四曲的境界，才敢來收買藥材的。

海叔教我的口訣簡單易學，口訣的內容就是教我怎麼將內息轉換爲三昧真火的形式再釋放出來，確實比至陽內息直接催發三昧真火要麻煩了些，不過倒也無關大礙。

我默念了幾聲口訣，內息催動，三朵成品字狀的紫色三昧真火在手心裏出現，我一抖手腕，三朵璀璨的三昧真火飛到靈龜鼎之下。

我雙手護在靈龜鼎的兩側，不斷的持續灌注內息，並且密切注意鼎內藥材的變化。

三昧真火的至高境界為青色，次之為藍色，再次為紫色，最次為紅色。我當年所能釋放出來的三昧真火是最差的紅色，現在跟著修為的精進，已然升到了紫色，三朵紫幽幽的火花散發著無與倫比的熱力。

不知道過了多久，按照洪海的步驟，我們一直煉到了最後一步，洪海神態激動地道：「少主人，這最後一步，也是最關鍵的一步，一定要小心，這一步最重要的地方就是讓藥汁均勻的混合在一起，所以鼎的熱度要平均，千萬不能出現大的溫差。」

我應了一聲，全心投入到最後一步的煉製過程裏，我閉上眼睛用意念將幾朵三昧真火放到相應的位置上。

就在這時，洪海忽然驚訝地發現靈龜鼎突然耀出金光彩霞，雲蒸霞蔚間，龜鼎倏地變為透明，可清晰地看到鼎內的煉製情況，陡然，洪海看到一隻小黑龜探頭探腦的從藥汁下鑽出來，追逐著一個烏溜溜卻放著濛濛黑光的小丸子似的東西。

小黑龜悠閒地划動著四肢，像是在追逐那隻小黑丸，又像是跟在小黑丸之後，繞著鼎邊游弋起來，一圈過後，便又出來一隻一模一樣的小黑龜，接二連三出來了三隻小黑龜。

三隻小黑龜擺動著自己短短的四肢，不疾不徐地游動著。

事實上，這正是我在不自覺中御動鼎靈小黑幫著我，促使鼎內的靈藥均勻受熱，三隻小黑龜不知疲倦的轉動著。

又不知過了多久，鼎內的藥汁越來越濃，慢慢的開始結晶，一個個血紅色的丸子漸漸形成。洪海在一邊看得又驚又喜，本來收集的這些藥材，怕因爲煉藥失敗而無法成功煉製出足夠的量。現在看著鼎內逐漸成形的紅色丹丸，大概有幾千的數量。

又過了一段時間，紅色的丹丸逐個凝固結實，個個鮮紅的顏色嬌豔欲滴，再過了一會兒，全部的藥汁都凝結爲紅色的丹丸，這個時候真正的血參丸才算煉製成功。

我一直都在密切注意著鼎內的情況，等到所有的藥汁都變成一個個紅色剔透的小丸子，我猜測這大概就是洪海所需要的血參丸吧。慢慢的我將三昧真火收了回來，鼎爐的溫度也逐漸下降。

煉丹房內良好的恒溫設置，將龜鼎散發在室內的熱氣都吸收釋放到外界，保持了煉丹房裏適宜的乾燥和溫度。

我睜開眼睛，就看到洪海欣喜地望著我，我問道：「多長時間了？」

洪海道：「剛好兩天，少主人真是神乎其技，讓老奴大開了眼界，不愧是神鼎，果然是神奇無比，竟然可以一次煉製成功。」

我喜道：「成功了嗎？」

洪海激動地道：「成功了，這麼多藥材大概煉製出了四千多粒，老奴原先還怕屢次煉製不成功，浪費了藥材，得不到足夠的血參丸，現在不怕了，這麼多的血參丸，都可以當豆子來吃了。」

我伸出手來，心中默默地召喚靈龜鼎，碩大的龜鼎飛將起來，體型在空中越變越小，最後又恢復到最初的小巧狀落在我手中。

我打開鼎蓋，幾股清香頓時湧出鼎來，迎面直撲而來，順著皮膚灌到身體中三十六萬個毛孔中，直令我有迷醉之感，頭腦也泛出股懶洋洋的感覺，四肢通體舒泰，直如傳說中的豬八戒吃了天地造化而生的人參果，無一處不舒適啊！

反觀洪海，陶醉在其中的感覺，只怕也不比我差多少，都被這幾股迷人的香氣所誘惑，而深深迷醉在其中，不願自拔。

洪海深吸了幾口香味，道：「神器煉製出的東西確實不同凡響，這些血參丸老奴只需要一百二十粒，其餘的少主人自己收著吧。」

聞言，我道：「海叔，這怎麼好，本來就是你辛苦準備好的藥材，我怎麼好要你的東西，你全拿去吧。」

洪海笑道：「少主人，雖說藥材都是我準備的，可是這血參丸卻是你煉製出來的，本來我也就只需要這一百二十粒，多了對我無益，還是少主人留下吧，雖然我準備了這許多藥材，如果不是因爲少主人的神鼎，還不一定能煉製出這一百二十顆啊，少主人，您就別和老奴客氣了，這個血參丸對你的寵獸也有很好的用處，它不但能提高寵獸的級別，而且可以治療寵獸受到的重傷，在特殊情況下可以在一定程度上補充寵獸的能量。」

見他這麼堅持，我也不再客氣，探手入靈龜鼎中取血參丸，拿出兩百顆遞給他，我道：「海叔，我們『洗武堂』不是有『黑獸丸』嗎，何必要費力煉製這血參丸，我在『百草經』中看到上面有記載說，『黑獸丸』每天一丸，可在百天之內提高寵獸一個級別。」

洪海微笑道：「少主人定是看得不夠仔細，『百草經』中是說了可以在百天內提高一個級別，不過下面有注釋，說只對六級以下的大部分寵獸有效，就如少主人的『似鳳』，雖然牠是六級以下的寵獸，卻是鳳凰的後裔，要想進化，必須得到超過鳳凰級別的靈藥相助，才有可能提升級別甚或進化爲神鳥鳳凰。」

我這才釋疑，雖然他說的和我想的差不多，卻遠比我想的要詳細。

洪海又道：「『黑獸丸』也可作爲寵獸療傷所用，只是效果要比血參丸差了很多，不過『黑獸丸』的煉製成功率卻比血參丸高出一大截，所需藥材種類和數量都比血參丸容易培植且少。」

遇到洪海這個大行家，我把存在心中已久的另一個大疑惑說了出來。

洪海道：「無論什麼樣的靈藥，吃多了，效果自然就會越來越差，必須適時更換其他靈藥，效果才更好。」

我召喚出豬豬寵，兩天沒餵牠吃東西，一定把牠餓壞了，球球一出來就用鼻子拱我的手，我一邊拿出兩粒血參丸餵給牠，一邊道：「我這兩天忙著煉丹，沒法餵你吃的，可不要怪我。」

我又召喚出「似鳳」，雖然這個饞嘴的賊鳥總是給我找麻煩，對牠，我卻有一種特別的感情，有了好東西，總想著讓牠嘗嘗。

「似鳳」一出來，立即兩眼放光，四處尋找，看到龜鼎正散發著陣陣霞光，「嗖」的飛了過去，兩隻爪子抓在鼎沿，將腦袋完全伸到裏面，開始快速的一上一下的啄吃起來。

轉眼間，就被牠吃了十多粒。

我忙道：「小龜，還不合上鼎蓋，你是想讓牠把血參丸都吃光嗎？」

靈龜鼎突然產生巨大的熱度，「似鳳」吃痛不住，飛離鼎壁，牠一離開，鼎蓋立即落下，把鼎蓋得嚴絲合縫。

我一把揪住牠的尾巴，狠狠給了牠兩個暴栗，道：「你以為是在吃糖豆嗎，一口氣就吃了十幾個，這可是珍貴的血參丸，你這賊鳥又不能進化，偏是那麼饞嘴，先關你兩個月禁閉，不放你出來，看你還不知悔改！」

「似鳳」被我罵得不爽的拍打著翅膀打在我手上，還試圖向我吐火球。不過見我有拔毛的趨勢，又收回了火球，嘰哩呱啦的向我叫起來。

我怒道：「臭鳥，還敢給我頂嘴，這是你應得的嗎？沒錯，我是在第四行星的時候欠你一點人情，不過那時說好了的，以『黑獸丸』爲代價，你剛才吃的是比『黑獸丸』珍貴百倍的血參丸，你剛才一氣吃了十幾顆，我算你十顆好了，相當於千顆『黑獸丸』，減去我欠你的幾百顆『黑獸丸』，你現在還倒欠我的。你不服氣是吧，先給我乖乖回去待著，以後想出來就要免費替我做兩件事，抵消你欠我的債！」

說著我就把牠封了回去。

每個人看到我和「似鳳」的關係都只會有一個表情，洪海也不例外的用驚訝的表情望著我，半天始道：「我還是第一次見到這麼有個性的寵獸！神獸後裔確實不同凡俗。」

我尷尬的笑了笑，沒有答話。

也許我應該再煉上一爐的「黑獸丸」。

洪海道：「我讓木頭和花葉把你需要的材料給你拿來，我想店中『黑獸丸』的成色，少主人一定看不上眼，還是您親自煉製吧！」

一直守候在煉丹房外面的木頭，聽到師父的命令，馬上和他的妹妹花葉兩人把早就備好的藥材搬了進來。

心中一動，我笑著對兩人道：「這個送給你們，就當是你們這兩天寸步不離守在房外的辛苦了。」我伸手抓了一大把血參丸，不下百粒之多交給木頭。

木頭兩人知道了我的身分，哪還敢隨便要我的東西，洪海慈愛地望著兩人道：「少主人賞賜的東西，還不收下來，這個紅色的小丸子，就是師父準備兩年藥材要煉製的血參丸，這麼多的血參丸，夠你們的寵獸連升三品了。」

得到師父的應許，木頭欣喜若狂地接過血參丸，血參丸的名頭他可是聽師父說了很多次了，自然也知道血參丸的妙處，只是這等靈藥非常難煉，他從來沒想過，搬一下藥材，就能拿到這許多的血參丸。

我又抓了一大把送給花葉，花葉顯得有些羞澀，接過血參丸，道謝聲也是音線細小。此間事了，我婉言拒絕了洪海的盛情邀請，又回到了梅家。

回到自己臥室時，卻剛好看到靈丫頭正在屋內等我，可能等我半天了，這個時候正百無聊賴的逗她的寵獸——一隻果狸在戲耍呢。

我剛一進入屋中，她的果狸就膽小地躲到自己主人的身後，我呵呵一笑，道：「靈丫頭，你怎麼待在我臥室裏啊。」

因爲我的寵獸都是級別很高的，而且還包括了神獸，再加上我身上擁有龍之力，像這種奴隸獸，往往看到我都會比較害怕。

靈丫頭見是我回來了，轉手把果狸給抱到懷中，高興地道：「您可回來了，我都等您老半天了，上次的那個人又來找您了，您不在，他交給了家主一個晶片，家主讓我在這等您回來，並把這個晶片交給您。」

我接過她遞給我的晶片，隨口問道：「那個人以前我見過嗎？」

靈丫頭道：「就是那個總是哭喪著臉的什麼官員。」

我笑道：「這次他還是哭喪著臉的嗎？」

靈丫頭道：「有了點起色，不過仍然好像倒了大楣的樣子。」

我心道這個傢伙可能是找到了一些關於飛船聯盟的資料，才過來找我的吧，我將思維探到晶片中，果然正如我所料，是一些關於飛船聯盟在各大城市的一些分部資料。

這些資料都是飛船聯盟的週邊資料，不過聊勝於無，想要得到飛船聯盟的核心資料，只能指望洪海了，不過我現在正好按圖索驥，開始實施和海叔定下的策略，引蛇出洞。

破壞了他的週邊聯盟，不怕這條毒蛇仍憋著氣能龜縮在洞中。

我收回思感，見靈丫頭正怔怔地望著我，望著她懷中蜷縮著的膽小果狸，我道：「謝謝你，這個晶片挺重要的。這是我送給你的好寶貝。」

我探手入烏金戒指裏，拿出手來時，手掌裏已多了十粒紅燦燦的血參丸，靈丫頭望著我手中的血參丸，眨了眨眼睛，望著我問道：「這是什麼東西，好像很香的樣子。」

她嗅到的香味正是血參丸散發出來的，她懷中的果狸更是睜大了眼睛望著我手中的血參丸，既想上來吃，又怕我，急得不安分的在她懷中躥動。

我道：「這個寶貝啊，是千金也難求的，可以讓你的小笨狸變得聰明些，這十顆每個星期一顆，足以使牠脫離奴隸獸的範圍，進化成四級護體獸了。」

靈丫頭半信半疑地接過了我手中的十顆血參丸，我道：「要記得收好了，別一下子都讓你的小笨狸都吃了，現在就可以餵牠一顆，然後到下個星期再餵一顆。」

果狸迫不及待地吞下了一粒，靈丫頭見牠的饞像，有些相信了我的話，把剩下的九粒貼身收藏起來，然後走了。

我想著剛才晶片中的內容，自言自語道：「這些內容未必就那麼可信，安全起見，我還是明天去找洪海商量一下。」

自己的修爲也算是中上等了，不過天下高手那麼多，說不定，飛船聯盟裏就臥虎藏龍呢，自己唯一能和頂尖高手有一拚之力的依靠，就是自己的寵獸，除了我新近收的球球那隻可愛的小豬，其他無一例外的都是高級寵獸。

看來我還是再煉一爐「黑獸丸」出來，犒勞犒勞我的寵獸們，再順便看能否幫球球升級。想到就做，我取出所有的藥材，再喚出靈龜鼎，將所有的藥材放進去，給自己加了一道能量罩，把自己和龜鼎都罩在裏面，運出三昧真火，開始煉製「黑獸丸」。

有了多次經驗，這次是駕輕就熟，我不斷的將裏面的藥渣取出，藥汁越來越濃。然後結爲一顆顆的小黑丸子。

我知道大功告成了，徐徐收回三昧真火，就將「黑獸丸」放在鼎中，一塊裝進了烏金戒指裏，環顧臥室，已經是霧氣騰騰，我走到屋外，發現天仍然是黑的，彷彿煉丹只是一轉眼的事，實際上卻已過了一天了。

事實上，我雖然沒把小黑召喚出來，餵我一些靈藥，我的受益卻是最大的，每次煉丹，我都是第一個受益，所獲靈氣也最多。

連續的煉丹令我消耗了很多的精氣神，我躺下用睡覺這種最簡單卻最有效的方法來恢復精神，第二天大清晨我醒過來，精神熠熠，漫步走到外面，享受清晨的和煦微風。

低微的破空聲在遠處響起，我別轉頭看去，卻是梅魁正向我飛過來。梅魁落下來站在我面前，向我笑吟吟地道：「依天大哥。」

有些時間不見，梅魁看起來比以前沉穩多了，眉目間仍有一些淡淡的哀愁揮之不去，突然發生的不幸，令一個尚未準備好的少年吃盡了苦頭，同時也過早的成熟了。

我也笑著道：「怎麼今天有空來看我，幾天不見，你的氣色好多了。」

梅魁道：「爺爺死了，所有的家族事物都得我來打理，今天好不容易忙裏偷閒，爭得一點點的空閒啊，想想，很久沒看到依天大哥了，所以特來看看大哥。」

我道：「不用理會我，現在最重要的是把你自己的家族給打理好，我不但沒給你幫上什麼忙，又每天住在這裏打攪你，這已經讓我很慚愧了，家族裏的幾個長老最近老實了？」

梅魁笑道：「呵呵，他們幾個老傢伙哪會老實，只是知道地球李家和沙祖家、崑崙武道都支持我，不敢翻什麼大浪，只是每天都要給我找一堆小麻煩，弄得我頭疼的要命，這幾天我正考慮著，能用什麼方法逼他們自己退位，交出家族的權利，也好讓我清淨清淨。」

我笑道：「你現在是家主，整個家族權利最大的就是你，你說一句話，他們還敢說不嗎？」

梅魁歎道：「依天大哥想得太容易了，要真是這麼簡單，現在我還會這麼煩心嗎，家族勢力盤根錯節的，動任何一人，都牽連到家族中其他很多方面，要想奪了他們手中的權利，不是一天兩天就可以的呀。」

我道：「聽到這個我就頭疼，你自己想辦法吧，你依天大哥不是這塊料，要是需要大哥幫忙，就直接說好了。」

梅魁道：「家族裏的事，外人插不上手，我也只是向你發發牢騷。」

我道：「你妙姐是不是和李雄一塊回地球了？」

梅魁道：「妙姐沒去地球，爺爺的意外，她是最傷心的，每天都待在自己的臥室不出來，幸好你提醒，我也好久沒看到妙姐了，依天大哥，我不陪你了，我去看看妙姐。」

我揮揮手道：「去吧，我一個人再待會兒。」

梅魁應聲去了，我望著他快捷的背影，輕輕歎了口氣，他真的是成熟了，這是他的宿命，即便梅無影沒死，過不了多久，梅魁仍然要接替他的位子登上家主的寶座。

想著想著我又想到了自己的母親，母親預言我會成為一個偉大的人。是不是四處解救人類就是我的宿命呢？自打我從小村子裏出來，一直到現在，幾乎就沒停過，先是魔王後是魔羅，目前就是飛船聯盟，想停都停不下呢！

我笑著歎了口氣，善良的本性令我無法對那些危害人類的事袖手旁觀，自己的一身本領，如果不用在這裏，還要用在哪裏呢！

吃了靈丫頭給我送來的早餐，我帶著晶片去「洗武堂」。大概海叔把我的身分都傳達了下去，我一進「洗武堂」，馬上有人迎了過來，態度拘謹而恭敬，迎接我的那人道：「經理交代過，少主人如果來了，就請少主人去藥圃。」

我笑著點了點頭，跟著他向裏面走去，沒走多久，木頭迎面急急忙忙跑了過來，看見我，趕忙又緊走幾步，高聲叫道：「少主人！」

等他走近，我道：「你師父呢？」

木頭對我身邊的人道：「你去忙你的吧，少主人有我來伺候。」那人應聲走了，木頭道：「少主，師父還在調理他的雙頂火鶴呢。」

我道：「走，咱們去瞧瞧。」

到了後廳的藥圃中，洪海雙手正握著一枚紅彤如火般的精魄，火紅的精魄在洪海雙掌裏燦出點點火紅光芒，雙頂火鶴正通過精魄不斷地吸食洪海的內息，點點火星像是一顆顆斷了線的珠子，將雙頂火鶴與精魄連接在一塊。

如此用自身的修為幫助寵獸升級品的方法，我還從未見過，我示意木頭不要出聲打斷他，自己饒有興趣地瞧著洪海。

過了好大半天，洪海總算是行功圓滿，漸漸將精魄傳到雙頂火鶴的長喙中，雙頂火鶴張開長長的尖嘴，一仰頭把精魄吞到腹中。

我見他收了功，呵呵笑道：「海叔好精純的修為，好獨特的方法。」

洪海見我站在他面前，哈哈一笑，收了雙頂火鶴，從剛才的蒲團上坐起來，道：「原來少主來了，木頭，你剛才怎麼不叫我，讓少主等我這麼長時間。」

我微微一笑道：「海叔，我們都是一家人，你還和我客氣什麼，是我讓木頭不要說話，我好仔細觀察一下，你這種幫助寵獸修煉的方法。」

洪海哈哈笑道：「原來是這樣，少主要是對這套心法感興趣，我就教給少主，不過這套心法只是對一些人工培育的寵獸適用，野寵天生就懂得自己修煉精魄，對牠們用處不大。」

我暫且不提此事，向他說起了后羿政府給我提供的資料。

洪海思慮了一會兒，道：「少主對此事有什麼看法嗎？」

我道：「飛船聯盟作爲黑道勢力的魁首，如此猖獗，不將政府放在眼中，必會使得其他的黑道勢力也對外面世界蠢蠢欲動，這樣一來，政府與黑道之間的戰爭必然會一觸即發，而且黑道勢力有人、有錢、有武器，而政府則剛經過魔羅的事情，聲譽大跌，政府機構也是百廢待興，現在一旦發生黑白勢力的碰觸，將會是一場災難，死人自不在話下，普通的人民又會是最遭殃的人！我覺得現在對待飛船聯盟絕對不能手軟，堅決鎭壓！」

洪海看了我一眼，微微笑道：「少主心地仁厚，心裏面裝著普通人民，讓老奴非常欽佩，老奴也覺得對付黑道勢力絕不能手軟，只是您覺得我們該怎麼個打法，盲目的鬥爭是不會勝利的。」

我愕然道：「海叔，這個鬥爭的戰略我們不是早已商量好了嗎，從飛船聯盟的週邊打起，直到揪出他們的首領。」

洪海道：「當然這個戰略是早都商量好的，而且也只有這個方法可行，可是老奴覺得，不論后羿會成爲什麼樣子，后羿政府會不會垮台，都不是最重要的，在老奴心中，少主是最重要的，只有少主安危老奴才最關心，少主是主人歸隱前諄諄囑託老奴的事。您要幫助后羿政府，老奴不反對，可是一定要保證您的安全。」

聽他這一番話，令我心中頗爲感動，同時也感受到他與二叔之間的深厚情誼，我道：「那海叔有什麼好的主意嗎？」

洪海道：「這個老奴已經想好了，正如少主所知道的，在后羿政府中，隱藏了很多黑道勢力的眼線，甚至這些眼線都佔據了很高的地位，恐怕連政府裏有個什麼風吹草動都瞞不過他們，更何況剿匪這麼大的事，政府幾次剿匪不成，而傷亡很多部隊就是一個明證。少主要是帶領著政府的部隊打頭陣，老奴覺得實在太危險！」

我點點頭道：「海叔說得有道理，可是我要是不和政府合作，憑我個人的能力是萬萬敵不過飛船聯盟的。」

海叔笑道：「少主是擔心人單力孤吧，這個還不簡單，雖然我們『洗武堂』以醫學丹藥聞名於世，論到武學我們也絲毫不差，比起崑崙武道、北斗武道這種聞名四大星球的武道學校，我們也毫不遜色。所以這一點，少主不用擔心，如果少主需要，老奴可在兩個小時內給少主集中五百人的精銳部隊。」

我頓時喜形於色，心中也暗暗咋舌，我道：「這樣最好，最重要的事情就解決了，多謝海叔。」

洪海擺手道：「少主謬贊，這些精銳的子弟兵俱是主人之前一手訓練出來的，老奴只不過花了少許力氣罷了，談不上功勞！既然少主同意老奴的觀點，那老奴就接著往下說了。」

洪海又道：「少主不用拒絕政府，政府一定會給你派一個助手，到時候，你就讓他帶著政府的部隊從正面明著進攻，而少主您呢，就領著我們『洗武堂』的精兵暗地裏偷襲。」

我連連稱讚，道：「好辦法！一明一暗，雙管齊下，頗合兵法，好，就這樣！」

我答應下來，彷彿給他解去了一個心病，洪海看起來很開心，道：「少主，在離北龍城三百里外的一個地方，是后羿政府批給我們洗武堂的一個種植藥草的地方，大約有兩千多畝，並且政府特許我們擁有自己的武力防禦。實際上明著是我們『洗武堂』的一個種植地，暗地裏卻也是我們『洗武堂』培育自己武力的地方。老奴本想過上一陣子，再帶少主去的，不過現在計畫既然改變了，我就先帶少主去瞧瞧，咱們的武力是不是足以剿滅那群烏合之眾。」

越談越起勁，說到「洗武堂」，他總是神采飛揚，溫和的脾性也變得豪氣起來，我好奇地道：「那麼我就跟海叔去看看咱們的武力！」

坐上飛船，洪海帶著我就向種植地飛去，三百多里的距離，僅用了二十多分鐘的樣子就到了。

通過嚴格的身分驗證，種植地上方的強力防禦罩被收去，我們這才緩緩降落，陽光照射下，綿延千里的翠綠藥花草樹，顯現出蓬勃的生機。

剛出飛船，一大隊人都已經恭敬地等候在飛船下，見到我們下來，都高聲地叫喊著我和洪海，想必洪海早就把我的消息傳給了整個「洗武堂」了。

只見他們個個挺首昂胸，氣勢雄峻，面容堅毅，我心中稱讚不已，真正的軍隊也莫過如此。

這隊人邁著整齊劃一的步伐，引領著我們向地下堡壘進去。

走進鋼鐵合金澆鑄的堡壘中，洪海開始向我介紹堡壘的每個部分。這座擁有強大火力和防禦力的堡壘是二叔幾十年前花了整整三年零八個月建立起來的，其中的艱辛不言而喻！

洪海帶我參觀了整座堡壘，又帶我觀看了堡壘中子弟兵的實戰訓練，確實令我大開眼界，信心十足，帶領這樣一支守紀的強大精銳隊伍和黑道勢力作戰，我將會事半功倍。

看完實戰訓練，洪海又帶我來到自家的武器庫，經過重重關卡，我們終於進入了武器庫，洪海指著眼前黑黝黝的合金鐵門道：「這個只是這裏最小的武器庫，像這樣的武器庫，這裏還有十個！」

走入武器庫中，我心中的驚訝震撼不下於第一次陪李霸天進入他們李家的密室一樣。處處擺放著形狀各異、功能不詳的武器。

我順手抄起旁邊鐵架上的一個無頭手柄，道：「海叔，這個是什麼兵器？它的樣子真是非常奇怪！」

洪海看了一眼道：「這是一個鐳射盾牌，可經得起三噸的打擊力！」

他在身邊的鐵架上拿起和我手中一樣的手柄，道：「你只要點擊把柄上面的紅色按鈕，鐳射盾就會自動彈出。」

我按照他的話，按下了紅色按鈕，手中微微一震，瞬間一個長方形的能量光盾出現在面前，將我的大半身給遮在後面。

海叔拿起另一個把柄，這個渾身烏黑的把柄，製作得比我手中的要精巧多了，洪海道：「這個是光磁盾，可抗五噸的重力。」

我納罕之下，接住他拋來的光磁盾，打開按扭，一道烏黑發亮的橢圓盾牌發了出來，烏黑的面像是黑色水銀在流動一樣。

洪海道：「這種盾牌充滿能量可用三天，吸，這是較為普通的鐳射刀，充足能量也可用三天，威力尚算一般，有五百斤的破壞力。」

我看著他手中的那把鐳射刀，倒並不陌生，因為之前在地球時曾經見過，我放下手中的兩個盾牌，忽然看到一個金鐵製成的盔甲，拿到手中卻如塑膠般輕巧。我道：「這個是盔甲了吧！」

洪海笑笑道：「少主說得不錯，這個確是盔甲，不過和普通的盔甲不一樣，這種盔甲穿在身上，遇到危險的情況下，可化作一道能量罩，抗擊大約有兩噸半！充足能量可用三次。」

我驚訝地點點頭，將手中的盔甲又放了回去。

洪海拿起一邊若手臂粗大的桶狀物，道：「這個是『空氣炮』，使用時可套在手臂上，擰動旋扭，可以將四周的空氣聚集過來，進行壓縮，然後以炮彈的形式打出去，威力不很大，不過它的優勢就在於只需要很少的能源就可以使用，充足了能量可以使用兩到三個月。相應的空氣槍一類威力更小，這些個都是初期產品。」

他放下手中的「空氣炮」，又拿起另一個桶狀物，道：「這是一個改良品，叫作能量炮，這個武器是專門爲修煉武道的人準備的，人可以利用這個打出自己的內息，再混合了壓縮的空氣，威力可以大大增加，且使用的時間也增添了不少。」

第五章　旗開得勝

看過琳琅滿目的武器，我一點也不懷疑，洪海可以在最快的時間裏給我組織出一隊幾百人的訓練有素、裝備精良的隊伍。

看了武器，看了訓練，此時已經是月上樹梢，夜幕遮天了。我和洪海與這些子弟兵們一起簡單的用了餐。到了會議廳中，裏面已經候著一個人，聽見我們進來的腳步聲，轉過頭來，我一眼就認出，他是白天負責訓練的其中一個教練。

洪海指著他，笑著對我道：「少主，他是之前負責訓練的那個教官，你應該記得他，我選他做你的助手，負責你的安全。他不但修爲高強，而且有泰山崩於前而面不改色的鎮定，並精通行兵之道，由他來幫助你，我是最信任不過的了。」

那人向我僵硬的一笑，說了聲「少主」，便再無其他的話了。

洪海看出我的愕然，笑道：「少主，你不用驚訝，這就是他的脾氣，不苟言笑，做事耿直，但最是忠心，又修爲高強，以後你們相處久了，就會習慣的，哦，對了，忘了給您介紹了，他的名字叫洪曆。算是我半個徒弟吧，因爲我曾經教過他一些武道方面的東西。」

我也笑著道：「原來他是海叔的徒弟啊，那就是一家人了，我不會介意的，以後還需要洪兄多多襄助啊。」

洪海笑了笑對洪曆揮了兩下手，洪曆走到一張大桌前，手在下面按了幾個按鈕，從底下湧上了一個大的軍事比例圖，洪海指著其中一座山道：「這個是牛頭山，靠著牛頭山是牛頭城，這個城包括周遍的小村和鎮落約有兩百萬人口，也是飛船聯盟週邊的一個重要據點。」

這個地方我知道，在后羿政府給我的那個晶片中就曾提到過這裏，這時洪海一說牛頭城，我馬上就想了起來。

洪海望著我道：「爲什麼選擇牛頭城作爲我們第一個消滅對象，第一是因爲它離我們的各個基地都是最遠的，打起來，沒有人會懷疑到我們，這有利於我們的隱蔽性；其次牛頭城裏的據點也是飛船聯盟所有週邊組織中最囂張、鬧得最凶的一個。」

接著洪曆忽然接著他的話說了下去，只是他說之前瞥了我一眼，令我直覺感到他眼中的一絲敵意，接下來的侃侃而談使我覺得他頗具軍事才能，一時三刻，我們就定下了剿滅計畫。

總體來說就一個字——快！攻其不防，趁它不備，取它要害，要以雷霆之勢，一瞬間將牛頭城的據點給搗毀。牛頭城的週邊組織，日漸坐大，政府幾次發起的剿匪行動都是在這裏受挫，可見這是一塊難啃的骨頭。這次我們雙管齊下，又利用他們坐大的心理，只要行事快而隱秘，必能一舉擊潰這個週邊組織。

如果這次行動成功，將會產生殺雞儆猴的效果，令那些不甘沉默的黑道梟雄們知道害怕兩字，不敢公然對抗政府。

第二天我和洪海又回到了北龍城中，我按照那個官員留下的聯繫方法，在一個軍事基地，我見到了他，原來他竟然還是一位將軍，只是他的憔悴掩蓋了他的勃勃英氣。

他和我握了握手，自我介紹道：「你好，一直沒告訴你我的真實身分和姓名，真是對不起，這也是爲了安全起見，請您原諒我。我是一位將軍，別人都管我叫塔法將軍。」

幾日不見，這位可憐的塔法將軍仍然臉上密佈愁雲，這令他看起來像個老頭子，而不是事業正如日中天的中年人。

見到我，他眉宇間的憂愁展開了不少，偶爾也能露出一絲笑容，雖然怎麼看都像是苦笑，他道：「我們對飛船聯盟更深入的情報幾乎爲零，只知道他們的一些外部組織，我們的政府甚至無法知道他們確切的領導人究竟是誰，這是我們的可悲啊！」

我呵呵笑道：「將軍閣下，我倒是有一些你們沒有的資料，或許能夠幫上忙。」我把從洪海那裏得來的消息，整理好，輸入到晶片中，送給了塔法將軍。

塔法將軍先是驚訝，接著就是狂喜，道：「親愛的朋友，我真是太感謝你了，有了這些資料，至少我們不會再被動了。」

我道：「塔法將軍，我可以遵守我們之前的約定，幫助政府盡力解決這個事情，但是我現在有一個計畫，你們必須答應以我的計畫行事，否則我就取消之前的約定。」

我把和洪海商量好的計畫說了出來，言中之意，政府給予我的這支隊伍必須完全受我控制，計畫部署由我制訂。

塔法將軍皺眉道：「隊伍由你全權指揮當然可以，並且我告訴你，我就是政府派給你的助手。但是你說政府部隊從明處進攻，而你從暗地裏發起偷襲，這個方法雖然不錯，可是就憑你一個人嗎？」

面對他的疑惑，我情不自禁地露出一抹笑容，道：「當然不會是我一個人，我會帶領另一支隊伍，暗中配合你進攻。」

塔法將軍想了想，道：「你說的是梅姓世家的人嗎？」

我哈哈笑道：「你覺得以梅家目前的窘境，有可能會給我一支隊伍嗎？你不用費力去猜了，我也不會告訴你的，但是我可以告訴你另一個秘密，我是崑崙武道校長的弟子。」

塔法將軍道：「要是崑崙武道出的人，我倒是非常相信。」

塔法將軍早年就是在崑崙武道學習武道的，從崑崙武道畢業後，參加軍隊，憑著過人的膽識、修爲和機智升至今天的位置，他能夠達到今天的位置，在崑崙武道受益非淺，所以當我說自己是崑崙武道校長的親傳學生，他會對我感到非常親切和相信。

我道：「既然塔法將軍能夠相信我，那是再好不過了，我們齊心合力，一定能夠幫助政府解決這些社會的敗類，爲天下取得安寧。」

塔法將軍終於露出一些開心的笑容，道：「您是校長的學生，又是剷除魔羅的英雄，我當然相信你。政府爲這次的除黑行動從軍隊中取出了五千人的精英部隊，給予特別行動權利，裝備最好的武器，取名特別行動組，兩天後，政府會派下您的委任狀——特別行動小組組長，我是副組長。」

我笑道：「委屈您了，希望我們可以友好合作，共同剿滅飛船聯盟。」

塔法將軍道：「作您的助手，我一點也不感到委屈！不知道您心中有沒有一個詳細的剿滅計畫。」

我以簡概繁，道：「飛船聯盟興起只在十幾年中，紮根不穩，只要將蛇頭割除，剩下部分將不攻自潰，所以我的思想是，首先引蛇出洞，一點點的，卻動作利索迅速的將飛船聯盟大部分週邊組織給消滅掉，然後引出飛船聯盟的幕後黑手，將其剷除。」

塔法將軍若有所思地道：「這是一個很好的計畫，我們以前也是採用這種方法，可是因爲政府內部的內奸問題，幾乎我們每次都鎩羽而歸，損失慘重。」

我微微笑道：「這就要求此次計畫的保密性了，這個計畫暫時只有你我二人知道，我希望以後也只有你我二人知道，我領導的這支秘密部隊，我不會說出出現的時間，也不會告訴你在哪出現，更不會說有哪些人，有多少人，你只要知道我會準時出現就好。這樣一來，你的上級問起，你既不知道，當然也沒法和他說。別人更無從得知，這不就保密了嗎，你更不用擔上欺上瞞下的罪名。」

塔法將軍哈哈笑道：「是個好點子，就依你說的辦！」

時間過得很快，尤其是在這種非常時期，一晃就過了兩天，再見塔法將軍時，是在政治部中見到他的，陪著他的是政治部的主任，是來給我頒發委任狀的，頒發了委任狀，與我客套了兩句，那個主任就走開了，剩下我和塔法將軍。

塔法將軍精神又恢復到從前的樣子，兩隻眼睛像是黑夜中的貓頭鷹，炯炯有神，整個人虎虎有生氣，笑道：「小師弟，恭喜您啊！」

因爲塔法將軍是很多年前從崑崙武道畢業的，所以他稱我小師弟也沒錯，我哈哈笑著，揚了一下手中的委任狀，道：「有什麼好恭喜的，這可是個危險任務，一不注意，我們就沒命了。」

塔法將軍過來親密地摟著我的肩膀，笑道：「大英雄，你是在和我說笑吧，我可是對你的計畫非常有信心的，我等著打了勝仗，剷除這些無法無天的黑道勢力，用他們的人頭來升官呢！」

我道：「事不宜遲，咱們今天就動身去牛頭城，晚上大概就可以到，歇息一天，第二天早上我們就對他們進行全面的猛烈圍剿。」

塔法將軍愕然道：「會不會有點快了？」

我笑道：「大師兄不是要升官嗎？動作慢怎麼升得了官呢。」

塔法將軍也跟著我笑道：「看你成竹在胸的樣子，我猜你一定是早已想好了計畫，好，你是組長，我這個副組長一切聽從指揮。」

我們相視大笑，頗有相逢知己的感覺，和他處了一段時間，覺得這位塔法將軍很有人格魅力，不知不覺就被他吸引了。

出了政治部，我和塔法將軍清點了特別行動小組的成員，包括他們的裝備，確定過後，我和塔法將軍決定將特別行動小組的人員的十分之一派到牛頭城中，打聽一些情況。

而另外剩下的大部分人就駐紮在離牛頭城一百公里外的美人丘，因爲一下湧進城中五千人，一定會惹起有心人的注意，這對我們的計畫大大不利。而我命令塔法將軍帶隊，自己則隱藏在暗中，實際上是回去和洪海取得聯繫，確定他安排在牛頭城中的人手是否已經到位。

和塔法將軍分開後，我就直奔「洗武堂」而去，見到洪海，他告訴我所有事先預定的人手已經在昨天全部安排到牛頭城中，因爲牛頭城有我們「洗武堂」的幾家分店，人手大部分都安插在「洗武堂」中，所以不虞被人看破。

我和洪曆坐上自家的短距離飛船，進入了牛頭城，秘密的找了一家高級賓館住了下來，我的身分比較特殊，所以不好住在「洗武堂」中，容易被人看出端倪，除此之外，只有扮成有錢的觀光客，住在高級賓館中，好在牛頭城本就風景宜人，每年聞名而來的遊客上億，所以我和洪曆的扮相也不易令人起疑。

據所得資料，這個在牛頭城的周邊組織，在牛頭城中擁有數家地下錢莊，兩家高級賭館，兩家高級夜總會和一家豪華茶樓。

這些個地方做的當然不會是合法生意，但是由於本身武力雄厚，控制了地方勢力，地方軍、警也每年都收到大量好處，對他們都是睜隻眼，閉隻眼，所以，他們才能如此囂張！

我和洪曆分別躺在高級的軟床上，我問他道：「洪曆，你知不知道這個牛頭城真正的地下皇帝是誰，他叫什麼名字，有什麼來頭？」

洪曆搖頭道：「詳細情況沒有，只知道此人叫龍四，二十五年前來到此地，憑藉著高深的修爲和過人的智慧在兩年間就統一了這裏的所有黑道勢力，據說此人心狠手辣，他的敵人往往都是慘死，死相令人慘不忍睹。而且他無欲無求，自統一了黑道後，就隱在幕後，到現在很少有人看過他的真正相貌。」

我歎了口氣，看來第一次就遇到一個難纏的對手，明天一戰恐怕不會輕鬆，我道：「資料實在太少，我們雖然來得快，恐怕對方也已經得到消息，不過他們和我們一樣，只怕也不會得到我們的詳細資料。明天我們就以快打慢，攻他個措手不及，他們連勝政府軍數次，我想他們已經不把政府軍放在眼中，就算是有人警告，他們也料不到我們來得如此之快，做不到十分的防備。」

洪曆道：「少主說的不錯，我們就打他一個措不及防。」

我想了想道：「洪曆，你猜猜看，這個神秘的龍四會在哪裏呢？」

洪曆沉吟了一下道：「這個，我也曾想過，不過卻想不到，甚至說是無從猜起，這麼多的產業，誰會知道他待在夜總會還是賭館？」

我笑笑道：「他應該會在茶樓！」

洪曆見我說得如此肯定，狐疑道：「少主怎麼知道？」

我徐徐道：「白天，我和塔法將軍聊天，塔法將軍開玩笑的說，等這次勝利要請我喝咖啡，泡咖啡澡。我問他爲什麼，他說牛頭城盛產咖啡，來牛頭城如果不喝一下深具特色的咖啡實在是太遺憾了。剛才來的時候，我在路旁看到了很多大大小小的咖啡館，而且喝咖啡的人絡繹不絕，這說明此地有喝咖啡的傳統。既然此地既盛產咖啡，又有喝咖啡的傳統，爲什麼開個茶樓呢？」

洪曆恍然大悟，道：「少主果然神機妙算，他既然開了個賠錢的茶樓，定是說明這個茶樓非常重要，可能是他的根據地，或者他自己非常喜歡飲茶，所以才開了個賠錢的茶樓，不論是哪一種，都可以肯定，龍四一定是在茶樓中。」

我道：「神機妙算不敢當，細心而已。」

頓了頓，我又道：「現在也不敢如此肯定，因爲這麼多年來，經過這麼多風浪，都沒人能把他怎麼樣，他難免會產生托大心理，也不一定就會看在茶樓中。」

洪曆沒有說話，只是淡淡看了我一眼。

在他的眼神裏，我又一次的感覺到了敵意。

我望著他轉過頭的側面，忽然產生一絲寒意，我搖搖頭，想告訴自己這是自己的錯覺，不過自己敏銳的靈覺曾經救了自己數次，難道這次真的是感覺錯了嗎？

我在心中歎了口氣，翻了個身子，睡了。睡之前，我想到了慈祥和藹的洪海，這洪曆是他親自推薦給我的，怎麼會有錯呢？我和他的關係那麼好，他是不會推薦一個虎狼之人給我的。

忽然間，頭腦裏又飄出魔鬼慈眉善目的僞善面目，倏地心頭打了一個冷顫，我強迫自己不再想下去，我怎麼也無法把洪海和魔鬼合在一起，他們會是一樣的人嗎？我不敢再想！

時間過得很快，一轉眼就到了早上，我抖擻精神，再次用軍部的通訊設備和塔法將軍進行了一次聯繫，昨晚我也和他聯繫過一次，臨時決定了作戰計畫。

五千人將分作四撥，其中一撥兩千人，其他三撥，每撥一千人，分別進攻賭館、錢莊和夜總會，剩下那撥人多的進攻茶樓，而我則帶領五百精銳子弟協同進攻茶樓。

如果茶樓是他們的秘密據點，那麼必然防守嚴密，火力也很猛，如果不是，我們也沒什麼損失，我們這麼多人一瞬間就能把這個豪華茶樓給消滅了，然後迅速支援其他幾撥人。

我在和塔法將軍通話中，強調了很多次，這次進攻茶樓是重中之重，我們取下茶樓就獲得了一半勝利。

塔法將軍彷彿一點也沒有大戰之前的緊張，聽完我的話，哈哈笑道：「好啊，我們就先拿下茶樓，在茶樓裏喝上一壺香茶，我可是很久沒喝過上等好茶了，這種豪華的茶樓一定有不少好貨！」

我實在哭笑不得，這傢伙實在也太輕鬆了點吧！

或許這就叫作臨危不亂吧，像我這般，經歷過數次生死一瞬間的事，居然仍會感到緊張，感到心臟強而有力卻有些快速的律動，我搖搖頭歎了口氣，自己是有點過於看重對手了。

像那大凶大惡的魔鬼和魔羅都沒能將我如何，小小一個飛船聯盟又豈能奈我何？

朝著鏡子中的自己，給了自己一個微笑，深吸了一口氣，告戒自己不可這麼沒出息，自己可是做大事業的人！

心情逐漸穩定，心臟也恢復了正常跳動。

我出去的時候，洪曆已經吃完了早餐，剩下我那份孤零零的擺在餐桌上，我抓起一杯牛奶，一口而乾，披上外套，拿起幾片夾著咖啡粒的麵包，悠閒地咬了一口。

抬腿向門外走去，等我打開了門，洪曆才愣愣地道：「少主，你這是去哪？」

我邊慢條斯理地品嘗著特殊口味的麵包，邊道：「你看不出我這要出去和人拚命嗎？」

洪曆聞言神色愕然，隨後穿上衣服跟著我衝出門去，來到氣壓式升降梯的地方，一個相貌美麗的服務員早已伺候在裏面，見到我倆，露出甜甜的笑容向我們道了句早上好。

我也笑瞇瞇的向她問了句好，告訴她，我倆到一樓。

出了賓館，我一邊散步似的向前走著，一邊通過袖口裏的通訊設備，告訴塔法將軍馬上行動。

此刻還未到上班時間，白天營業的茶樓和地下錢莊，員工還未到，這個時候發起進攻，他們便不會受到波及。

那邊傳來塔法將軍爽朗的笑聲：「我和兄弟們就等這一刻了，該我們出氣的時候到了！」

互道一聲小心，我們關了通訊器，找了一個氣墊車，我和洪曆坐進去，目的直向茶樓，幾乎沒說出茶樓的名字，只提到茶樓二字，司機就已經知道了我們的去處。

這個茶樓如此有名，恐怕全城沒有第二家，否則司機不會一猜就猜對的，這更加肯定了我們的猜測，這個古怪的茶樓定是非同小可。

來到茶樓面前，卻沒想到茶樓已經開始營業了，我暗歎茶樓營業之早，兩個站在茶樓前的彪形警衛，看到我們一把將我們倆攔下，道：「衣衫不整，不得入內。」

洪曆怒眼一睜，上前一步就想教訓兩人，我一手將他攔下道：「我們穿好就是。」說著我把披在身上的外套給穿上，手中拿著的幾片麵包一口塞到嘴中。

洪曆見自己的少主都照做了，他也無可奈何的把身上的衣服整理了一下，忿忿的瞪了兩人一眼，跟著我進來。

他快步跟上，和我並肩同行，低聲道：「少主，怎麼不讓我教訓他們，這兩個狗腿子一看就知道不是什麼好人！說不定就是飛船聯盟裏的壞蛋，反正我們馬上也要對付他們，早晚還不是一樣！」

我笑笑道：「對待你即將對付的敵人，不妨對他們客氣一些。」

我面帶微笑在洪曆陪同下悠閒的邁步在茶樓中，豪華的茶樓裏稀稀拉拉的坐著幾個熟客，我揀了一張在拐角處的位置坐了下來，服務員拿來茶單。我淡淡的笑道：「洪曆啊，有沒有喜歡喝的茶？」

洪曆摸不著頭腦不知道我的用意，搖搖了頭道：「我沒喝過茶，不知道什麼茶的味道好，還是您拿主意吧。」

我道：「既然沒喝過，那就喝最貴的茶吧。你們這裏最貴的茶給我來一壺，再拿一些早點來。」

服務員離開後，洪曆壓低聲音道：「少主，我們不是來喝茶的。」

我微微點頭，道：「既然來到茶樓，不喝些茶不是令人懷疑嗎，既然要了茶，當然是要最好的。等會塔法將軍攻過來，這些上好的茶只會隨風而逝，可惜了啊，我現在喝了它，也算是讓它物盡所用。」

我雖然看起來悠閒散漫，卻牢牢掌控全局。我用極平和的心情打量著四周，不時端起服務員送來的最上品的好茶嘬上一口，十足的一個品茶客，清淡卻環繞不消的茶香盤桓在喉間，我望著對面的時鐘，一點點的走近七點，我將盅中剩下的茶一口飲乾，感慨道：「真是好茶啊，可惜，無法再多喝一盅。」

洪曆訝然地望著我，不知為何我突發這種莫名其妙的感歎。

我瞥了他一眼，淡淡地道：「塔法將軍來了。」我剛說完，所有時鐘上的針都指到了七點那個刻度上，在茶樓的入口處，突然湧出十數個大小不一的氣墊車。

車門一打開，成百上千全身武裝從頭到腳套在軍綠色衣服中的大漢紛紛湧出，看門的兩個警衛尚未來得及哼一聲，馬上被鐳射槍洞穿了胸口。

這次進攻的作風和以前大有不同，以前還會叫喊著「你們被包圍了」，「快投降」之類的廢話，這只會讓黑道勢力有更多的時間來準備。

所以我們這次絕不會耽誤，上來就打，當然為了不傷及無辜，隊員們會一邊進攻一邊喊：「全部蹲下，站起格殺勿論！」

塔法將軍帶著人剛衝進茶樓，警報聲大作，幾乎半個城都能聽得見，這個警報聲是用來通知收受他們賄賂的員警前來幫忙的，也使其他的賭館、夜總會帶人前來支援。

在平時，這些員警中的敗類早就趕來了，不過今天，飛船聯盟的人是不會等到他們了。我和塔法將軍早已商量好，等到一進攻，馬上就以軍部和政治部的名義，通知地方員警，這次是政府的剿匪行動，命令他們原地待命，不得插手。

至於其他的幾家地下錢莊和賭館什麼的，也在同一時間受到了猛烈攻擊，「洗武堂」的子弟也早整裝待發，只待我一聲令下，可在最短的時間內趕到此地，配合軍隊對茶樓進行攻擊。

茶樓中一片混亂，二十五層高的豪華茶樓，每一層都湧出很多手持武器的大漢，我粗算一下大概有六七百人之多，本就不多的茶客此時更是嚇得鑽到了桌子下面。我和洪曆也隨著其他人那樣躲了起來。

洪曆忽然驚道：「快看，茶樓啓動了能量罩，我們的人進不來了！」

我向外一看，果然見到有能量罩護住了茶樓，可惜他們啓動得太慢了，塔法將軍已經帶領一千人的軍隊進來了，並且已經佔領了下面幾個樓層。雖然把我的秘密子弟兵給攔在外面，但是塔法將軍這批訓練有素的一千人馬仍能夠輕易擊潰他們的六七百烏合之眾。

我暗道：「小小一個茶樓竟然擁有軍事的防禦罩，而且戰鬥剛打響，竟然能突然冒出這麼多人來，這已經說明了一切，我和塔法將軍沒有把寶壓錯，這個茶樓的確是有古怪的。」

忽然地板一陣顫動，塔法將軍已經打到我處的第六層來，當先幾個飛船聯盟的傢伙被氣功炮擊中屍首拋飛出去。

軍隊一上來，嘴中邊喊著口號，邊迅速佔領有利位置，任何一個站立的事物都被鐳射槍打成粉末。我和其他的客人蹲在一塊，突然我看到一個和我一樣混在人群中的傢伙，偷偷拿出懷中的鐳射槍，瞄準一個隊員，我迅速套上一柄空氣槍，搶在他開槍之前，命中了他，但卻只是把他震飛出去而已。

可特別行動組的隊員，只看到他手中的鐳射槍馬上就明白他是混在人群中的匪徒，十幾道鐳射同時擊中了這個倒楣的傢伙。

塔法將軍向人群中看了一眼，若有所思，忽然道：「組長，還不出來，咱們已經找到對方的巢穴。」

我心中笑罵一聲，這傢伙就是沉不住氣。我招呼聲洪暦，從人群中縱躍出來，幾道烏光在半空中交錯糾結，我再落下時，已經是披上了一層堅硬之極的龜甲，一手持著鐳射劍，掩蓋了我的本來面目。

因為塔法將軍事先叫出了我的身分，我和洪曆跳出來，所有的隊員都沒有開槍，我和塔法將軍相視大笑。

我道：「留下十人疏散這裏的普通茶客，其餘跟我繼續向上。」

塔法將軍又補充了一句道：「如遇抵抗與不合作的人，格殺勿論。」

同一時間，在飛船聯盟旗下的一個賭館中，一小隊人馬悄無聲息地闖了進去，這裏的匪徒還在呼呼大睡，隊員就像是切地瓜一樣，一一的斬殺過去，有突然醒來的，赤裸著身體，一手拿著武器，一邊嘴中不斷的謾罵，妄圖反抗。

一個肥頭大腦的傢伙邊用手中的鐳射槍頑抗，邊叫喊道：「兄弟們快醒來，操他媽的，有軍隊打過來了，快向基地的兄弟們請求支援。」

沒等他說完，腦殼已經被擊中，一座肉堆似的倒了下來。

領隊的小隊長，冷冷地注視著激烈的爭鬥，指揮著其他的隊員對剩下的匪徒進行快速冷酷的圍剿。

由於過於托大，沒把政府軍放在眼中，或者說是讓一次次勝利沖昏了頭腦的飛船聯盟，在這次與政府軍的衝突中，完全處在下風，根本沒有任何有效的反抗就被輕易拿下。

戰鬥進行到結束階段，我和塔法將軍安逸地坐在茶樓上一個尚完好的位置上，塔法將軍與我對飲，塔法將軍哈哈大笑道：「真他媽的痛快，前幾次受的鳥氣，今天全消了，來，小師弟，我以茶代酒，敬你一杯。」

我也淡淡一笑，和他對飲一杯，這次能夠如此快速，且幾乎相對沒有傷亡的代價來看，都是因爲我們的計畫適宜，打了對方一個措手不及，趁其不備，把對方在牛頭城的實力全部連根拔起。

我道：「從開始到現在都沒見到似模似樣的人出來主持戰局，資料上可是詳細告訴我們在牛頭城的這個地下皇帝是一個冷血無情、修爲高強的傢伙，他會這樣一聲不吭的就溜了嗎？」

塔法將軍面色一寒道：「不錯，上次我親自帶兵來剿的時候，確實看到過此人一面，他一直在幕後主持大局，很少露面，不知道這次會不會碰巧把他攔在茶樓中。」

一會兒，忽然有隊員來報，「組長，共殲滅飛船聯盟的匪徒七百一十二人，並在茶樓的地下室發現一條隧道，並有幾輛電力火箭車停在那兒。」

塔法將軍激動地道：「哈哈，這隻縮頭烏龜一定是躲回老巢裏了，咱們只要順著這條隧道就能摸到他的老家，小師弟，咱們運氣來了。」

我吩咐那個組員道：「迅速去查看這條隧道通向什麼地方。」

組員領命去了，塔法將軍道：「小師弟，咱們趁他們尚未準備好的大好時機，直接帶著軍隊衝過去，把他的老窩轟一個底朝天，不就結了。」

我笑道：「你的方法當然可行，可是他既然已經先逃了，必然知道我們遲早會發現這條隧道，所以他在出口處必然枕兵以待，就算我們能勝，也是損失慘重。不如我們找到這條隧道的通向，兵分兩路，你從地上出發，攻打他們的基地，而我則帶領我的秘密部隊等你們打響後，從這裏偷襲，必然會有奇效。」

這時候先前的那個組員又來報告：「報告組長，據勘測，這條隧道通向牛頭城以外南方兩百里的一個地方。」

我道：「事不宜遲，咱們這就出發，對方在城中損失慘重，他的基地也不會剩下多少人，你留下三百人在城中處理善後，帶著剩下的兄弟們迅速趕往城南兩百里的那個地方。」

塔法將軍眸中金光閃爍，道：「好，讓咱兄弟一個地上，一個地下，把他們的老窩給徹底攪過來。」

望著狼藉不堪的茶樓，我心中暗道：「這場大仗將會在晚上之前成爲各大媒體的寵兒，這次剿匪會在未來很長一段時間成爲四大星球的焦點。」

我對身邊的洪曆淡淡地道：「休息一下。聯繫上我們的人，我要他們十分鐘內趕到。」

十五分鐘後，我和五百人的隊伍站在隧道旁，我掃視了他們一眼，嚴肅地道：「這是真正的戰爭，不是演習，你們要拿出所有的本領，否則將不會有人給你第二次生命！珍惜吧！」

在五百人的注視下，我徐徐地道：「想要保住自己的生命，記住兩點，第一，聽從我的命令，無論在何時；第二，使出你們所有的任何本領。我們將會從我背後的隧道出發，上面的敵人布好了機關正等著我們上去，所以我們要等待政府軍和他們打起後，才衝出去！一切都聽懂了沒有？沒有我的命令，任何人不准輕舉妄動！」

五百人轟然應諾，聲音響徹在隧道中！

每個人穿上能量甲，有寵獸的也都立即合體，五百個年輕人面對即將廝殺顯得鬥志昂揚。

我一揮手道：「咱們走！」五百人「嘩啦」一聲如潮水般湧向靜靜躺在那裏的電力火箭車，轉眼間，五百人全部坐在車裏。

我道：「走！」電力火箭車在強有力的推進器下，一道光一樣的向前駛去，四周靜悄悄的，沒有一絲聲音，只有電力車前進發出的聲。

當離出口大概還有十幾里的時候，我命令全部停下，棄車步行。隧道中黑黑的沒有一絲光，我們雖然有照明設施也沒有使用，僅憑著些微的光線努力向前走著，大概又是十幾分鐘，我們便來到了出口處，出口處是個合金門，外面還有厚厚一層能量光牆擋著。

等了一會兒，上面炮火聲驚天動地的響了起來，顯然戰勢十分猛烈，飛船聯盟負隅頑抗，巨大的聲響，預示上面打得非常艱辛。

又過了二十分鐘的樣子，上面戰勢正酣，這個時候炸開入口的能量牆和合金門是最好的時機。

「轟！」

幾聲連環巨響，能量牆和合金門受到巨大撞擊而被打開了一個大洞，我們行動迅速地衝了進去，沒想到剛一進入，就遇到一個守在這裏的一個幾十人的小隊，向我們展開猛烈攻擊。

由於人手過分懸殊，近距離他們又無法發揮強大火力的作用，不到五分鐘就被我們全部剿滅。眼前有兩個出口，我和洪曆各帶一半人馬分作兩個方向從不同的出口衝了出去。

我們已經成功深入敵人內部，只要破壞主控室，使塔法將軍的部隊順利進入飛船聯盟的基地中，裏應外合，不怕這群無法無天的傢伙們能頑抗到何時。我們一路向前衝去，所過之處的全部電力和火力都給破壞得一乾二淨。

功夫不負有心人，被兩隊差不多一百人的火力保衛著的主控室就出現在我們面前，我召喚出「土之厚實」，借助神獸大地之熊的力量，突然在敵人腳下出現根根石刺。

於他們陣腳大亂的情況下，我率領的二百多人一轟而上，三兩下解決了所有的火力，我手持神劍，在敵人中彷彿是翩翩飛舞的蜜蜂，而神劍就是我的刺，左挑右刺，敵人紛紛在神劍下授首。

主控室遭到嚴重破壞，護在基地外面的能量罩頓時消失，一直憑藉優勢火力支撐的飛船聯盟在肉搏之下大勢頓去。

我在人群中仔細地搜索著他們的首領那個叫龍四的傢伙，左前方傳來激烈的打鬥聲，隱隱有強大的氣流捲出。

我二話不說，擎著神劍向聲源的方向盡力掠去，在一片空曠的地面上，塔法將軍正和一個四肢粗壯的彪形大漢在打鬥。

塔法將軍的對手生得豹頭猿臂，虎體狼腰身長九尺，頭腦反應快而且手腳靈敏。雙眼灼然如炬，渾身散出一股寒森森殺氣。

不用說，這個一定是龍四了，只觀他的修爲，就知道他有過人的本領。此刻與塔法將軍戰在一塊，盡占上風，塔法將軍只是憑藉自己扎實的功底在苦苦支撐，估計也就是幾招的事了。

還好我來得早，否則要是讓塔法將軍死在龍四手裏，豈不是冤枉。

剛巧，洪曆從另一邊趕了過來，見這邊打得熱鬧，飛身搶了上去。塔法將軍有了幫手，頓時抖擻精神，手中的鐳射劍使得更是賣力，希望可以兩人聯手勝過眼前修爲駭人的龍四。

龍四見對方來了幫手也不懼怕，手中一緊，動作更加快速，竟然把兩人都壓了下去，龍四嘿嘿笑道：「將軍，你這是何苦呢，偏偏追來這裏送死！你的人雖多，卻不能奈何老子，只要老子活著，今天失去的東西還能討回來的！」

塔法將軍被打得全無還手之力，想要反駁他，卻是心有餘而力不足。

我看著他和洪曆兩人苦苦支撐著龍四的進攻，心中雖然震撼於龍四的修爲，卻也是躍躍欲試，很久沒有遇到這樣的高手了。

我朗笑一聲道：「洪曆你和將軍退下，讓我來會會這位高手！」

龍四狂笑一聲，道：「就是你們三個一起上，老子也不在乎。」他們兩人被龍四壓著打，主動權在龍四手中，沒法退下來，只有咬牙苦撐。

我長笑道：「好大的口氣啊，希望你等會兒不要後悔現在說的話！」雙腿點地，身體輕盈的彈起，我使出「御風術」，彷彿在空中飛舞的靈鵲，手中威力無匹的神劍，散發著一波波寒冷的氣息。

我化繁為簡，簡簡單單的一式直劈的動作，卻產生重逾泰山的壓力，令他不得不重視我，而放棄洪曆他們兩人。

果然我毫無保留的一擊，令龍四察覺出強烈的危機感，怒喝一聲震退洪曆兩人，使了一個身法，向外側逸去，靈巧的躲過我這一擊。

洪曆兩人險死還生，此刻已是精疲力竭，站在下面凝視著我倆。

我站在龍四身前，挑釁似的揚眉一笑道：「怎麼樣，我說過叫你不要後悔的，現在還想以一敵三嗎？」

面對我的挑釁，龍四的臉上顯得陰晴不定，望著我的目光流露出歹毒的神色，注視了我半天始道：「你就是無能政府請來的那個除魔英雄，依天吧。」

我笑嘻嘻地道：「你的耳目還挺靈通，我就是依天！」

弄清了我的身分，龍四臉色又恢復了正常，嘲弄地道：「一個邊遠荒僻的小村子裏出來的鄉巴佬，也想和我鬥！」

我搖搖頭道：「我便是鄉巴佬又如何，你落的今天的一敗塗地，我這個鄉巴佬可是功不可沒哦。」

被我提到傷心處，本來想激怒我的龍四，反而自己先失去冷靜，高聲怒喊道：「老子今天要是不殺你爲我死去的兄弟們陪葬，老子以後跟你姓。」

我哈哈笑道：「看來你今天是一定要跟我姓了，不過我是不會收留你的，因爲我不想有一個敗類子孫，而且我覺得你不配姓龍，以後你就改姓鱉，就叫鱉四。」

龍四被我一陣諷刺，已經怒氣沖天，喊道：「你媽的奶娃子，竟然敢和老子這裏耍嘴皮子，老子把你一嘴牙都給打落了，看你還能說什麼。」手裏拿著一根巨大的狼牙棒向我投來。

狼牙棒脫手而出，帶著呼嘯的巨響，聲勢驚人的向我頭頂砸了過來，我瞅準時機，準確的在它砸中我的時候，用神劍擋住他的第一次進攻。狼牙棒「噹啷」一聲彈了回去。

我的虎口被震得隱隱作痛，心中暗道龍四好大的力氣。

我運足了內息，竟然還能被他震的一陣陣的痠疼，可見他的修爲果然很強，至少不在我之下。

龍四收回了他那不知何物打造的狼牙棒，拿起放在眼前一瞧，發現竟然斷了幾根鐵刺，他提起狼牙棒凝視我手中的神劍，臉色有些畏懼，想必他也猜到我手中的兵器定不會是凡品。

我故意掂了掂神劍，調侃他道：「只知道說大話的傢伙，莫非你怕了我手中的劍不成？」

龍四勃然大怒，一揮手中的狼牙棒，道：「老子會怕你的劍？你也太看重你自己了，老子不想和你多糾纏，這就送你歸西。」

我揚起神劍道：「就怕你做縮頭烏龜，不戰而退。這次輪我先了。」我身劍如一向他掠去，神劍在我手中如臂使指，靈巧的一次次激射出條條劍氣直指龍四。

通過兩次交手，我已有十足的把握取他性命，他和我的修爲不相伯仲，可是我卻佔據神劍之威，寵獸之力，這都是他所不足的，我隨便挑一隻寵獸合體，只怕他也不敵。

兔起鶻落，轉眼我倆就打了十幾回合，他的狼牙棒雖然是精心煉製，卻比不過我的上古神劍，數招過去，他的狼牙棒已經佈滿了傷痕，龍四顯然非常心疼，不欲和我硬碰，即便他是占著重兵器之利，硬碰只對他有利，他也儘量避免和我硬碰，這更使他落在下風。

龍四突然避過我的劍氣，閃到了一邊，口中念念有辭，空氣中忽然有種令人壓抑的感覺傳出，彷彿一塊重物壓在胸口，令自己無法喘息一樣的難受。

龍四得意地道：「這次你死定了！」一隻體型大逾虎豹的老鼠，驟然出現在他胯下，這隻老鼠眼珠閃著狠毒的綠芒，黑油油的鼠毛令人作嘔，長而尖利的嘴巴兩邊插著一根根長長的鬍鬚，如同鋼牙般的利齒不時閃爍著寒芒。

我暗暗心驚，自己在第四行星的鼠窩蛤蟆村見到的老鼠寵獸已經非常大了，沒想到今天會看到更大隻的，而且對方這隻超大寵獸鼠令我感到很大的壓力，這會是什麼寵獸？

第六章　七小神威

對方這隻超乎尋常的寵獸，我竟無法感應到牠是哪一級哪一品的，但看龍四得意的神情，顯然是有必勝的把握。

龍四得意非凡，捋著胯下的老鼠耳朵，志得意滿地道：「看在你是個值得尊敬的對手，老子就讓你死也作個明白鬼，我這神鼠，乃是上古流傳至今的一大神獸，名曰穿山，有覆山填海之能。在神獸裏只在神龍和鳳凰之下，如果五鼠合併，即便神龍也不是對手！」

我望著他胯下的鼠寵，腦中盤旋著他說的話，暗忖他說的會是真的嗎，這隻鼠寵就這麼厲害，那豈不是連神龍都得忌憚牠三分嗎？

他見我緘默不語，以爲我害怕了，被他的鼠寵給震撼了。

他哈哈狂笑道：「怪你就怪后羿星這個無能的政府吧，你做你的英雄，我做我的匪徒，何必來惹我呢，到了這份上，我就是想放過你，也是不能了。」他胯下的鼠寵不斷的搖著那隻粗長的尾巴。

我呵呵一笑道：「你知道狗抓老鼠的故事嗎？如果你不知道，今天我正好給你演示一下，讓你看看狼是怎麼咬老鼠的。」

雖然對方的鼠寵怪異，卻只能讓我驚訝罷了，想讓我害怕，他還沒那個本事，神劍中的大地之熊，盤龍棍中的蛇獅，還有身具龍丹的七小，哪個不在神獸之列，你這隻小破老鼠也敢冒充神獸，太不自量了吧，還敢大言不慚說有翻山的本領，當我是三歲小孩嗎？

龍四眼中厲芒一閃，道：「不見棺材不掉淚，老子倒要看看，你能嘴硬到什麼時候！」

他忽然發出一聲刺耳的尖嘯，身下的鼠寵「滋溜」一下就從空中鑽到地面，兩對短小的前肢飛快的在地上刨了幾下，陡然一塊重逾千斤的巨石從牠短小的前肢上向我扔了過來。

我情不自禁的驚呼一聲，迅速的避過眼前的巨石，望著那隻鼠寵，已經嚇出了一身冷汗。龍四確實所言非虛啊，這鼠寵雖然沒有真正翻山，卻也相差無幾了。

大地之熊和蛇獅雖然都會扔石頭，卻遠比這個聲勢來得小多了，我不再猶豫，立即召喚出七小，七小雖是沒有肉翼，卻天生可以飛行，這多半也是龍丹帶來的好處。七小一出來，就相繼發出七聲長長的狼嚎，長而順滑的狼毛在風中飄動。

銳利的眼神可比鷹隼，七小生龍活虎，雀雀欲試，我掃視了一眼面帶驚容的龍四，道：「幫我幹掉那隻討厭的老鼠。」

老六老七最快跑上去，突然發動像是離弦的飛箭，眨眼間就撲到了鼠寵的身邊。鼠寵來不及扔石頭，粗長的尾巴，突然掃動，帶起卷卷沙礫，頗有飛沙走石的駭人氣勢。

七小自打出生還從未怕過什麼，也從未吃過什麼虧，此刻遇到強敵，神情愈發興奮，嗷嗷叫著從風沙中穿過。沙礫過後，七小將鼠寵圍在當中，老大皺著粉嫩的鼻子，在空氣中嗅了嗅，忽然打了個噴嚏。

趁這時機，鼠寵倏地就要前撲，其他六小卻比牠更快的動作撲上去，轉眼間，如虎大小的鼠寵身上就添了幾道血淋淋的傷口。

望了望還在強裝鎮定的龍四，我決定把「似鳳」給放出來，這幾個調皮的傢伙在一起，下面的戲就更好看了。

我對「似鳳」道：「看到下面那隻老鼠了嗎，放火球燒牠，我會以牠中了幾顆火球來賞你血參丸。」

重賞之下，「似鳳」變得格外英勇，「呷呷」叫著衝了下去。對準鼠寵就是一個碗口大的火球，鼠寵前肢掃了兩下，憑空出現的灰沙就將火球撲滅。

「似鳳」見自己的火球還未到牠身前就被撲滅，大怒，對著鼠寵連吐了兩個火球，鼠寵這次不想和火球硬碰，妄圖衝破七小的圍堵，逃出去，卻不想，牠以一敵八，速度也沒七小和「似鳳」快，想要硬闖，幾乎是件不可能的事情。

牠剛動，七小就快捷地撲了上來，就算是把鼠寵四肢、尾巴、嘴巴都算上，也只不過可以抵得住六隻小狼，這已註定鼠寵是要吃虧的。

等再次僵持下來，鼠寵的身上又多添了幾道深深的傷口，在七小的包圍中，鼠寵再也不敢亂來了。「似鳳」可開心了，接連不斷地吐著火球，鼠寵也只好小心翼翼、心驚膽戰的不斷滅火。

可歎鼠寵空有一身能令風雲變色的本領，卻無法施展開。

龍四急了，猛的發出幾聲尖嘯，地面的鼠寵收到主人的命令，也開始騷動起來，忽然四肢齊動，頓時風沙漫天，遮住了所有人的視線。

「似鳳」突然發出「嘎嘎」的尖叫飛上高空，原來是鼠寵趁著大風沙遮住了所有寵獸的眼睛，驀地跳起，露出尖利的森森牙齒想要咬住「似鳳」，以報剛才的仇，卻沒料到，「似鳳」機警加上速度快，讓牠逃掉了一劫。

龍四見自己的鼠寵發威，面上恢復了血色。他還沒高興多久，七小中的老大嗖地一下從風沙中冒出，直接跳到鼠寵的腦袋上，狠狠的向下咬去。

鼠寵腦袋一偏，老大咬下了鼠寵的一隻耳朵。

塔法將軍和洪曆也看得大爲心動，塔法將軍叫道：「好一個狼捉耗子。」

鼠寵受到重擊，瘋了似的又是叫又是跳，拚命想把老大從背上給摔下來。

老大死死咬著鼠寵身上的黑毛，就是不鬆口，其他六小，也紛紛展開各自的本領，展開了攻勢，跳躍著，有的咬尾巴，有的咬四肢，有的也乾脆跳到牠的背上，陪著老大一塊玩馴鼠遊戲。

鼠寵被我的七小牢牢牽扯住，「似鳳」見下面打的熱鬧，又不怕死的飛了下來，嘴中發出如同軍鼓的振奮聲，爲七小助威。

眼看再不制止，這隻上古的神獸鼠寵就要成爲死鼠了。龍四無法再沉得住氣，狼牙棒揮出道道勁氣爲他的鼠寵解圍，七小剛一散開，他立即喝道：「鎧化！」

我當機立斷也喝道：「鎧化！」七小化作一道道亮光投在我身上，我身上立即套上一件堅硬、威風的鎧甲。我望著站在我對面也同樣套著一身鼠寵鎧甲的龍四道：「你輸了，還是放棄反抗吧。你的鼠寵受了重傷，此刻鎧化最多也只能給你增加幾成的功力，你如果硬要撐下去，人獸必然同亡，這是何苦呢，只要你投降政府，交代出飛船聯盟的內幕首領，我會替你求政府饒你一命的。」

龍四怒目圓睜道：「放你媽的屁，想要老子出賣自己的兄弟，就是死，老子也不會幹這種事情的！今天老子就算是死定了，也要給你來個魚死網破，拉你作墊背！」

我深深歎了口氣道：「何必這樣頑固不化，你這樣死了，沒有人會記住你，更沒有人會感激你。」

龍四面如厲鬼，惡聲道：「就算是你舌燦蓮花，也別想能說服我。」

我淡淡地道：「比你厲害百倍的人，我都見過，想要我的命，對你來說就像是一個神話，是永遠都不可能實現的，你現在投降，我還能饒你不死，等到動起手來，我就不會留情了。」

可以肯定的，龍四一定是飛船聯盟中的知情人物之一，就算不是核心領導人，就憑他的修爲，憑他在牛頭城打下的這片江山，必然在飛船聯盟中擁有很高的地位。

如果能活捉他，對我們來說實在是非常理想的，我們就可以通過對他審訊逼問出他知道的所有關於飛船聯盟的事情，這對我們以後的部署，將會大有裨益，只是他修爲委實很高，實在難以預料，實戰中我是否有餘力將他生擒。

塔法將軍幾次三番想和我說生擒龍四，卻因爲他自己也深知，龍四的厲害，不是說生擒就能生擒的，搞不好，生擒不成，反倒把我的命給搭進去了，高手之戰就是這樣，勝負只在一刻，我對他留手讓他有了可趁之機，萬一我一不小心著了他的道，就滿盤皆輸了。

所以，塔法將軍，張了幾次嘴，最後都沒有說出來。

我雙手一伸，一條白森森的狼骨鞭出現在手中，我冷冷地道：「這是你自己要的，死了不要怨天尤人！」

龍四顯現出不怕死的模樣，兇狠猙獰，道：「腦袋掉了，也不過碗大的疤，老子會怕你這個奶娃子。」

手中狼牙棒一振，飛身向我砸來。

我大喝一聲，雙手持著狼骨鞭迎戰上去，我輕身讓過他的重擊，側身抖腕，白森森的狼骨鞭像是充滿靈性的白蛇直向他肋下的破綻咬去。

龍四急忙撤回狼牙棒，用尾端挑飛了我的狼骨鞭給自己解了圍。

我運勁一震，狼骨鞭中途調頭又飛了回去，正好纏在他的狼牙棒上，我順手運勁扯動，本是想帶動他身體，令他站立不穩露出破綻，沒想到整根狼牙棒都被我扯了回來。

我這才真正體會到，他的鼠籠確實傷得很嚴重，我和他都鎧化，他此時的內息卻已經相差我太多了。

我反手砸在他的背上，他「哇啊」喊了一聲，跌下地去！

洪曆與塔法將軍一左一右控制住龍四，龍四拚命掙扎，我一掌將其震暈。群龍無首，本就處在劣勢的飛船聯盟的餘孽，頓時作鳥獸散，死的死，逃的逃，投降的投降，一時三刻，戰局就結束了。

由此可知，飛船聯盟確實根基不穩，首領一旦伏法，剩下的蝦兵蟹將們膽寒心驚，再翻不起多大的浪來。

我對洪曆道：「你帶著兄弟們先走吧，這裏就讓政府軍收拾殘局。」

爲了使「洗武堂」的這支隊伍保持隱秘性，就不能讓他們出現的時間太長，現在大局已定，他們可以再隱藏起來了。

洪曆領命去了，很快「洗武堂」的五百人馬立即消失了，等到回到牛頭城，他們立即會成爲一個普通的「洗武堂」裏的服務人員。沒有人會懷疑到他們就是這支可以決定勝利天平方向的神秘隊伍。

塔法將軍命令手下的隊員嚴密看管已經昏迷了的龍四，將他押回北龍城的總部，希望可以從龍四嘴中問到些什麼。

龍四拉著我的手臂，哈哈笑道：「小師弟啊，緊張了一天，師兄我帶你去放鬆放鬆。」

霓虹彩光中，我和塔法將軍一身普通裝扮，走進了一家歌舞夜總會，吵鬧的叫喊聲意外的令自己緊繃的神經放鬆下來，我隨意的四處打量著，塔法將軍在我耳邊大聲道：「這裏是人間天堂！」

我笑了笑跟在他身邊找了一個位置坐了下來，塔法將軍點了幾種頗具特色的咖啡，他舉起杯子敬我道：「小師弟，這次大獲全勝，全賴你的鼎立襄助，又生擒了飛船聯盟的重要人物龍四，這可都是你的功勞，師兄敬你！」

我也舉起杯子，喝了一口咖啡，道：「我們這次獲勝，在於攻敵不備，我們下一步的速度也要加緊，不要給飛船聯盟有喘息的時間。」

塔法將軍哈哈大笑道：「牛頭城這塊最硬的骨頭給我們啃了，下面我們就更輕鬆了，主要是能夠從龍四嘴中撬出飛船聯盟的核心秘密。」

我歎了聲道：「龍四是條漢子，想要從他嘴中得到飛船聯盟的內部秘密，估計非常困難。」

塔法將軍哼了一聲道：「就算他是鐵鑄的漢子，我也要讓他說出話來！」

我道：「他也算是一代梟雄，別太難爲他了。」

塔法將軍不在意地點了一下頭，其實我也知道，如果龍四不說出飛船聯盟的秘密，恐怕就得死在軍隊裏，對於政府來說，只有說出秘密與政府合作，龍四才有一條生路！

塔法將軍湊到我跟前，興奮地指著前方吧台的一個女人道：「那個小妞不錯，沒想到，牛頭城中的女人都蠻正點的！」

我回頭看了一眼，正好那女人看到塔法將軍在注意她們，也看向我們，她和她身邊的女伴，容貌和身材都很不錯，尤其衣服穿得性感火辣，緊緊包裹著凹凸有致的身材，一雙眸子，異彩漣漣，朱紅的嘴唇，惹得男人直想上去緊緊抱著親個夠。

被塔法將軍看中的那個女人狠狠白了我一眼，就轉過頭去，倒是她身邊的女伴好像對我們產生了興趣，向我們拋了個勾死人的媚眼。

塔法將軍咂了咂嘴道：「怎麼樣，夠不夠味。」

我笑道：「夠味，而且是非常夠味，可惜我沒興趣。」

塔法將軍笑道：「家裏有隻母老虎？這種女人天生就是上天對男人的恩寵，不上實在可惜了，難道你眼睜睜看著她們如此嬌好的容貌被她們身邊那些粗魯的野獸給糟蹋了。再說，咱們大戰之後，找個把女人消遣一下，才能充分釋放神經，為下一場大戰作好充分準備。不然萬一我們神經衰弱的上了戰場，一不小心掛掉了，不是讓家裏的母老虎守了寡，那不是更淒涼，所以啊，我們找女人也是為她們著想，你不上我可要上了。」

我啼笑皆非地搖了搖頭，這種看似正確的荒唐理論，還真難為他能想得出來，我道：「野花沒有家花香。」

我剛說完，忽然一隻冰冷柔嫩的小手撫上了我的胸膛，柔軟的話語同時在耳邊響起，「看你斯斯文文的，身體卻這麼強壯。」

原來兩個容貌不錯的女人看上了我和塔法將軍，主動上來搭訕。塔法將軍在他身邊女人的渾圓大腿上狠狠摸了一把，怪笑道：「去去，老子今天看不上你們。留下電話，等老子哪天來了興趣，就去找你們。」

塔法將軍粗豪戲謔的話語，惹得兩個女人嗔罵了兩聲，便走開了。

塔法將軍脫去外衣露出裏面緊身便裝，兩塊高高隆起的堅硬胸肌非常顯眼，塔法將軍道：「小師弟，你坐在這，看師兄我是怎麼搞定這個驕傲的女人。」

我笑道：「別怪我這個作小師弟的沒提醒你，那麼多狂蜂浪蝶，都沒人敢招惹那個女人，可見，她們是大有來頭的，小心路邊的野花，長了一身刺把你的手給扎了。」

塔法將軍怪笑道：「她身邊是有幾個人在保護她們，這個我早注意到了，沒什麼，我什麼場面沒見過，看我的。」說著揚長而去。

塔法將軍推著湧動的人群擠了過去，利用周圍的人作掩護，巧妙閃過兩個穿黑衣的人阻攔，從容來到那女人身邊。

塔法將軍微笑道：「兩位女士好，走過來真是不容易啊。」說完回頭對我擠了擠眼。

那女人並沒有給他面子，冷冷地瞥了他一眼道：「你好像很得意。」

塔法將軍不以爲意地道：「爲了見小姐一面，這點困難不算什麼。」

我雖然聽不到他們在說什麼，卻可清楚地看到他們的面部表情變化，暗暗感歎塔法將軍是情場老手，臉皮已經練得爐火純青了。

那女人身邊的女伴嬌笑了一聲道：「菲菲今天心情不好，你千萬別惹到她。你怎麼不讓你的朋友一塊過來？」

塔法將軍望了我一眼，轉頭向她笑了笑，惡作劇地道：「你看上我朋友了嗎？可惜他是個同性戀。」

她聽了後，笑得前仰後伏，道：「這種鬼話，誰會相信。那個男人我很喜歡，如果你把他介紹給我，我就想辦法把菲菲的地址拿給你。」

被稱作菲菲的女人柳眉倒豎，喊道：「娜娜！」

不過顯然她對娜娜是沒有任何辦法的。

塔法將軍大笑道：「好，成交了，不過我的朋友很害臊，你要是把他嚇跑了，到時候可不能耍賴。」

娜娜拋了他個媚眼道：「要是我耍賴，就把自己賠給你！」說著不著痕跡的挺了挺高聳白嫩的胸脯。

塔法將軍走回來道：「小師弟，幫我個忙，她身邊的那個女人看上你了，只要你過去，她就答應把我看上的那個女人的地址給我。」

我失笑道：「這就是你表演給我看的泡妞伎倆嗎？白搭上我一個人，你才只拿到人家地址而已，這也算是泡妞！」

塔法將軍一副你懂什麼的樣子，道：「這樣才是泡妞，否則說兩句話就上床，和花錢買豬肉有什麼兩樣，我還不如掏錢去嫖妓。」見我不情願的樣子，塔法將軍又接著勸我道：「小師弟，你可沒吃虧，反而占了大便宜，那個女人媚態十足，肯定床上功夫一流，到時候包準把你伺候得欲仙欲死。」

我白了他一眼道：「我不知道會把我伺候的怎麼個死法，但是你的妞好像被別的男人抱在懷裏了。」

塔法將軍兩眼噴火地看著一個體肥如豬的醜陋男人把菲菲抱在懷裏，卻出奇的沒有衝過去。

我奇怪地望了他一眼，他緩緩的道：「這個男人是駐紮在牛頭城的警備司令，他怎麼會出現在這裏！」

我看著那個體態臃腫的傢伙，低聲道：「這種人竟然會是警備司令，怪不得你們政府的聲望越來越低。」

塔法將軍明白我話中的意思，提醒我道：「別被他的外表騙了，這個傢伙在警界是出了名的狡詐，貪錢好色。別看他坐下去就如同一堆肥肉，實際上他的修爲比我還高一籌。」

他懷裏的菲菲顯然是不能忍受男人如此的親密動作，不斷地掙扎著，卻掙脫不了，而她身邊的娜娜也非常焦急，連續向我們這邊望來，希望剛才出現的那個器宇不凡的男人可以救她們。

那個肥豬似的警備司令也好奇的向我們這望來。

塔法將軍躲在我後面，道：「小師弟，我現在不宜露面，你出面幫我對付他，你也不願看到如此柔弱女子遭難而不管吧。」

說完丟下我，鑽到了人群中，我歎了口氣，站起身向她們倆人走過去，娜娜見我出現，臉上出現了一絲血色。

我站在他面前道：「放開她！」

他輕蔑地瞅了我一眼道：「你在和我說話嗎?教訓教訓他！」第一句話是向我說的，第二句話則是向他的手下說的。

旁邊突然奔過來兩個膚色黝黑的人，手中拿著特製的警棒，劈頭蓋臉的向我打來。

這種癟三角色，我當然不會放在眼中，等到警棒臨體的一剎那，突然召出神劍，連揮數下，警棒只剩下一個短短的把柄在手中。動作一氣呵成，快而簡捷，我站在那兒，彷彿沒有動過一樣。

他有些驚訝地望了我兩眼，皮笑肉不笑地道：「原來會點功夫，好吧，就算你有資格和我說話，不過，你憑什麼讓我放了她。」

被他緊緊摟著的菲菲，眸中滿是厭惡的神色，我心中想道：「你這個醜八怪配得上人家嗎，還恬不知恥的強摟著別人。」我看了她們倆一眼，淡淡地道：「她是我的女人！」

眾人驚訝萬分地看著我，忽然警備司令放聲大笑，滿臉的肥肉也跟著抖動起來，說不出的讓我打心底裏噁心。

他突地笑聲一停，聲色皆厲地道：「當我是第一天出來混江湖嗎？這個妞是龍四的女人，這個牛頭城誰人不知，你竟然敢說她是你的女人，你既不是龍四，難道會是她背著龍四養的小白臉?!」

話聲剛完，他左右的手下附和著一起大聲嘲笑起來，我望著她，她也秀眸無畏地盯著我。我心中暗道：「她竟然會是龍四的女人，也許有了她，我們會從龍四的口中得到我們想知道的事情。」

娜娜忽然厲聲道：「你既然知道菲菲是龍四的女人，就不怕龍四來找你的麻煩嗎？」

他驀地哈哈大笑，道：「找我麻煩，你太天真了，我告訴你們，今天是政府成立的特別行動小組抄了龍四那個混蛋的窩，他再也威風不起來了，牛頭城不再是他的天下了。龍四也被抓住了，此刻已經押到了北龍城的軍區！到了那裏，他就是大羅神仙也別想出來！」

娜娜道：「龍四在的時候，你和他稱兄道弟的，每年收了龍四上千萬的好處，他說一聲，你就聽話得像隻哈巴狗，龍四剛走，你就來搶他的女人，你還有沒有人性！」

警備司令臉色一寒道：「在世界上我只相信一樣東西，那就是實力，龍四有今天是他咎由自取，就算政府軍不找他麻煩，老子遲早也要和他算算帳的！他的地盤，我全接收了，從今天起，包括他的女人也都是屬於我的！」

我剛要說話，忽然人群往兩邊分開，在一群人的簇擁下，一個穿藍色西服的年輕人，氣勢不凡的走了過來，望著警備司令油然道：「是誰這麼大口氣，要接收龍四的所有地盤！」

警備司令望著來人，臉上肥肉顫抖了一下，眼睛瞇起一條縫道：「原來是索斐老弟，你不在藍天城待著，怎麼有空到我這來！」

被稱作索斐的年輕人極其溫柔地望了一眼被警備司令強摟在懷中的菲菲，冷冷地道：「放下菲菲，你要龍四的地盤我不管，我只要菲菲。」

我仔細看了兩眼被警備司令稱作索斐的年輕人，他的長相極爲英俊，雙眼如毒蛇般釋放著噬人的光芒，一看便知不是普通人，有相當的身分背景，否則不敢以這麼強硬的口吻和警備司令說話。他指名要菲菲，看來是個護花使者。

警備司令笑道：「年輕人一來就要我最珍貴的東西，你讓我的面子往哪放，龍四的所有家當加在一起，也沒有菲菲珍貴啊！」

他說是這麼說，可還是放下了菲菲，交給自己的手下。我心中暗道，看來索斐是大有來頭的人，不然警備司令不會如此忌憚的。

索斐突然向上兩步，想要從那人手中將菲菲給搶過來，那人倒是十分機警，索斐剛一動，他就察覺了，伸手來攔。可惜他的機警卻害了他。

索斐毫不留情的一拳讓他立刻見了上帝。

警備司令寒著臉道：「你這是不給我面子了？黑道想和白道鬥，可不是明智的選擇。」

索斐拉著菲菲理也不理他，在左右的簇擁下就欲離開這裏。

警備司令怒道：「老子和你父親建立交情的時候，你還在娘胎裏呢，今天竟然敢和老子作對，打狗也得看主人，殺了我的手下，就這樣想離開，老子的這張臉往哪放，攔住他們！」

索斐仍然不理他，只說了一句話，「以老賣老，在我這裏行不通！」

菲菲卻和娜娜兩人不願跟他走，索斐低三下四地道：「菲菲，跟我走吧，以前有龍四阻攔我們，現在龍四被抓，再也沒人能夠阻擋我們在一起，跟我走吧！」

索斐一臉癡迷，菲菲卻皺著眉頭，不理不睬。看情形，他們倆不是你情我願，而是他單相思而已。

警備司令一聲令下，嘈雜的歌舞聲頓時停歇，警備部的人手持武器湧了進來，他惡狠狠地道：「賢侄，現在認錯還來得及，不然我就要替你父親好好教訓你一下。」

索斐哼了一聲道：「老狐狸，你每年收我們家兩千五百萬的好處費，現在竟然想要教訓我！我倒想看看你怎麼教訓我。」

現場的氣氛隨著索斐強硬的態度頓時緊張起來。爲了得到飛船聯盟的資料，這個女人我一定要保護住。我從容走到兩人中間，淡淡地道：「你們好像忘了我的存在！」

索斐望了我一眼道：「你是什麼人？」

狡詐的警備司令忽然哈哈大笑著對索斐道：「這個人自稱是菲菲的男人，我想也許這是她背著龍四在外面養的小白臉。」

菲菲和娜娜驚異的望著我，她們搞不明白，我爲什麼可以不畏懼有很大勢力的兩人，還敢站出來說話。娜娜眼珠一轉，忽然拉起菲菲走到了我身邊，一隻手親昵地抱著我道：「沒錯啊，他就是我的男人。」

索斐毒蛇一般的盯著我，冷冷地道：「我管你是誰，先殺了你再說。」說著話，就要動手。

菲菲忽然攔在我面前，無畏地盯著他道：「不准傷害他！」

警備司令嘲諷地道：「真是夫妻恩愛啊，說不定還真是她的小白臉。」

我心中把這個在一邊煽風點火的老奸巨滑的警備司令罵了無數次。

「原來都是熟人啊！」

聲音剛起，我就聽出是塔法將軍的聲音，塔法將軍滿臉賠笑地走了過來，來到我身邊先是對著警備司令道：「岳丈大人是在和誰搶女人呢？」接著又轉身對索斐道：「索斐老弟，怎麼這麼大火氣，來咱們坐下來，好好談談。」

我驚訝地望著塔法將軍，沒想到這個厚顏無恥、卑鄙齷齪、老奸巨滑的警備司令竟然是他的岳父！實在太令人吃驚了。

塔法將軍轉身在耳邊低聲道：「現在你知道我剛才爲什麼不適合出面了！他是我家那頭母老虎的繼父！平時我們少有來往，誰會想到會在這裏碰上。」

我呵呵笑道：「你們翁婿兩人還真是喜好相同，看上了同一個女人。」

塔法將軍道：「別嘲笑我了，咱們有麻煩了，這兩個女人咱們一定要保住，能不能從龍四嘴中得到一些資料，就要看今晚的了。」

我向他比劃了一下同意的手勢，心中暗笑，沒想到他竟然腦子裏轉著和我一樣的念頭。

我們四人圍著一張台子坐了下來，塔法將軍附在我耳邊低聲道：「這個囂張的年輕人可是大有來頭的哦，他們索斐家族是后羿星最老的一個黑道勢力的家族，也是勢力最大、根基最穩的一個家族，和許多政客都有著密切的關聯。甚至和許多白道家族也有很好的關係，比如你瞭解的沙祖世家！所以這小子才敢這麼囂張。」

我點點頭表示明白，原來這個傢伙的來頭這麼大，難怪不把警備司令放在眼裏。

塔法將軍站起身清了清嗓子，指著我道：「這位就是政府特別委任的特別行動組的組長，而我只是副組長而已。」

警備司令眼神一震，他可能沒想到，我會是這次除黑行動的真正領導者，臉色一變，旋即堆起了微笑，向我拱手道：「原來您就是解救人民於水火之中的除魔英雄，剛才不知，多有得罪。」

我暗罵他果然是少有的厚顏無恥，淡淡地道：「不敢，真正殺死魔羅的是梅家的上任家主梅無影，我並沒有什麼功勞。」

索斐冷冷地道：「我不管你是什麼身分，今天我是一定要帶菲菲走，就是天王老子來了，我也不給面子！」

塔法將軍笑道：「菲菲是我們的一個重要人證，對我們也很重要。既然我們三方都要她，我倒有一個提議，既不傷了大家的和氣，也能夠決定菲菲究竟歸誰！」

索斐盯著塔法將軍道：「什麼提議？」

塔法將軍笑吟吟地道：「聽說公子養了一隻上好的寵獸，而這牛頭城一向有鬥獸的習俗，不如我們三方各取一隻寵獸，誰的寵獸最後取勝，菲菲就歸誰。」

索斐掃視了我們一眼，最後把視線停留在菲菲的嬌靨上，驀地道：「好，我答應你，就以寵獸的勝負來定！」

塔法將軍把視線轉到警備司令的臉上，警備司令也笑吟吟地望著我道：「我本該退出這場爭奪，把菲菲讓給您的，不過既然大家都贊成這個決定，那我也湊個熱鬧好了。」

索斐聽了他的話，又狠狠地盯著我，兩眼射出嫉妒的怒火。

我在心中把警備司令的十八代先祖問候了個遍，這個老混蛋，是成心把我往火坑裏推啊！

警備司令這個老奸巨滑的東西，看准形勢，一心想挑起索斐對我的妒恨，自己好坐收漁利。

我傳音給塔法將軍道：「你岳父這招好毒啊，有沒有什麼方法化解！」

塔法將軍向他們倆人笑了笑，裝作若無其事的樣子向我傳音道：「老而不死便成賊，我這個名義岳丈，不但是賊，而且比賊還狠，賊咬一口，入骨三分，他咬一口，至死方休！不過你是政府特派官員，他不敢明著害你，只要我們勝了這個賭局，就可光明正大的帶著兩個小妞走，他是乾瞪眼也沒辦法啊。」

我氣道：「就沒有其他辦法了嗎，我看著他心裏就不痛快！」

塔法將軍道：「我的祖爺爺，您就別鬥氣了，你要是看他不爽，找個機會你海扁他一頓好了，我就睜一隻眼閉一隻眼，當作不知道。」

我接著傳音道：「這個寵獸賭局，你有把握勝嗎？」

塔法將軍嘿嘿笑著傳音過來：「我有一隻六級上品的雄師，把握很大呀，就等他們上鉤了。」

我微微點頭，六級上品的寵獸確實有很大的勝算，七級的寵獸在四大星球很少看見，我道：「咱們的賭局就開始吧！」

索斐霍地站了起來，冷酷地道：「好，我們就各自拿出自己的寵獸，讓寵獸來定勝負。」

本來用來跳舞的舞台，緩緩降了下去，再升上來時，已經變成了一個圓形的鬥獸場。索斐當先放出自己的寵獸，是一隻體型一米多長的黑豹，黑豹的通體無一絲雜毛，烏黑溜光，兩隻大而有神的雙眼，閃著幽幽的光芒，勻稱強健的四肢沒有一點贅肉。

我暗驚，好一隻黑豹啊，竟然是七級的。警備司令嘿嘿笑了一聲，放出自己的寵獸，赫然是一條七級的花斑巨蟒，甩著長長的尾巴，盤成一團，在他的身旁。

黑豹也馴服地臥在索斐的身前。我和塔法將軍倒抽了一口冷氣，我暗道真是邪門，平常看不到一隻七級寵獸，今天一下見到兩隻。塔法將軍苦笑的在我耳邊低聲道：「看來，我們的勝算很渺茫啊。」

我鎮定地道：「別怕，還有我呢。用我的寵獸來賭吧。」兩隻神獸因爲是劍靈，不在合體的情況下無法獨立進行戰鬥。現下能戰鬥的就只有七小了，我喚出七小中的老大。

七小已經長大成爲年輕的成年狼，雖然無級無品，卻是正在成長中的神獸，或許和這兩隻罕見的七級寵獸有一拚之力。

小狼的通體白毛與那隻黑豹成爲鮮明的對比，小狼一出來就在我身邊蹦跳著，與黑豹安靜也成爲一動一靜的鮮明對比。

索斐望著我的小狼，不屑的哼了聲道：「豹子天生就是狼的剋星，你這隻剛長大的小狼，能成什麼氣候。」

塔法將軍乾咳了一聲道：「既然我們三方都已經準備好，那麼我們就把各自的寵獸投到鬥場裏，敗出的一方即被淘汰，直到剩下最後一隻寵獸，那一方就是勝利者，他有權帶走菲菲，其他兩方不得阻攔。」

索斐瞥了我一眼，將自己的黑豹放入到鬥場裏。我隨即也讓小狼進入鬥場，最後是警備司令的花斑巨蟒進入鬥場。

三隻寵獸都進入到鬥場中，一道厚實的能量罩隨即將牠們罩在當中。

塔法將軍讓三隻寵獸同時關到鬥場裏，本意是想讓我占些便宜的，在他以爲，兩隻七級的寵獸一定會互別苗頭，先幹起來，而讓我的看似無害的小狼占到漁翁之利。

誰知道，警備司令成功挑起了索斐對我的妒恨，利用他的妒忌心理，合攻我一個。由於認主的寵獸是和自己的主人心靈相通的。索斐命令自己的黑豹第一個進攻我的小狼，而狠毒的警備司令，也趁此機會，命令花斑巨蟒在一邊夾攻。

面對兩隻七級獸的進攻，我的小狼頓時陷入了困境。虧著牠動作靈敏，也不是第一次和寵獸爭鬥，有很多的打架經驗。雖然被兩隻兇悍的寵獸夾攻，卻仍是毫髮無傷，只是這樣頻頻躲閃，總有累的時候……

塔法將軍面對如此意外的情況，只能對我報以苦笑。

我硬著頭皮，勉強道：「二對一，好像不大公平吧。」

警備司令皮笑肉不笑地道：「三隻寵獸，無論怎麼分，都是兩個對付另一個，我們雖感不平，可是既然已經打起來了，那就只有看結果了。」

索斐道：「你要是覺得不公平，我同意你再放一隻寵獸加入進來。」他對自己的七級黑豹非常有自信，巴不得我多放幾隻寵獸，好借寵獸比鬥的藉口，多弄傷弄死幾隻我的寵獸，也好報報心中的怨氣。

警備司令正要開口阻止，塔法將軍搶先一步道：「既然大家都同意，那麼，組長你就再召一隻寵獸出來，二對二，就公平了。」

我哪還敢遲疑，生怕警備司令那個老混蛋從中作梗。我迅速召喚出另一隻小狼，是老三，打開能量護罩，老三也加入了戰鬥。

二對二，一狼分了一隻寵獸，老大對付的是黑豹，老三對付的是花斑巨蟒，老三的加入馬上令寵獸的戰局大爲改觀。

老大輕鬆多了，靈活的與黑豹撲鬥，老三也機靈的與花斑巨蟒纏鬥，花斑巨蟒力氣巨大，拿手好戲就是把對手緊緊勒住，使對方無法呼吸而窒息死亡，相比較小狼的靈活，花斑巨蟒就顯得笨拙多了。

傳說豹子是狗的剋星，牠們經常以狗爲食，牠們會先咬住狗的耳朵，然後用尾巴打狗的臀部來驅趕牠們到自己的窩裏，然後咬死牠們，讓自己的豹崽也能吃到新鮮的狗肉。

只是牠現在對付的是狗的遠親：狼，而且是擁有龍丹力量的狼，牠是否還能取勝，這就有很大的疑問了。我可是對自己的小狼充滿信心的，我相信牠們一定會戰勝兩隻七級獸的。

眾人都看得膽戰心驚，索斐臉上的驕傲也漸漸褪去，目光中逐漸有了擔憂的神色，警備司令更是看得滿頭大汗，因爲他的花斑巨蟒因爲比不過老三的靈活，身上已經多處被咬傷抓傷。

花斑巨蟒巨怒非凡，如鋼鞭一樣的長尾，「劈哩啪啦」的重重擊打在能量罩上，老三仗著輕巧短小的身形在鞭尾中躲閃。

老大忽然一聲厲吼，卻是黑豹抓著機會突然咬住了小狼的一隻後腿，老大後退嚴重受創，身體疼的繃直了，比普通狼尾要柔韌些的尾巴突然掃在黑豹的眼上。

黑豹吃痛，鬆開了嘴巴，老大一脫開身，猛的反撲，將仍閉著眼睛的黑豹壓在身下，露出鋒利的牙齒，突然向牠的喉嚨咬去。

如果真打咬實了，這隻珍貴的七級黑豹就可能一命嗚呼，索斐激動的霍地站起，大聲道：「不要！」千鈞一髮之際，老大收到我的命令沒有咬下去，不過卻同樣咬在牠的一隻腿上。

索斐一屁股坐了下來，愣了半天，喃喃地道：「我輸了。」

狡猾如狐狸的警備司令，也挪動著他那肥大的身體，來到跟前，賠笑道：「我認輸，我認輸。」

他那條難得的花斑巨蟒已被老三靈活的戰術撕咬得奄奄一息，我瞥了他一眼道：「你的寵獸還沒輸呢，也許它還能反敗為勝，那樣菲菲姑娘就歸你了。」

警備司令抹去不斷滲出的汗水，哀求道：「組長，你就放過我的寵獸吧，這條七級的花斑巨蟒就是我的命啊，牠要是死了，我也活不長的，你就算不給我面子，看在塔法的面子上，就結束比試吧。」

我哼了一聲，這隻老狐狸，可謂是無巧不占的，現在看不能達成自己的計畫，厚顏無恥的又抬出塔法將軍，看著他那肥大的臉盤，我真想一拳打下去，我壓住心中的不快，道：「打開能量罩吧！」

警備司令那張滿是肥肉的臉，在我說出這句話，馬上綻出了虛偽的笑容，道：「謝謝組長留情。」

我拿出幾粒血參丸，一粒餵了老三，牠受了幾處不重的輕傷，一粒餵了老大，另外一粒敷在了牠的傷口上，等一切弄好了，又把牠們封印到神鐵木劍裏，這可讓牠們的傷勢好得更快。

我拋了一粒給索斐，道：「這會讓你的寵獸快速復原。」

索斐接過後，想了想，還是餵了他的黑豹。他怒望著我道：「這次雖然輸了，但是我還會來找菲菲的，我是不會放棄的。」接著走到菲菲面前，抓著菲菲的手溫柔地道：「菲菲，你等我，我一定會來救你的。」

警備司令呵呵的笑著對我道：「組長，你那是什麼神奇的藥丸，能不能也送我幾粒，我的花斑巨蟒也傷得很厲害。」

望著他那無恥的面孔，我暗暗攥了攥拳頭，咽了一口氣，拿了兩粒我煉製的黑獸丸扔給他。

警備司令道：「我剛才見你給他的是一種紅色的藥丸，怎麼我的是黑色的。」

面對他無恥的黏人功夫，我不得不寫一個服字給他，我有氣無力地道：「這是『洗武堂』的極品黑獸丸，千金難求。」

他顯然知道黑獸丸的名字，馬上珍貴地收了起來，嘿嘿向我笑道：「多謝組長，菲菲以後是組長您的了。」

第七章　天下情深

無恥至極的警備司令，收了我的好處，仍不忘挑撥離間，勾起索斐對我的嫉火。我搖了搖頭和塔法將軍護送著菲菲和娜娜兩人走出去。如警備司令這麼厚顏之人，天下難出其右啊。

走了一段路，菲菲忽然停住，一雙秀眸，帶著一絲不易察覺的怒火，冷淡地道：「兩位大人，菲菲在此謝過你們相救之恩，菲菲就此和兩位別過。」說著就和娜娜轉向另一個方向。

塔法將軍迅速攔在她們身前，道：「你可別忘了剛才的賭局，要不是我們，想想吧，你今天會有什麼下場。」

菲菲寒著臉道：「我知道今天多虧了兩位大人，但是菲菲絕對不會跟你們走的，更不會感激你們，如果不是你們抓走了龍四哥，那個死肥豬又怎麼敢對我無禮。龍四哥在的時候，他比一條狗還聽話，現在龍四哥出了事，他竟然第一個背叛。歸根究底都是因爲你們！」

塔法將軍本準備了一肚子的說辭，此刻一句也說不出來。

我暗道：「好一個精明的潑辣女人！」我淡淡地道：「聽你的口氣，你和龍四兩人的關係，非同尋常啊。」

菲菲道：「哼，這個不用你們操心，我不想看你們在這貓哭耗子假慈悲！」

我歎了聲道：「我們現在有兩個原因，一定要帶走你們。第一，龍四的行爲違反了政府法令，有反政府的行爲，而你是他極爲親密的人，因此脫不了干係；第二，龍四能夠到現在的地位，一定會有很多仇家，現在他垮台了，你說，他的仇家會找誰報仇？不要以爲剛才那兩人說得冠冕堂皇的，任我們把你帶走，事實上，他們絕對不會就這麼輕易的放過你的，尤其是那個警備司令，他是什麼樣的人，相信你比我更清楚，你想想看，今天他爲了你丟了大面子，他會就這麼甘休了嗎？你不會這麼天真吧？」

她緊緊地盯著我，卻不說一句話。

我被盯得頭皮發麻，我又道：「話我就說這麼多，走還是留，讓你選擇，你要仍選擇走，我們絕不留你，但是希望你好好想想看！」

我一說完，菲菲轉身就走。我呆站著望著她！心中暗罵：「你有沒有大腦，我是在救你！」

娜娜這次沒有隨她一塊走，她朝菲菲道：「菲菲，我覺得組長說得有道理，那頭死肥豬肯定不會放過我們的，要是落在他手裏，我寧願去死。菲菲你不要這麼固執好不好。」

菲菲像是沒聽到般，仍筆直向前走。塔法將軍忽然道：「你要是想龍四能夠活著出來，再和他相聚，就跟我們走。」

菲菲突然停下，轉過身道：「我怎麼能夠相信你們！」

塔法將軍淡淡地道：「信不信在你，但是你沒有任何選擇權利。」

塔法將軍說完就拉著我向回走，不再理她是不是跟過來。走了一段路，我偷眼往後瞥了一眼，看到她正低著頭乖乖跟在我們的後面。

我詫異地道：「怎麼我說了大半天，她都不願跟我走，你卻只提到龍四，她就乖乖地跟來了？」

塔法將軍神秘一笑道：「小師弟，這愛情就是女人的最大弱點，女人一旦動了情，那就是打也打不走，趕也趕不動的，自己生死都不顧了，也要爲自己心愛的人著想。不要看這個小妮子潑辣，但是弱點卻握在我們手裏，只要善加利用她和龍四的親密關係，哪怕她不乖乖合作。」

我恍然大悟，原來女人是這麼一種奇怪的動物，忽然想到藍薇，她會不會也這麼著緊我呢？而我會不會也為了她而生死不顧呢？

塔法將軍忽然又道：「雖然我們知道這個小妮子對龍四一往情深的，不過不知道龍四對她的感情又如何，以龍四的地位和勢力，可以擁有無數的女人，他會不會把她作為自己的唯一，還是只把她當作一件精美的玩具，可就難說了。」

我道：「如果是前者，我們自然可以利用他們的關係，從龍四口中得到我們想知道的資料，如果是後者，恐怕我們就白辛苦一場了。」

塔法將軍對我嘿嘿笑道：「小子，你開竅還蠻快的嘛，說到修為，我這個作師兄的是大大不如你，不過，嘿嘿，說到這男女之情，你就要向師兄我請教了，想當年我追你嫂子的時候，可是排除萬難，無所不用其極，最終才抱得美人歸。」

我正要諷刺他既然抱得美人歸，為什麼還要在外面拈花惹草。突然一股冷森森的殺氣，襲體而來，我驀地驚覺，我們一行四人竟然被人神不知鬼不覺的包圍了，我脫口道：「殺氣！」

我實在想不出是誰能知道我們會路經此地，更想不通，誰會這麼大膽在城中行刺我們。腳下一陣聳動，一道凌厲的劍氣驟然從地底鑽了出來，我從容閃過，運氣至腳，瞬間反踢出去。

刺客百忙之中，向上衝的身體絲毫沒有停滯，硬生生的回劍擋了我三腳，被我震飛出去。

我和塔法將軍幾乎同一時間把兩個女孩圍在當中。十個蒙面黑衣人前後左右把我們死死圍困在一條街裏。

我剛才雖然神態從容，其實卻驚出了一身冷汗，偷襲我的那個刺客，修爲不低，又令人意想不到的從地底突然殺出，事前沒有絲毫徵兆。如果這十個黑衣人都有這種刺殺本領的話，可真是一場硬仗，不巧七小中的老大又受了傷，無法合體化狼。

忽然塔法將軍低聲道：「和他們硬拚不智，前面不久，就有我們的人了，不如我倆一人帶著一個女孩衝出去。」

我道：「就這麼辦，你先走，我幫你擋著。」

塔法將軍一手摟起菲菲，轉過臉正要說「我先走，你自己小心」，卻驚訝地道：「你怎麼變成這種樣子？」

他回頭的時候，我已經合體了，而非是鎧化，我與盤龍棍中的蛇獅進行合體，現在已是半獅半人的樣子，手中擎著盤龍棍。我道：「是我，依天，你先走，其他事回去再說。」

塔法將軍收拾詫異的情緒，帶著菲菲突然彈身而起，攔在前面的三個黑衣人迅速迎了上來，手中似劍似刀的古怪兵器，發出嗚嗚的響聲，從上中下三路攻過去，配合得天衣無縫。

塔法將軍鎧化後，駕馭著他的一把飛劍在天空飛行。遇到三人的攔截，倏地轉身飛了回來。我見他被攔，一抬手抱住娜娜，駕起晚風飛了過去，我一動，其他七人也跟著向我們飛來。

塔法將軍飛近我時，突然下降，幾乎貼著地面，速度猛增，如同箭矢突然又轉了回去，原先的三個黑衣人，也欲繼續追下去。卻不想我是不容他們得逞的。

手中的盤龍棍驟然無限的伸長，本來還與我有一段距離的三人，現在因爲兵器長長的緣故，變得近在咫尺了，三人一驚，齊齊豎起兵刃合力抵擋我驚人的盤龍棍。

就這麼一耽擱，塔法將軍已經跑得不見蹤影了，我暗道他跑得好快。他這一走，我就放下心來了。塔法將軍雖然修爲很不錯，但是卻絕對抵擋不住三個黑衣人的攻擊，我後顧之憂已失，也可以揮灑自如了。

離我最近的一個黑衣人的寒寒殺意已經臨近。

我臨危不亂，出其不意突然噴出一口毒煙霧，將他罩在裏面，因爲大意而中了我的毒霧的刺客忽然發出淒厲的慘叫，身上的衣服和皮肉也開始一塊塊的剝落，令人觸目驚心。

這個是毒煙霧是蛇獅的看家本領，合體後，我也能夠借用牠這個能耐，就如同我與大地之熊合體後，可以在一定程度上，使用大地的力量。

我趁著三個黑衣人失去兵器，剩下的人又被眼前的慘相所懾，學著塔法將軍那招如閃電般貼著地面逃跑。

臨走之時，又虛張聲勢的布下一大片的毒煙霧攔在身後。其實那只不過是薄薄一層，傷害不大，一陣風吹過，就會煙消雲散。畢竟我不是蛇獅可以吞煙吐霧，短時間內，就能發出大片的煙霧來。

幾個黑衣人眼睜睜地看著我越走越遠，卻無可奈何。

成功逃生，我們四人待在安全的軍營裏。

塔法將軍放下手中熱呼呼的咖啡，怒道：「他媽的，死肥豬，實在太狠心了，竟然想連我一塊幹掉。」

我端起濃香的咖啡飲了一口，徐徐道：「你覺得會是警備司令派刺客來殺我們，搶走兩個女孩？」

塔法將軍惱怒地道：「再怎麼說我也是他女婿，他殺你還有道理，但他連我一塊殺，也太不講人情了吧！」

我噗嗤笑道：「你的意思是我死了應該，卻不該拖累你，是不是。」

塔法將軍也意識到自己說的不得體，道：「我不是那意思，我是說那個老賊太狠心了，什麼事都能做得出，我們不得不防。」

我們倆剛走出來不久，就遇到偷襲，他確實脫不了干係，可是我總覺得事有蹊蹺，還有一些隱藏在背後的東西！

塔法將軍大大的喝了一口咖啡，心情仍舊不爽。我道：「塔法將軍，你不覺得懷疑嗎，他事前並不知道我們倆會出來攪局，帶走菲菲。所以這十幾個黑衣殺手不一定是警備司令派出來的，除非他每天都把這些殺手帶在身邊，才在你我走後不久就立即派出來刺殺我倆。」

塔法將軍道：「以他的實力，想要訓練一些爲他效命的殺手絕不是難事。」

我笑道：「不要這麼肯定就是他做的。這件事一定另有蹊蹺，不過我覺得即使不是他做的，也與他脫不了干係。他到底和你什麼關係？」

塔法將軍悶悶不樂地道：「我家的母老虎是孤兒，被他收養長大的。」

我道：「這麼說來，你們之間的關係著實不淺呢，雖不是親生骨肉，卻還有養育之恩，以他和龍四的關係，說不準他也和龍四幹過一些見不得人的事，要真的證實了，你下得了手抓他嗎？」

塔法將軍歎了口氣道：「他今天派人殺我，我和他之間算是情斷意絕了。雖說他對我家的母老虎有養育之恩，不過他也沒存著什麼好心，他總共收養了這樣的無父無母的女孩二十四人，他把這些女孩養大，卻都把她們嫁給了一些高官、要員。他只不過是利用這些女孩來擴大他的勢力罷了。我以前總覺得他雖看上去不似人君，但還記著這麼一份恩情，既然他今天做出了寡恩薄義的事，我塔法也就此和他撇清關係，他日，如果證實了事實，我一定大義滅親！」

我微微一笑道：「你不用說得這麼堅決吧！不過此人能做出用自己養育的女兒來換取勢力的事情，就算不是什麼喪盡天良的人，也是社會的隱患，除去他，我想很多人還會感謝我們的！只是大嫂那，你怎麼說，畢竟，養育之恩……」

塔法將軍道：「養育之恩也只是說說罷了，他那種人哪會把時間全放在那些孤兒身上，一個星期看她們一面就不錯了，只不過給她們一些錢，找一些人來看管她們，不讓她們餓死罷了。」

我道：「好，既然沒有感情上的牽扯，那就好辦了！咱們來仔細想一下，今天的事！這些黑衣人，究竟會是誰派來的？」

塔法將軍道：「既然你說不是他派來的，那會是誰呢？誰會要來殺我們呢？我們的行動非常隱秘，就算是在夜總會裏洩露了身分，可是那麼短的時間，不可能及時計畫一場嚴謹的刺殺出來，難道目標並不是我們，那目標會是？」

聽著塔法將軍自言自語，我遽然渾身一震，和他同時把目光放在坐在我們身邊的菲菲兩女！

我喝道：「沒錯，你分析的很對，這幾個黑衣人的目標並不是你我，而是菲菲，我倆只是順帶的倒楣鬼罷了！」

我道：「只是那十個黑衣的刺客，下手狠辣無情，並不像要把她倆搶走，而是想殺死她們。」

塔法將軍興奮的道：「那背後的黑手，已經呼之欲出了！」

菲菲兩女眨了眨眼睛，她們實在不明白，我們怎麼會從這些紛繁蕪雜的線索中找到結果的。

我笑道：「既然大家都猜到了，那麼我倆把結果都寫在手上，看看，是否我倆想到的會是同一個人。」我倆看著對方的手掌，驀地開懷大笑，「飛船聯盟」四個字赫然立在我倆的手心上。

菲菲怒道：「你們怎麼知道會是飛船聯盟要殺我，龍四哥給飛船聯盟立下了汗馬功勞，他們是絕對不會來殺我的，一定是你們的仇家！」

塔法將軍斜睨著她道：「你好像知道飛船聯盟很多事嗎，說點來聽聽，爲什麼飛船聯盟就不會殺你，要知道龍四現在在我們手上，對他們來說就像是個威力巨大的定時炸彈，隨時會把他們炸得連一根手指都不剩啊，你是龍四最親近的人，爲了防止我們利用你讓龍四說出他知道的一切，當然是欲除之而後快！」

他說完後，我又接著道：「我敢肯定警備司令一定和他們達成了某種協議，幫助他們控制你，或者讓你徹底消失，不然以他這種無恥的人，不可能在龍四剛被抓進去後，第一個跳出來對付你，以他的性格，他會等到別人先出來搶龍四的地盤，然後再出來收拾殘局。他幫助飛船聯盟解決了你這個隱患，而飛船聯盟則把牛頭城的爛攤子送給他，不然他今晚不會這麼囂張！可惜我和塔法將軍的出現攪亂了他的佈局，還好有飛船聯盟派來幫助他的殺手，所以順水推舟，派他們來殺你，順便解決我和塔法將軍，消了心中一口惡氣。一石兩鳥啊，可歎，又沒得逞。」

塔法將軍道：「依天說得沒錯，我想事情的大概就是我們推測的這樣，不會差到哪裏去，你現在的處境是，既不容於白道，也不容於黑道，要想活命，就得與我們合作！」

菲菲目光轉動，沉吟了一會道：「要我怎麼配合你們？」

見她終於答應下來，我和塔法將軍大喜，其實當我和他猜到飛船聯盟是要殺她以除後患的時候，就已經想到，龍四也一定非常愛她，和她的感情非常深厚，甚至甘願爲了她付出生命的代價。

只要她答應，我們就等於成功了一半！

見她終於鬆了口，我和塔法將軍也都噓出一口氣，我們在她面前分析了半天，爲的就是她能夠和我們合作！

塔法將軍微微一笑道：「很簡單，只要配合我們演一齣戲就行了。」以菲菲的聰明才智，聽到這句話也是一愣，在她以爲，我們會讓她去勸說龍四投靠政府！

塔法將軍舉起手中的咖啡道：「來，兩位美女，爲我們的友好合作乾一杯。」沒有了壓力，他又開始口花花，兩女沒好氣地瞪了他一眼，我忍俊不禁的一口喝乾杯中的咖啡。事情進行得頗爲順利，等到龍四說出飛船聯盟的秘密，我們便可大軍壓境，一舉殲滅他們！

我對菲菲道：「爲什麼你知道我們在利用你，你還答應我們？」

菲菲幽幽歎道：「就算是利用我們，那又怎麼樣呢。人活在世上就是給人利用的，我現在什麼也不想，只希望龍四哥能夠沒事，誰能夠幫我，我就和誰合作，我早就想和龍四哥找一個沒人認識我們的地方，安安穩穩地過平淡生活！」

不經意流露出的滄桑，令我這種沒有欲望的人，也大起憐惜之心，傷心人別有懷抱，大抵是這樣的吧！這一刻我更深切的希望龍四能夠和我們合作，交代出他所知道的事情，也好成全他們一對有情人，有情人終成眷屬。說得這麼容易，行起來卻多麼難呵！

一時間，我們四人都沉浸在觸景傷情的氣氛中，四周的那種悲愁的情緒，深深的一點點的侵蝕著我們的雄心壯志，只想覓一愛人，尋一處桃花源，過著神仙眷侶的生活。

忽然一個有節奏的腳步聲，打斷了我們的情緒，一個隊員走進來，道：「將軍，我們何時啓程去北龍城？」

我們大訝，都以爲現在仍是夜晚，卻不想就在不知不覺中，我們已經坐了一夜，現在天明了。塔法將軍道：「現在就起程吧。」

我們搭著軍用戰船飛往北龍城，一路上，我們利用這些時間，錄製了一齣好戲，當然這個是用來給龍四看的，希望它可以攻破龍四的心防，放棄對飛船聯盟的忠誠。

到了北龍城的軍部，塔法將軍將菲菲兩人安全地藏了起來。

有人來報導：「將軍，何時去審問龍四？」

塔法將軍看了看我道：「一路行來太累了，我們要休息休息，還是晚上吧。」

那人應了一聲領命準備去了。塔法將軍道：「小師弟，龍四要是說出了全部事實，咱們真的要放了他嗎？他是罪魁禍首之一，牛頭城一戰又使我死了這麼多兄弟，要是放了他，政治部那些人恐怕會大做文章的。」

我皺眉道：「咱們既然答應了人家，就要做到信守承諾，何況，你連成人之美的心都沒有了嗎？我們爲什麼要對付飛船聯盟，那是因爲要全球的和平，人民的安康。我們不是要殺某一個人，而是除去飛船聯盟這顆星球的惡瘤。你連這點也想不通嗎？師兄，你為了自己的前途著想，我不怪你。可是我既然答應了那個可憐的女孩，我就要守信！你們不是有什麼污點證人嗎？在這種關係政府安危的時刻，你覺得是你這個挽救了它的將軍重要，還是那些只會耍嘴皮的政客重要？」

頓了頓道：「菲菲的未來幸福就在你的手中。」

塔法將軍沉思了一會兒道：「好，我豁出去了，只要龍四真心和我們合作，師兄我就按照約定，給他一條自由之路。」

我望著他微笑道：「師兄，小弟希望你以後在仕途上，仍能保持這點純真的心。」

塔法將軍哈哈大笑道：「不要取笑師兄了，唉，這樣的大美人，我也是不忍心看著她香消玉殞啊！」

我放聲大笑：「看來，美真是一件非常之有力的武器！改天，我要去見見大嫂。」

塔法將軍深情地道：「我也該回去看看家裏的母老虎了！」

第八章　柔情煉鋼

到了晚上，我和塔法將軍懷著興奮的情緒來到了審問室，此刻的龍四被鎖在一個電椅上，看他疲憊的神態和血跡斑斑的身體，就知道他是受到了精神和肉體上的雙重拷問。

看到我和塔法將軍進來，他的眼神頗爲不屑。都被嚴刑拷打蹂躪成這樣了，仍能保持旺盛、不屈的鬥志，確實是個鐵打的漢子！

我朝塔法將軍擠了擠眼，他頓時一陣尷尬。因爲之前把他抓來審問時，我曾說龍四性格剛強，不會輕易招出什麼東西來的。他卻說，就算是鐵打的金剛，他也會讓他們張嘴的。可是眼前來看，這個丈八金剛，仍是屹立不倒！

旁邊一個負責審問的人走過來行了軍禮恭敬地道：「報告將軍，我們用了所有的酷刑，他什麼都沒招！」

塔法將軍不服氣地瞅了龍四一眼，道：「精神疲勞法用了嗎？」

「報告將軍，共使用了包括精神疲勞法在內的六十八種方法！」

塔法將軍皺眉道：「是不是時間還不夠的緣故，不過算了，你們都出去吧，我要親自拷問他！」接著走到龍四身邊，壓低聲音道：「算你有種，受了這麼多酷刑都不說，不過我最近打聽到在牛頭城，有一個以美豔聞名的女人叫作菲菲，不知你認不認識！」

龍四一聽到「菲菲」兩個字，神色頓時緊張起來。

我在旁邊暗暗搖頭，龍四雖然是條剛強的漢子，卻藏不住心事啊，塔法將軍一說到菲菲他就這麼緊張，不是明著告訴我們，他很在意菲菲嗎？

審問室中的人魚貫而出，其中一個白面書生樣的人，道：「將軍，我是政治部的人，我有權力監審！」

塔法將軍正為拷問龍四的事感到沒面子，現在有出氣筒自己站了出來，自然是要好好利用一下的。塔法將軍冷笑了一聲道：「政治部的人？老子管你是哪的人，這是老子的一畝三分地，在老子的地盤跟老子說權力，老子的話就是權力，用你的豬腦袋給我想想，老子現在就斃了你，然後就跟政府說你失蹤了，你說在這種時候，政府會不會因為小你，而損失大我！」

那人被塔法將軍罵得一身冷汗，站在那裏不敢出聲。

塔法將軍不屑地瞥了他一眼道：「滾！」

那人心驚肉跳的，加緊步伐灰溜溜地走了出去，塔法將軍望著他的背影哼道：「政治部！老子現在最討厭的就是政治部，欠罵！」

因為塔法將軍發火，審問室的人走得更快了，一轉眼的功夫，偌大一個審問室立即空空如也，只剩下我們三人，我和塔法將軍對視一下，塔法將軍上前兩步道：「龍四，你乖乖和我們合作，說出飛船聯盟的核心領導人的秘密，我包準給你一條活路！」

龍四怒罵道：「放屁，想讓老子做不忠不義的人，你們是做夢！」

龍四望著我倆，神情激憤，奈何功力被制，一點力氣也使不上。

塔法將軍歎息道：「你這又是何必呢，為了幾位結義兄弟，落得現在這番慘相，你對他們好，可他們未必這麼對你啊！」

龍四怒罵道：「你媽的，老子被你們抓著了，老子認栽，但你別想挑撥我們兄弟之間的感情，老子是不會相信你的。」

塔法將軍語重心長地道：「何必這麼頑固呢，你就不想知道，我們怎麼會知道你和他們是結義兄弟呢，這可是個大秘密啊！」

龍四狐疑地問道：「你們怎麼知道的？」

其實這件事，是菲菲說的，不過呢，她也只知道龍四他們是結義兄弟，其他都一無所知。

黑臉完了，就該我這個白臉上了，我淡淡地道：「我們自然是不可能知道這個大秘密的，但是卻有人知道，爲何她要告訴我們這個驚天的秘密，這也正是我們今天要和你說的。」

我向塔法將軍打了個手勢，在龍四對面的牆壁上，立刻顯出了那天我在飛船上合夥錄製的一幕假戲。戲中，菲菲奄奄一息，身上傷痕累累，被放在生命罐中以維持傷勢不再惡化。旁邊她的閨中好友娜娜哭得如同淚人。

由娜娜如啼鵑涕血般斷斷續續的說出了我們安排好的說詞，說龍四被抓走後，警備司令不但強佔了他的地盤，還當場非禮菲菲，更要將其占爲己有，而老牌黑道勢力索斐家族的大公子也來搶菲菲，飛船聯盟更是和警備司令同流合污，妄圖殺死菲菲以絕後患。

菲菲現在就是因爲遭受飛船聯盟派來的殺手偷襲而受了重傷，生命垂危，因爲我和塔法將軍在場才救下她們倆一命！

雖然說得有些誇張，添油加醋的。不過大多都是實情。看完所有的事情後，我徐徐地道：「我和塔法將軍都想成全你，有情人終成眷屬，你們經歷這麼多磨難，更應該珍惜這份珍貴的感情！別的我就不多說了，事情的前因後果就是這樣，你要不要和我們合作，你自己想想吧。」

塔法將軍也道：「你要是願意合作，我願意用我的人頭保證，放你一條生路，讓你尋找幸福！如果你不願合作，你的下場，你自己應該很清楚的，就算是我想放你，也沒有辦法！」

龍四被突然的消息震呆了，先是自己的兄弟背叛了自己，後有以前的合作夥伴趁火打劫，搶了自己的家當！還有自己最心愛的女人生死不明，所有事情糾纏到一起，令他連說話的力氣也沒有。

半晌，他有氣無力地道：「給我一點考慮的時間。」

塔法將軍冷冷的道：「我可以給你時間，一年的時間夠不夠？不過你的女朋友能不能撐過一年？那些對她虎視眈眈的人，會給你一年時間嗎？飛船聯盟願意等一年後再殺她嗎？」

我接著道：「你早一天與我們合作，她早一天能夠脫離危險，你們也早一天能夠相聚，你拖一天，她就多一點危險，我們不能保證，我們天天都能讓那些人無可趁之機！」

面對我和塔法將軍一波接一波不停的心理壓力，龍四終於崩潰，歇斯底里地喊道：「好，我和你們合作！但是你們要保證菲菲的安全！」

塔法將軍大笑道：「就等你這句話！我們不敢保證你的女人能夠毫髮無傷，要她徹底安全，就看你的合作誠意了！」

溫柔鄉，英雄塚，古今中外有多少英雄兒女情長，英雄氣短。這對龍四來說，未免不是一種好的歸宿，及早從這不歸路裏退出了，可以找一世外桃源，編織屬於自己的幸福世界。

龍四把飛船聯盟的秘密全部都告訴了我們，包括了飛船聯盟是怎麼一點點崛起的歷史都詳細地說了出來。其中最讓人感歎的是，這幾人結義的始末。

龍四有一隻非常厲害的寵獸，名曰翻山鼠。其實這等神奇的寵獸不止一隻，共有五隻之多。他們五兄弟原住在地球，誰也不認識誰，但是他們在東海之濱，一個神秘的山洞裏，發現了這五隻寵獸蛋，遂結爲兄弟。

後來寵獸紛紛孵化，乃是五隻異形老鼠，具有強大的威能，五人自號五鼠，在東海之濱卻也是小有名氣，後來離開地球，來到了后羿星，加入了飛船聯盟，逐漸把飛船聯盟發展壯大至今。

這五隻鼠寵各具不同本領，一曰：鑽天，可飛天，速度之快當世罕見；二曰：徹地，可入地，有類似大地之熊的本領，在地下穿行，神速之至；三曰：翻山，就是龍四的那隻鼠寵；四曰：徹江，有翻江倒海之能，駕馭水的本領；五曰：錦毛，乃是五鼠之首，有駕馭其他四鼠本領！五隻鼠寵合爲一體，則天下無人可敵！

龍四說完，深深地歎了口氣，道：「這就是我知道的全部了，你們也要信守自己的諾言。」

我道：「你放心吧，既然我們答應了你，就一定會辦到的，等到飛船聯盟授首伏法的一刻，也就是我們還你自由身的一刻！」

塔法將軍囑託了下面的人幾句，叫人嚴密看守龍四，並且保證他的安全，不准嚴刑拷打，然後，我們便離開了審問室。

他興奮地道：「這下可好了，勝利之日，真是指日可待了！」

我笑道：「我這個特聘組長之職，也該自動解消了吧。」

塔法將軍笑道：「隨便你了，師兄就不勸你了，你願意自動解除啊，就自動解除吧。我馬上就通知政府，請求軍隊剿滅飛船聯盟的老巢！」

我笑道：「這場大仗，我就不去參加了，還是你們這些軍人上吧！我要留下來保證菲菲兩人的安全。我估計飛船聯盟那群人不會就此善罷甘休的。」

塔法將軍道：「沒錯，這群亡命徒，哪有那麼輕易認輸，你自己多加小心！」

我哈哈大笑道：「這個我知道，至今還沒人能夠危及我呢！倒是師兄你的三腳貓功夫要小心了。還有順帶說一句，龍四肯定恨死你那岳父了，讓他小心點吧，龍四會去找他飲咖啡的！」

塔法將軍道：「我倒是希望龍四會多找他喝幾次咖啡，這種爲老不尊的岳父，需要多幾次教訓，不然是不會學好的。」

我呵呵笑道：「我想，龍四一定不會讓你失望的。」

對於警備司令，既然我們不好意思出手教訓他，就只能寄希望別人給他點教訓，讓他以後做人可以厚道一些。

等到第二天的中午，塔法將軍興沖沖地跑來告訴我，政府已經批准了他的請求，准許他帶一個軍團十二萬人的力量，剿滅作惡多端的飛船聯盟。

他來是向我道別的，明天他就要整裝待發，這次剿匪回來，估計他的肩膀上又要多個燦爛的小星星。看他高興的樣子哪像是去上戰場，分明是去上台領獎一樣。

十二萬人的軍力，再加上各種大範圍強殺傷力的高科技武器，對付飛船聯盟，可以說是壓倒性的，即便軍隊中沒有特別高的高手能夠壓制對方五鼠中的四鼠，也是穩勝對方的。

塔法將軍一走，我也悄悄地帶著兩個女孩來到了梅家，靜靜地住了下來，只有伺候我的靈丫頭，知道我的房中多了兩個漂亮的女人。

本來，我應該帶兩個女人去「洗武堂」住下來的，畢竟「洗武堂」是二叔留下給我的，我和「洗武堂」是一家的，不過我總覺得去「洗武堂」有些不妥，但是哪裏不妥，卻想不出來！於是最後我卻來到了梅家，在梅家我是一個外人，卻更能感到家的感覺！

菲菲和娜娜也通曉我們的計畫，所以也就安心地住在我這，每日裏和靈丫頭混在一起，幾天過後，經過菲菲和娜娜的調教，靈丫頭卻是漂亮成熟許多，多了一分嫵媚，少了一分青澀。

只是漂亮後，望著我的那雙明晃晃的大眼睛，彷彿多了一些東西，秋水波動，有幾次還差點令我的魂掉進去。

晚上，吃飯的時候，我淡淡地道：「你們天天和靈丫頭混在一起，我不反對，但是不要教壞人家小孩子，聽到沒有。」

因爲有了希望，菲菲也漸漸恢復了以前的風采，嫵媚成熟、風情萬種，望之引人遐思。我這才領教了她的魅力，也才想明白，爲什麼會有那麼多男人想盡辦法將她占爲己有。娜娜更是一直如此，卻比菲菲更甚，不斷撩人心弦，竟是硬讓我練出了坐懷不亂的本領。

娜娜聞言，嬌笑著坐到我大腿上，嗔道：「人家哪有教壞靈丫頭，女孩家總是愛漂亮的，我和菲菲只不過教教她怎麼打扮自己，怎麼做才能更加吸引男人的魂魄！」

我不爲所動的仍舊吃著我的飯，徐徐道：「那麼請不要以我爲目標！」

娜娜笑容可掬地道：「天大的冤枉啊，你對人家那麼凶，我怎麼敢教靈丫頭來勾引你！實在是因爲你飄逸脫塵的獨特氣質是我們女兒家的剋星，就是我們忍也忍不住的被你吸引。」說著雙手摟上我的脖子，膩聲道：「人家就是這麼被你吸引的，尤其是你彷彿什麼事都不關心的恨人樣，最讓人家心動。」

我無奈的淡淡笑道：「謝謝您的褒獎！」

娜娜故作怨氣的模樣又道：「人家對你是真心的，可你從不理人家，讓人家好傷心啊。靈丫頭現在春心已動，唉，看來今後，后羿星上又多了一個可憐的怨婦哩。」

我氣笑不得的無奈的望著她，真恨不得教訓一下這個沒有禮數，以逗弄我爲樂的丫頭，只恨她身爲女兒身，令我不知從何下手！

娜娜看我露出在她眼中有趣的表情，嬌笑連連的，施施然從我身上下來，道：「好啦，人家不逗你了，吃飯吧！」

她這招用來對付我，屢試不爽，我是沒有任何力氣來還擊的，還好今天只是她一個人，沒有兩姐妹同時調侃我，否則我會更狼狽的。

三口兩口吃完飯，趕緊逃離飯桌，我可不想再待在那等她倆來捉弄我。

來到我平時練功的地方，我取出了一枚寵獸蛋，我的豬豬寵已經到了成年期，差不多算是成熟了，以後就只要把牠封印了，等牠慢慢熟悉的特殊功能，就可以合體使用了。

我取出的這個寵獸蛋是蛇王臨別時贈送於我的，那隻蛇王寵是和我最沒交情的一個，牠能夠參與寵獸大軍為殺死魔鬼貢獻一份力量，還多虧了樹窩中的那個「長者」！

長者曾說過，等我力量變強的時候，我就可以修煉牠留在我體內的那股植物之力，然後我才會有和植物交流的本領，通過植物的眼睛和耳朵來觀看世界，可惜我的力量一直進展緩慢，遲遲沒有質變的跡象。

我把手輕輕的放在蛋的表面，心在徐風中靜下來，默默的感受著蛋內小生命的跳動。片刻，我按照認主儀式，將自己的血割破滴在蛋殼上，不大會兒，蛋殼內的小生命，開始不安分的騷動起來，手掌感受了幾次輕微的震動，蛋殼便破了了一個不規則的小口。

一個醜陋的小腦袋遲疑地探了出來，大出我意料，本以為出來的會是一條蛇寵，沒想到出來的竟是一隻只有兩級的小變色龍。

我望著牠不斷爬出，然後進食，心中卻在想，到底是因為沒有交情，蛇王送了我一隻這樣低級的奴隸寵，我暗罵了一聲小氣鬼。

小變色龍鑽進了我的體內，我苦笑道：「這是我養的第三隻沒有什麼用處的寵獸，自己的運氣還真是怪，擁有的寵獸要麼就是特別厲害的，要麼就是特別弱的。一隻會時空傳送的豬豬寵，一隻只會喝酒的酒蟲，當然偶爾牠也會發揮一下作用的，再一隻就是這隻小變色龍！」

我心念一動，召喚出我擁有的兩件神兵利器，「土之厚實」與「盤龍棍」，看著它們，我不禁就想到了藍薇。我空有兩件神兵，卻無法發揮它們真正的威力。藍薇已經能夠做到人劍一體，平常就把神劍收在體內，必要的時候，瞬間就能夠合體，喚出劍靈！

她是因爲修爲不夠所以無法發揮神劍的威力，而我卻因爲無法和神兵達到那種共融的境界，平時只能把它們收到烏金戒指裏。

「唉！」我歎了一口氣，自己擁有好寶貝，卻無法真正發揮它的威力，這讓我產生對它們的一種愧疚之心。

大地之熊、蛇獅與九尾冰狐同屬於上古神獸，雖然能力有差別，卻還不至於差上太多，而現在來看，只有兩尾的冰狐已經能夠和年輕的大地之熊打成平手，這其中的原因恐怕多是因爲不同的主人造成的吧。也不知藍薇在夢幻星過得怎麼樣了。

等這邊的事一結束，我馬上就趕到夢幻星去找她！塔法將軍帶著十幾萬人的軍團出去也有差不多有半個月了，事情是不是也該結束了，真恨不得他明天就能回來。

飛船聯盟的總部面對政府正規軍還能頑抗一年半載的吧，以前他們之所以能夠橫行無忌，是因爲他們隱藏得很深！政府軍就是想消滅他們，也找不到飛船聯盟的總部。

而利用地方武裝勢力消滅他們外部的據點，卻因爲種種原因不但鎩羽而歸，損失慘重，而且引得其他黑道勢力，也蠢蠢欲動，趁亂出來分一杯羹。

等到塔法將軍成功剿滅飛船聯盟，菲菲和龍四也算是有情人終成眷屬，幸福地過他們的下半生了。

就這麼亂想了一會兒，倒是把練功的時間給耽誤了。索性站起身，深深嗅了一口夜晚的氣息，準備回去休息，反正想了太多事，暫時沒有了練功的心境，還不如回去睡大覺來的爽快！

忽然，我又想起那天晚上，我們四人回來時被十個黑衣人偷襲的事情。雖然被我們證實是飛船聯盟搗的鬼，可是我仍覺得，事情不是這麼簡單，好像背後仍有尚未挖掘出來的秘密。

那個從地底突然鑽出偷襲我的刺客，好像對我的修爲有一定的瞭解，在擋我踢出的幾腿的時候，防禦的力量剛剛好，正好能夠借我的第一腿加快轉動方向上升，同時卸掉第二腳和第三腳的氣勁！

這人會是誰呢？

熟悉我的人也有限得很，李家的幾人，梅家的幾人，崑崙武道幾人，還有沙祖樂，再來就是「洗武堂」的海叔和他的半個弟子洪曆，除此之外就只有第四行星的一些人了。

第四行星的人首先就能排除，他們是不可能從哪裏到達這裏的，他們的文明還不允許他們有這種星球之間的活動。他們被局限在那個星球，哪裏也去不了，更不會有人能夠知道魔鬼留下的那部穿梭空間的機器用法！

李家的人和梅家的人，尤其如李雄、李獵和梅魁與我生死之交，怎麼可能會殺我，他們就算要殺我，也找不到一個像樣的理由啊！風笑兒和五強者之一的肥豬王更沒可能殺我，崑崙武道那幾個頑固的老頭子雖然看我不爽，卻絕對幹不出這種背地裏偷襲殺人的事！

月師姐也沒必要殺我，沙祖樂與我幾面之緣，也甚爲談得來，他有什麼理由殺我呢？

剩下的就只有二叔留給我的「洗武堂」了，洪海會殺我嗎，他對我這麼好，那麼熱愛「洗武堂」，就像愛自己的子女！他有理由殺我嗎？

不過他好像是有一個理由殺我！

第九章　漏網之魚

洪海要殺我的原因只有一個，就是他對「洗武堂」的衷愛，他怕失去「洗武堂」。我還清楚地記得，當日他和我說，他沒有陪二叔一塊歸隱的原因，就是因爲他太愛「洗武堂」了，「洗武堂」傾注了他一生的心血，他對「洗武堂」的愛已經超出了其他任何東西，也許我的出現，使他以爲我會奪去「洗武堂」。

畢竟「洗武堂」是二叔的產業，而我則是他囑託的繼承人，還有他送我的金卡爲證。所以爲了不失去「洗武堂」，他也許會選擇派人殺了我，這樣就什麼事都解決了。

可是還有一點我想不通，也是這一點令我不敢最終確定，他到底有沒有真的刺殺我！他是怎麼和飛船聯盟聯繫上的！

「呼。」我歎了口氣，人心不可測呀！

時間又過了半個月，在此期間，我又經歷了一次月圓，當我化身爲狼的一刻，我奇怪地發現了一個有趣的現象，自己從第四行星回來後就消失了的和寵獸交流的本領，在我變身爲狼的時候又回來了。

當我解體的時候，便又消失了，可見這個本領只有當我完全合體的情況下才會出現。

塔法將軍領兵去剿滅飛船聯盟已經一個月零三天了，在這天早上消息終於傳來了，經過一個多月激烈的戰鬥，飛船聯盟的總部被徹底殲滅，據統計的大概數字，這一個月裏，共殲滅了飛船聯盟五萬三千人，而俘虜也有兩萬餘人。

政府軍相對傷亡小得多，死傷不到一萬。現在已由塔法將軍領軍回來了，不日塔法將軍還要去天街城接受政府的最高獎勵！

在我聽到消息的第二天中午，我便看到了闊別一月有餘的塔法將軍，俗話說人逢喜事精神爽，今天的塔法將軍顯得特別開心，一直大笑著向我敘述一個月戰爭中的精彩片段。

末了，塔法將軍緊緊擁抱著我道：「小師弟，多虧你了，沒有你，我們不可能這麼快剿滅飛船聯盟，謝謝你！」

我望著他濕潤的眼角，輕輕拍了拍他，道：「都是一家人，還跟我客氣什麼，師兄，這次要升官了吧，少將怎麼也得升到中將吧！」

塔法將軍擦了擦眼睛，哈哈大笑道：「你也太小看師兄了，怎麼也得給我一個上將當當，不然這個獎我是不會去領的！」

我見他這麼自信，知道他肯定收到提升他爲上將的風聲了，我微微笑道：「師兄，升官得請客哦。」

塔法將軍道：「那是當然的，改天我讓你嫂子在家中備上一桌豐盛的酒菜，就你我倆人，好好喝一個痛快。」

我道：「一言爲定！現在你平定了飛船聯盟，那些蠢蠢欲動不安分的黑道勢力也紛紛平靜下去，唯恐成了出頭鳥第一個倒楣。有今天的局面，龍四提供資料的功勞也是功不可沒啊！」

塔法將軍道：「我知道你的意思，不就是信守諾言，現在放了龍四嗎？放心吧，師兄說話算話，我剛回來還沒去軍部呢，等一下，我先回軍部，晚上你帶上那個小美人，咱們一起去看龍四，順便成全他倆！唉，說實話，龍四太厲害，我一個人還真有點發怵！」

我朗笑一聲道：「塔法將軍，不對，得稱你上將了，塔法上將，你總算是承認自己的修爲太低了。」

塔法走後，我把事情告訴了菲菲，菲菲得知馬上就可以看到一個多月沒見到的愛人，顯得異常激動，手足無措，說話也不利索了！

我在一邊看得直搖頭，愛情的魔力就是這麼大，讓人瘋，讓人死，能使黑白顛倒，能使日月失色，這就是人類的愛情！

晚上，塔法將軍開著軍用小型氣墊船把我和菲菲兩女一塊接到了軍部，在軍部裏，菲菲看到了她日思夜想的龍四，龍四見我們信守承諾帶來他心愛的女人，心中對我們的感激，令他一下子忘記了我們攻破牛頭城的基地給他帶來的苦痛。

外表堅強的菲菲終於在我們面前露出脆弱的一面，哭喊著一下就撲到了龍四的懷中，拚命壓低聲音的啜泣，龍四也緊緊地擁著菲菲，心中湧動著萬千的感慨，一切都恍若隔世。

我們幾人也唏噓地看著眼前令人感動的場景，塔法將軍道：「咱們還是先出了北龍城，再敘舊吧，這裏不宜久留。」

使用他的專用氣墊船，我們來到了北龍城的郊區，塔法將軍望著這對苦命鴛鴦，歎道：「記住，從今往後，你不能再用龍四這個名字了！我已經向上級彙報，重犯龍四已被我秘密槍決，所以你以後要改名了，不然被政治部發現你還活著，我就沒法再幫你了。」

我凝望著龍四道：「龍四，你是條鐵錚錚的漢子，前半輩子，你殺人無數，希望今天以後可以改邪歸正，彌補你以前的過失。」

龍四望著我倆，突然跪了下來，沉聲道：「龍四謝謝兩位的大恩，雖然我恨你們滅了飛船聯盟，卻更感謝你們給了我新的生命，可以過自己想過的生活，菲菲也全靠兩位鼎力保護才能活到現在。我們的恩怨一筆勾銷，我還欠兩位一個大大的人情，今生龍四無法還了，等來世吧！」

塔法將軍哈哈笑道：「那個背叛你的肥豬警備司令，你如果有時間的話，不妨去請他喝幾次咖啡，我會萬分感謝的。」

龍四看了看我，又看了看他，道：「我會按照大人的吩咐，這點小事，龍四樂意去做，也算是還大人一點人情吧。」

塔法將軍忽然皺了皺眉道：「前次，你和我說，你們共有五人結拜，爲何我只看到錦毛鼠一人，其他三人從來未露過面。那個錦毛鼠確實非常厲害，要是其他三鼠都在，我想不會這麼輕易得手的。後來那個錦毛鼠看大勢已去，丟下其他人，自己趁亂偷偷溜了。」

龍四先是一陣黯然，聽到說錦毛鼠跑了，其他幾人也都不見了，眼中反而流露出一絲欣慰，本來他迫不得已出賣了飛船聯盟，心中十分難安，所以現在知道幾個兄弟都沒事，反而心裏舒服了一些。

我心中暗道龍四確是對幾位兄弟情深義重，卻不知道人心難測，他幾個兄弟死了還好，現在一個都沒死，龍四的處境變得更危險了。

我有意點醒他，道：「龍四，你們幾兄弟，每人的修爲如何？」

龍四道：「相差無幾，不相伯仲。」

我道：「那也就是說，無論是誰，一對一就可以打平，二對一，那麼力孤的一方，那就必死無疑了？」

龍四驚道：「這是什麼意思？」

我歎道：「人心不古，經過這麼多年，又有幾人能保持自己內心的那點真情。你洩露了他們的秘密，導致他們現在成喪家之狗，他們會不恨你嗎？雖然你也是被逼無奈才說出了飛船聯盟的秘密，不過他們是不會這麼想的，更不會放過你的，你以一敵四，不是死路一條嗎？」

他遲疑地道：「我的兄弟不會這麼做的！」

塔法將軍忽然道：「他們明知道菲菲是你心愛的女人，卻仍派十數個殺手去殺她，他們既能做出這種事，你認爲他們還有什麼事做不出？」

我歎了口氣，淡淡地道：「這都是我們的設想，並不一定就真的會發生。就算我們是小人之心，猜錯了他們，小心點總是好的！」

龍四道：「我知道，多謝兩位提點，我會和菲菲找一個偏僻的村莊，改名換姓，隱居起來，讓誰也找不到我們。」

我們揮手告別，娜娜卻也跟著他們一塊走了。我奇怪地道：「娜娜，龍四和菲菲是要去過平淡的隱居生活，你跟著幹什麼去？」

娜娜對我淡淡的一笑，道：「你不要我，我只有跟他們走了，菲菲是我的好姐妹，我們是不會分開的，有一天，也許我會找一個村夫嫁了。」

我望著她面頰上的笑容，忽然發現她的眼睛有些透明的東西在滾動，我不知道該怎麼說，半晌，才勉強地道：「希望，你能找到一個對你很好的村夫。」

娜娜笑了笑道：「一定會的，至少會比你愛我。」轉身走了，沒走兩步，突然又轉了過來，嗚咽著撲到我懷裏。一個月的朝夕相對，我對這個心靈剔透的女人也產生了很多的好感，卻也僅限是好感！

我感受著她的心跳，輕輕地撫摩著她的秀髮，心中暗暗地祈禱，願她將來一定要找到一個非常好的男人！

娜娜輕輕推開我，罕見地露出小女兒態，粉頰掛著一絲紅暈，喃喃地道：「對不起，我要走了。」她將紅潤的朱唇貼在我的唇上，淺淺的一吻，離開了我的懷抱，頭也不回地走了。

塔法將軍在我身邊望著她的背影歎道：「又是一個受傷的女人。」

我轉頭橫了他一眼，氣這傢伙就會幸災樂禍。

他無所謂的向我攤了攤手，道：「笨人不會消受美人恩，從我十八歲開始泡妞起，還沒見過你這麼笨，這麼不上道的人，人家是在等你留住她，你卻囑咐人家找一個好村夫，真服了你！」

望著不斷遠去的三人，我在心中輕輕地說了聲「對不起」，這句對不起是給娜娜的，她對我的真情，我感受得到，卻不能答應，一個真心，只能送給一個女人，如果化作兩份，那便是虛情假意！

龍四忽然回頭道：「塔法將軍，我知道在這一年裏，五弟他們幾人經常去地球，也許你能在地球找到他們。」

塔法將軍自言自語道：「原來是在地球！」接著又轉向我，滿臉堆笑地道：「小師弟，是不是麻煩你去地球一次？」

我瞥了他一眼道：「錦毛鼠究竟厲害到什麼程度，讓你怕成這樣。」

塔法將軍搓著手道：「這傢伙比龍四可要厲害多了。他和他的幾個兄弟沒死，一定不會放過咱倆的，你還是累點去到地球把他給那個了！」

我淡淡地道：「就算是找我們報仇，也會先找你的，是你帶著軍隊抄了他們的老家，這可不關我的事，再說你現在升官了，自然可以輕鬆從軍隊中找一些高手陪著你一塊去地球幹掉這些漏網之魚！」

他歎道：「小師弟，你不知道啊，飛船聯盟的總部雖然是被我毀了，不過在其他三十六個城市都還有大量的力量，這些殘餘分子，都是我要清理的對象，我還哪有時間去地球啊！」

我道：「那也不關我事，剛才好像還有人嘲笑我的嘛！」

塔法將軍眼巴巴地道：「大哥！算是我求你了好不好，你就再幫師兄一次，這幾個傢伙活著始終是一個巨大的隱患！」

我心中暗暗偷笑，臉上卻無表情，悠然地道：「讓我想想吧！」

從表面上看，事情都結束了，社會的毒瘤被成功的割掉了，自己的任務也完成了。不過這一切都只是表層現象，更深入的看，就會發現仍有許多不明的地方擺在那裏，隨時會爆炸。

一個魔羅被消滅了，卻仍有一個魔羅被大家遺忘在一個孤獨的角落裏。飛船聯盟雖然消失了，但是核心的五個領導人，除龍四改邪歸正外，都仍逍遙法外。而政府軍中像警備司令那種卑鄙的人仍大量存在，不斷腐蝕政府，侵蝕社會。再有，就是我自己的事，我和洪海之間的關係，他會不會突然跳出來把我幹掉！

飛船聯盟已經不存在，無法證明洪海是否和他們有某種關係，參加了刺殺我的那次偷襲。

除非我能找到飛船聯盟那四隻漏網的小老鼠，從他們的口中來證實洪海究竟是不是清白的！

還有這麼多的事情，我想休息也是不可能的了。肅清政府機構的事情，就讓政府自己做吧，經過這次的事情，我想他們應該已經認識到政府機構的腐朽了。

看來地球之行，我是勢在必行的，躲也躲不過。我和藍薇相聚的日子不得不又要往後拖，真希望每天都能夠和她待在一起，但卻又怕把她捲入到危險之中。

一夜之間我輾轉反側，難以入睡。看來想要早日相聚，就必須儘早解決這些事情。

到了第二天，我首先去了「洗武堂」，見到了洪海。洪海看到我時沒有一絲異色，仍是如同第一次見到我那樣熱情，這使我對自己的推測產生了動搖之心。我向他道明了我要去地球的意圖。

洪海沉吟道：「你要去地球抓捕漏網的四人，這四個人修爲高強，狡猾多端，非一般人可比，如果你堅持要去的話，我想還是讓洪曆挑幾個修爲較高的子弟陪著你一起去，洪曆和你也熟一些，並肩作戰過。這樣一來我也放心些。」

我笑道：「謝謝海叔的關心，這一點我認爲還是我一個人行動的好，因爲一個人隱秘性很強，不容易被他們發覺，其次，他們四人修爲雖然高強，卻尚不能奈我何，遇到他們落單，我就擒住他，如果碰上他們人多，打不過我就跑！」

洪海呵呵笑道：「你想的還蠻周全的！不愧是聖者的子侄，與聖者一樣心思縝密，那麼老奴就不操這個心了。我呢就派洪曆帶著人先去地球，等到你有了線索，需要人手的時候，就來『洗武堂』通知他們。啊，對了，你是要先去地球的哪個城市？」

我想了想道：「就去京城吧，我是在地球出生的，尚沒見過地球最大、最古老的武道學校，始終有些遺憾，趁這個機會，也好去看看。」

洪海欣然道：「也好，那我就先派洪曆去京城的『洗武堂』駐紮下來，如果你需要幫助，就去『洗武堂』找他，有什麼困難，需要什麼東西，一些經濟方面的，都可以去『洗武堂』！」

我謝道：「海叔，這個您就不用操心了，二叔以前送我的金卡裏有很多的錢，我不缺這玩意的，倒是萬一我要煉製什麼丹藥，可能會去『洗武堂』抓大量的藥材。」

洪海在我提到金卡的時候神色一顫，眼神激射出神光，隨即掩去，樂呵呵地道：「我差點忘了，聖者已經把『洗武堂』送給了少主，你所持的金卡可以調動『洗武堂』的全部資金，藥材更是少主的東西，想要多少就拿多少，何必要我這個老頭子在這饒舌！」

離開了「洗武堂」，我邊走邊想，剛才與洪海一番談話，並未感覺到他是在虛情假意，倒是最後一句話，說得有些激動。

薑還是老的辣啊！真是看不透他，不知道他到底在心裏想著什麼，是想著履行二叔的命令來輔佐我這個所謂的少主，還是在暗地裏秘密制訂計畫，好幹掉我一了百了，徹底佔有「洗武堂」！不過，他假如真的這麼做了，就不怕二叔找他算帳嗎？抑或他覺得二叔這次歸隱，再也不會回來了呢？

回到梅家，我又去向梅魁告別，看到梅魁時，他正在練武室修煉。我道：「最近很忙嗎？」

梅魁見到我也很開心，裝了一個忙暈了的動作，哈哈笑道：「忙得要命，每天都有忙不完的事，你看，我這好不容易才擠出一點時間來修煉，你就到了！聽說你輕易解決了困擾政府多年的飛船聯盟！」

看他修煉，我也有些手癢，脫了外套，走下了場，我道：「哪裏是輕鬆解決，是費了很大的精力，還有許多朋友幫忙才解決的，再說，這件事塔法將軍可得記首功，我的那點微末功勞，就不用提了！」

梅魁樂道：「依天大哥，你可是越來越謙虛了，讓我看看你這麼長時間功夫有沒有長進！」

說著扔下手中的木劍，赤手空拳霍地向我衝來，口中的吶喊聲，腳踏地板發出的「轟隆」聲，營造出強大氣勢，拳風帶動氣流，吹的衣服獵獵作響。

我凝望著他的拳頭，口中道：「恐怕我會讓你失望的，早先我就到了瓶頸，一直到現在都無法突破，難有寸進啊，倒是你，頗有一日千里之勢，就讓我看看你的修爲到底精進到什麼程度了？」

我倏地提拳，突然施展縮地成寸的奇妙功法，驟然拉短了我倆之間的距離，一下子打破了他心裏對我倆之間的計算，在他力所未能全部發揮的距離，我的拳頭輕易迎上了他的拳頭。

轟然作響，我們誰也沒退一步，片刻後，身上的衣服卻驀地炸裂開。

看著對方精赤的上身，我倆哈哈大笑起來。

梅魁道：「依天大哥，你用了幾成功力？」

我舉起五根指頭，梅魁道：「我用了六成功力，依天大哥，你再不努力，我可就追上你了！」

我哈哈笑道：「歡迎你的挑戰！」梅魁的氣勢已經漸漸成熟了，尤其做了家主以來，自然而然形成一股霸氣。剛才對戰的時候，他就是先發出強大氣勢，從精神上打擊我，然後當我心有恐懼，無法發揮全部威力時，才出拳打過來。

這是他的一個很大進步，在以前，他是不會這麼做的，他每次都是用自己強大的內息、打鬥技巧來取勝對手，即便用是氣勢，也是生硬得很，現在就很不一樣了。

他真正的成熟了，一代新的霸主，漸漸形成，梅家將走入新紀元。

梅魁道：「依天大哥，你特意來找我，不是陪我修煉的吧！」

我微微笑道：「我是來向你告別的。」

梅魁愕然道：「又告別？這次你是準備去哪？」

我道：「我準備去地球一趟。」然後我把事情的前因後果說了一遍，省略了洪海和我的關係，沒有告訴他。

梅魁興奮地道：「那幾個飛船聯盟的人這麼厲害嗎？很久沒有遇到強對手了，真沒想到，民間竟然出了這麼多的高手。」

我哈哈笑道：「別想這個了，還是乖乖做你的家主，想著恢復梅家原有的實力吧，我和李雄可是都在期待著你呢。」

梅魁油然道：「你們就放心吧，小弟我一定不辜負各位大哥的殷切期望，做好這個家主！依天大哥，你去地球，要不要我派一些好手隨行，你一個人對付四個厲害的傢伙行不行？」

我呵呵笑道：「厲害才好，否則，我找誰來幫助我突破瓶頸。」

告別了梅魁，我直接坐上飛船向我久別的故鄉地球駛去。梅魁是真正的長大了，梅老爺子死去帶來的悲痛，已經被他抹去。

在他的面前，是美好的未來，前途一片光明。

一個星期後，我終於踏上了闊別已久的地球，下了飛船，我就在一家高級賓館訂了個單間。出來這麼久，對社會也有了相當的瞭解，自然不會出現當年初出茅廬時的窘事，錯把按摩的地方當作旅館了。

那時的單純、青澀已經褪去，留下的是成熟和老練。

我漫步在京城的街頭巷尾，作爲地球最大的都市，這裏處處充滿著繁華，只是在后羿星見慣了大都市的我，已不再像以前那般見到新鮮的玩意兒就大驚小怪的了。

我悠然自得在步行街裏遊逛，看到好看的就多看兩眼，看到好玩的就玩一玩，有看著順眼的就買上一些。據塔法告訴我，無論什麼樣的女人都不能免俗，她們最喜歡的就是亮晶晶的東西，比如鑽石啊之類的，她們就喜歡這些沒有一點實際用處的東西。

因此，我買了一個紫水晶套件，是預備送給藍薇的。這個紫水晶套件是在一個珠寶行裏看到的，標價一百二十五萬，十分昂貴。包括了項鏈、耳環、戒指、手鐲四件。

每一件都做工精細，別致花俏。我看上的原因是這個紫水晶十分的純，一點雜質都沒有，佩帶在身上就如紫色的氤氳，煞是好看。

我又給風笑兒買了一隻手掌大小的水晶球。以後去夢幻看她們，帶點禮物，省得她又找我彆扭。一路逛下來，又看到了不少新奇的小玩意，心中雖然喜歡，卻也無人可送，自己又哪能要得了這麼多，只能作罷，走著，走著，忽然看到前面一座占地巨大的建築，人潮湧動，分外熱鬧，我仔細看過去，幾個碩大的字如彩虹般橫跨在入口處，好不顯眼！

「寵獸超市」。

我望著那幾個字，喃喃道：「寵獸超市，久有耳聞，卻因爲種種緣故，始終未曾見過，今天倒是得去見識見識。」這個東西也不是什麼稀奇的玩意，在各大星球都有很多類似的地方。

人們可以在這裏自由選購個人喜歡的寵獸，而且有的時候，寵獸超市弄到了好的寵獸，也會當場拍賣，價高者得！

我欣然前往，快步走去，進了超市，只覺人聲鼎沸，再加上寵獸們不時發出的一聲兩聲，倒真的是嘈雜無比。不過來此地的人個個指東點西，嘴裏說著，手上比劃著，顯得異常興奮。

而那些嬌貴的寵獸們呢，或一隻或一群，放在一個個大小不同的容器裏，因爲特殊裝備的緣故，容器始終有新鮮的空氣，所以寵獸們待在裏面倒也不覺得悶，人們看著牠們，牠們也在看著人們，看到有中意的主人，會貼在容器上，叫出幾聲，實在可愛有趣。

寵獸分門別類的放著，有陸類的，有水類的，有兩棲類的，有翼的，無翼的，有毒的，無毒的，爬蟲類的，甲殼類的，軟體類的等等不一而足，然後再將其分爲三六九等，一樓的寵獸級別最低乃是一級寵獸，二樓和三樓是二級的，三樓、四樓、五樓、六樓、七樓、八樓是三級的，九樓、十樓、十一樓是四級的，十二樓十三樓是五級的，十四樓是拍賣室，來了好寵獸在五級中品以上的，都會在那裏拍賣。

不用說，一樓的寵獸是最便宜的，越往上越貴，就像是個金字塔。

我饒有興趣地看著數量這麼龐大的寵獸。心裏自然而然的升出一股莫名的喜悅之情。

今天當真又開了一次眼界，我在第五星球看到過比這更多的寵獸，只是那些寵獸大部分都是威風凜凜的成年寵，與現在看到的這些年幼的小寵獸感覺截然不同，看著牠們，我有種如同看著自己兒女般的心情，十分開心。

龍之力突然自己從我身體中向外散發出去，等到我驚覺的時候，卻已帶來突然的騷亂，成千上萬的小寵獸拚命地撲騰著關著牠們的小容器，發出不同的叫聲，等到我把龍之力再隱藏回體內時，才恢復了安靜。

望著這些可愛的小傢伙們，我故作鎭定，裝作若無其事的樣子，吐了口冷氣。

就在我如釋重負的時候，突然一個人拍著我肩膀道：「老兄，我剛才看到這窩『荔花鼠』對你叫得很凶，好像非常喜歡你的樣子，雖然級別低了點，不過倒也便宜，我看你還是買下來吧！」

嚇了我一跳，還以為他看出了點什麼呢，原來是勸我買我面前的那對「荔花鼠」，這一窩「荔花鼠」共有五隻之多，都是二級下品的，模樣倒是乖巧可愛，一點也沒有賊頭鼠腦的樣子，其中一隻還躺著露出白白的肚皮，小眼睛倒立著望著我。倒是不知道有什麼特別本領。

我道：「這位仁兄，這『荔花鼠』有什麼特殊的本領嗎？」

他對我友善的一笑，道：「你第一次來這裏吧，你看，在下面不是貼著說明書嗎，牠們的所有本領都貼在那呢。」

我謝過他，仔細一看，可不是真的嗎，就在容器的正下方，端端正正的寫著幾行字，應該就是說明「荔花鼠」用處的吧。

「荔花鼠」因為喜食荔枝花而得名，沒有戰鬥力，但是卻擁有寵獸界中最靈敏的嗅覺。

難怪這裏無人問津，短短幾行字，就告訴眾人，這些寵獸對於那些想挑一些級別高的，有特殊本領能夠極高提高戰鬥力的人來說，根本就是廢物嘛！還好遇到我，我對那些增強戰鬥力的倒是沒什麼興趣。

看著五隻可愛的「荔花鼠」，我笑道：「好啦，遇到你們也是個緣分，就收下你們吧，以後啊，等我和藍薇建成一個大大的馭獸齋，就用你們來看家，然後在四周載滿各種荔枝樹，讓你們吃個飽。」

叫來店員，只花了幾千塊，就把牠們給買下來了。

認了主的五隻可愛「荔花鼠」緊緊地抓著我的衣服，把我身上當作了遊戲場所，躥來跳去的，還有一隻調皮的坐在我腦袋上。

我逐層往上逛，越往上，人越少，而且大都都是儀表非凡，更多的則是衣著光鮮，看來並非每個人都能進來的，只有少數的有錢人才可到更上的樓層參觀。

正看著一對具有增加毒性攻擊的「水花蛇」的時候，旁邊兩人小聲交談的內容吸引了我，其中一人嘖嘖稱讚道：「看到沒，今天參與拍賣的有一隻古怪的鼠籠，光底價就是三千萬那！聽說過沒，以前雖然也有很多次拍賣，最多也就是幾百萬，一千萬那是封頂了，沒想到今天一隻鼠籠都叫這麼高的價。」

另一個人道：「是啊，據說這還不是最高的，最高的那個好像是五千多萬，這個超市，也太黑心了，什麼寵獸能賣這麼高的數字，老子一輩子也賺不到個零頭啊！」

我聽到這個，倒是對價錢沒什麼興趣，只是對那隻他們口中的特殊鼠籠有些好奇，直覺告訴我，這隻高價鼠籠，和龍四他們的寵獸或許有些關係。

我逕自向十四樓走去，走到十四樓的時候，被兩個看門人攔住了，其中一個彬彬有禮地道：「請問你有請柬嗎？」

我一愣道：「我要買隻寵獸還需要請柬？」

另一個人道：「對不起，以前都是不要的，不過今天與往常不大一樣，所要拍賣的寵獸十分珍貴，必須要有請柬才能進入。」

我為難道：「我沒有請柬，但是就沒有另外的途徑可以進去了嗎？」

第一個人微微笑道：「還有一個方法，您如果帶來超過三千萬的現金，就准許你進入。」

我哈哈笑道：「三千萬現金，好說！」兩人望著我空空的雙手露出詫異的目光。我拿出隨身的金卡，這張卡裏可動用「洗武堂」一半的資金，隨便拿個十幾億出來還不是輕輕鬆鬆的。

兩人見我氣勢不凡，哪敢懈怠，馬上找來早就準備好的專家，經過專家的鑒定，我邁著悠然的步子進了拍賣場。

簡簡單單一間拍賣場，被裝飾得如皇宮般富麗堂皇。本來我以為主辦方訂下只有拿出三千萬現金才可入場的苛刻條件下，能進到拍賣場中的人一定很少，誰知道我剛一進入就看到眼前人潮洶湧，竟有幾百人之多，人頭攢動，拍賣還未正式開始。

我啞然失笑，看來主辦方送出去不少請柬啊！

我在人群中走著，不斷的向前走去，我倒想看看能讓拍賣方訂下這麼高底價的寵獸會是什麼樣子的。

在人群中，我不時的看到一些修爲很強的武者，我暗暗心驚，怎麼一個小小的拍賣會竟然出現這麼多的高手，還有一些人身穿同一服飾，轉身時可看到背後「北斗武道」的字樣，另外還有一些人背後寫著「紫城書院」的字樣。

我有些納悶，這兩個是地球上最強的武道學校，竟然也同時會有許多人出現在這個拍賣場。

我邊奇怪著，邊向前擠過去，就在這時，我忽然在擁擠不堪的人群中看到了一個「北斗武道」的女孩，女孩子和她的同學們談笑時，不經意的轉臉，竟然讓我發現她赫然是我經常想念的妹子——愛娃！

我欣喜若狂地擠了過去，來到她身後，我興奮地道：「愛娃！」

愛娃一臉狐疑地轉過來，見到是我，驚訝的大叫一聲：「依天大哥！」臉上的疑雲換成了不可置信的喜悅，緊接著便撲到我懷裏來。

身邊她那幾個同學都摸不著頭腦地望著我，搞不清楚，愛娃怎麼會一下撲到一個陌生人的懷裏。

等到心情平靜下來，愛娃害羞的從我懷裏退後一些，開心地望著我道：「依天大哥，你這幾年都到哪去了？一點消息都沒有，不過愛娃一直相信，有一天還會見到依天大哥的！」

我愛憐地擰了擰她的瓊鼻，笑道：「依天大哥這幾年的事，就是跟你說一天也說不完，還是先和大哥說說你的事吧，你穿著『北斗武道』的衣服，現在一定是地球第一大武道學校的學生了。」

愛娃拉著我的手，把她的幾位同學介紹給我認識，然後告訴我：「自從那天，你把高山村的那幾個小壞蛋和大壞蛋都打傷後，高老村的壞蛋村長指使他們的村民來我們村，叫爺爺把你給交出來。」

聽到自己當年的糗事，情不自禁的臉上還是有一些發燒，我道：「那後來呢？里威爺爺是不是很爲難？」

愛娃嬌哼道：「那幾個壞蛋是活該倒楣，誰叫他們老想欺負咱們。爺爺當時態度也很強硬，沒有答應他們，後來鬧到最後，那幾個壞蛋要走了依天大哥給我煉的烈炎劍，事情就不了了之了。再後來，爺爺就把我送到了『北斗武道』，還好我通過測試，沒有丟爺爺的臉，成功進入『北斗武道』來鍛煉自己。」

我誇讚地道：「愛娃以前是我們村裏最強的，現在到了地球第一的武道學校是不是也是最強的啊？」

旁邊一個女生搶著道：「愛娃雖然位列此次八強榜的最後一位，但是身法速度卻是八人中最快的。」

我問道：「什麼八強榜？」

愛娃道：「因爲天下第一武道大會將在一年後舉行，現在各大星球已經開始了每個星球的選拔賽，地球區的選拔賽也會在一個星期後正式開始，我們北斗武道就選出了八個人參加預選賽，學校裏的人都管這叫八強榜，我正好是最後一位。」

我暗自忖度，怪不得在這裏看到這麼多高手，原來地球區的預選賽即將開始了。天下第一武道大會，我也聽說過，沒想到一年後會正式開始，有機會我要去參觀參觀。

我摸著愛娃的頭髮，笑著道：「愛娃真是越來越厲害了，在芸芸高手之中可以躋身八強，很不錯啊！」

愛娃裝作一本正經地道：「依天大哥，你現在學壞嘍，竟然調笑人家。」說完還向我吐了吐舌頭，可愛乖巧的樣子又讓我回想到當初在高老村的情景，無憂無慮的生活啊。

突然一個聲音如同炸雷一樣在人群中響起：「你活得不耐煩了，竟敢擋我的路，老子一隻手就能把你捏成碎末。」

巨大的聲音把周圍的嘈雜聲都給蓋了下去，我暗道：「誰這麼霸道，在拍賣場裏，這麼多人，不是你擠我，就是我擠你，誰都不是故意的。」

另一個聲音不慍不火地道：「小爺要不是看在你和我家的那條大花狗長得有幾分相似，讓我不忍下手，哪會留你在此狂吠亂叫。」

先前那個聲音喝道：「他媽的，小白臉，老子看你是找死。」

後面的聲音依舊顯得很從容，淡淡地道：「人家說會叫的狗，是不會咬人的，今天我算是得到驗證了。」

我忽然感到一股很強大的氣勢從人群中傳了出來，心中一驚，已經運功做好了準備。果然，先前那人彷彿肺都被氣炸了，運勁怒聲道：「老子不管那些鳥規矩了，今天老子要不把你打得磕頭認錯，老子算是白在世上活一遭了。」

後面的聲音不啻火上澆油的道：「我也這麼覺得，你是應該早些去投豬胎，你做豬會比較有前途。」

被諷刺的人，氣得恨不得馬上就把眼前的人打的滿臉開花，一握拳以開山之力打了出去，完全忘記了周圍人的安危，被拳風所觸及到的人紛紛被震得向後退去。

就在先前之人覺得這次可以把對方打得滿臉桃花開，出一口胸中惡氣的時候。對方忽然爆發出強大的氣勢，一股極強的氣以身體爲中心高速旋轉起來，周遭的人都被卷飛出去，那人眼中厲芒跳動，陡然伸出一隻手指，聚集了大量的氣，倏地和前面打來的拳頭擊在一起。

兩股極強的氣流撞在一起，引起了更大震動，場內的空氣不安分的騷動起來，逐漸形成很多不同的亂流，在場內肆虐。

兩股氣的撞擊，引發了強烈的爆炸，所有的人都被拋飛出去，場內空地只剩下對峙的兩人。室內能夠完好無損站立的就只有我和被我護著的愛娃幾人，我望著仍在對峙的兩人，頭腦迅速地轉動著，這兩人什麼來頭，修爲達到如此驚天動地的高度。

突然有一個氣質文雅的人走到拍賣台上，朗聲道：「再一次警告你們，拍賣場地不准動手，限你們在十秒鐘分開，不然後果自負！」

一隊近二十人全副武裝的小隊迅速在場地排開，手中的鐳射槍都對準了兩人。那人又道：「他們使用的是最近新改良的槍，理想擊打是二點五噸，二十人可在瞬間使你們在人間蒸發。」

愛娃對我驚歎道：「這兩個人好厲害呀！修爲遠遠高於我，看來這次預選賽我是沒有什麼希望了。」

我道：「你認識他們兩人嗎？」

愛娃歎道：「認識一個，就是那個很結實的，他是上一屆地球選區的冠軍，天下第一武道大會的季軍，沒想到他實力都到這種程度了。」

我道：「原來是上一屆的高手，難怪如此厲害。」

那人的對面是個比他矮了許多的一個小白臉，之所以稱他小白臉，是因爲他的臉真的很白，長相極爲俊美，只是兩隻秀眸不時一閃而過的厲芒會告訴別人，他是個絕對不可小覷的危險人物！

兩人收到警告的信號，突然同時收手，只是那個上屆季軍收手的時候發出了不易察覺的一聲極低的悶哼。

台上那人，微笑著望著下面的眾人，道：「先生們，女士們，拍賣會在五分鐘後正常進行，請大家注意。」

眾人小聲議論著，漸漸又回到場地中央，只是先前鬧事的兩人周圍，很明顯的都空出一塊地方。拍賣場在遭到兩人強大氣勁的衝擊下，仍能保持八成的完好，可見這個拍賣場也是非同尋常的。

五分鐘後，拍賣如期舉行，作爲前菜，拍賣方拿出來的第一個拍賣寵是一隻四級上品的黑虎寵，威風凜凜的小黑虎，用牠那雙炯炯有神的眼睛望著下面的眾人。這隻虎寵標價一百萬，遠低於正常價格。經過一番報價角逐，小黑虎以一百八十萬的價格被人買走。

接下來，拍賣方仍沒有拿出兩隻最高價的寵獸出來和大家見面，而是吊足了眾人胃口，拿出一系列價格低但也很不錯的寵獸出來拍賣，中間還會穿插著一些兵器的拍賣。

我跟愛娃道：「妹子，喜歡什麼，只管說，大哥買給你哦。」

愛娃羞赧地道：「大哥，上面的東西都太貴了。」

我呵呵笑著拍拍她，道：「貴是貴了些，只要你喜歡，大哥一樣買給你的，這點錢對大哥來說不算什麼。」

忽然，台上拿出了一柄別致的柳葉彎刀，打制得十分精巧，頗具匠心。底價三十萬，這種兵器，一般來說在市場上，正常價格可以達到八十多萬，現在賣得這麼便宜，叫價的人自然很多。

最後一個紫城書院的傢伙以五十萬的價格擊敗了其他叫價者，我望著那刀道：「妹子，這刀挺不錯的，合你用，等我給你買回來，再加工一下，一定會成爲一柄不遜烈炎的好劍。」

我舉手道：「一百萬。」

那個紫城書院的傢伙本來正在洋洋自得，以爲撈到了便宜，卻想不到半路殺出我這個程咬金，那個傢伙怒望著我，說不出話來。

我本身就對紫城書院的人沒什麼好感，剛才他們叫價的時候，我聽到了愛娃那幾個同學小聲的嘀咕，說那幾個紫城書院的傢伙也是來京城參加預選賽的，其中一個黃頭髮的傢伙平常較爲跋扈，幾次以切磋爲由找她們麻煩。

我心中一動，立即把價錢抬高了一倍。

「二百萬第一次！」

我瞥了那人一眼，故意小聲道：「唉，沒錢買什麼劍嘛！」

「二百萬第二次！」

正在主辦方準備敲價的時候，那個紫城書院的黃頭髮，叫道：「二百一十萬！」

我笑嘻嘻地望著他道：「二百萬，我都嫌太貴了，你居然還出二百一十萬，這柄刀出去買也就八十萬左右，竟然還有你這麼笨的人，你既然要就拿去好了，我不和你爭了。」

他那氣憤無比的樣子，總算令我有吐一口氣的感覺。

第十章　敵蹤乍現

在沒人叫出更高價的情況下，紫城書院的幾個人只好忿忿的以極高的價格買下了那把柳葉彎刀。我對他們投來的怨恨目光嗤之以鼻，恐怕他們還不明白一個素不相識的人爲何偏要和他們作對，我心中暗道，要怪就只怪你們紫城書院的人都那麼飛揚跋扈，讓我看了不舒服。

愛娃的幾個女同學，見到紫城書院那幾人輕易就被耍得暈頭轉向，個個掩嘴偷笑，幾位年輕活力的女孩笑容頓時給我們這邊添了一道亮麗的風景。

我對愛娃道：「這柄刀就高額讓給那幾個倒楣蛋了，改天大哥親自給你再製作一柄更趁手的。」

愛娃乖巧地道：「謝謝依天大哥，不過你不要給愛娃買那麼貴重的東西。愛娃還是喜歡大哥親手製作的，愛娃能感受到大哥對我的感情。」

我摸摸她的腦袋，愛憐地道：「小丫頭，嘴越來越甜了。改天，大哥親自給你製作一柄神劍，讓你在地球區的預選賽上大放光芒。」

拍賣會經過這個小小的插曲，繼續向下進行。又經過十幾種兵器、寵獸的拍賣後，終於進入了今天拍賣的重點，每個人都睜大了眼睛，生怕漏了一星半點的。

主持拍賣的那人清了清嗓子，道：「先生們，女士們，請注意了，接下來就是本次拍賣會的重點，先拍賣的是一隻鼠寵，這隻鼠寵是本拍賣會開辦以來級別最高的一隻，位居六級上品，有翻江倒海之能，底價三千萬。另外一隻是鷹寵，稱作碧眼金雕，也是六級上品，底價四千萬，現在競價開始。」

主持人一說完，下面馬上有人踴躍報價，鼠寵的身價一路飆升。

我瞅著那隻鼠寵，雖然我沒看過徹江鼠的樣子，但是我仍然敢確定這隻必然是龍四口中的徹江鼠，只不過這只是幼年的徹江鼠，我相信這種可堪媲美神獸的鼠寵不可能會這麼湊巧的再次被人發現。

之所以會有這隻鼠寵拿出來拍賣，一定是大的徹江鼠產下的幼崽。

自從我和塔法將軍領著特別小組對飛船聯盟進行全面剿滅的時候，后羿政府已經聯繫其他三大星球，對飛船聯盟的全部資金進行凍結。

時至今日，飛船聯盟已經煙消雲散，他們所掠奪的所有不義之財，也不再是屬於他們的了，所以我大膽猜測，定是逃亡在外的五鼠兄弟，在非常需要錢的情況下，只好命自己的寵獸產下一隻幼崽拿來拍賣。那麼想要知道他們的行蹤，我只要詢問拍賣方這隻鼠寵是誰拿來拍賣的，就可順藤摸瓜，找到五鼠兄弟了。

「啪！」的一聲重響，主持人宣佈道：「鼠寵以一億一千兩百萬的價格，由這位先生獲得。」

我神情恍惚間，鼠寵竟然已經被人高價買走。那個上屆天下第一武道大會上的季軍，樂呵呵地走上台下，興高采烈地抱走那隻鼠寵，看他興奮的表情，就像是獲得了天下第一武道大會的冠軍似的。

我忽的想起，當年我送給愛娃的小白龜，我道：「愛娃，你那隻野寵小白龜現在幾級了？」

愛娃召出小白龜開心地道：「牠前不久才進入第四級的下品，終於擺脫了奴隸獸的界限，上升爲護體獸了，實力有很大提高哩。」

野寵可以伴隨著主人的修爲提升而逐漸升級，只是小龜本身的級別太低，想要升到更高的級別，非得機緣巧合才有可能，否則升到五級也就到極限了。

像我的小黑能夠升到今天第七級中品的程度，還不是因爲機緣巧合吸收了一些龍丹的力量，另外更是吃了許多的靈藥，像九幽草、混沌汁、黑獸丸之類的。可惜愛娃的小白就沒這麼好運氣了。

我道：「這對小龜兄弟也很久沒相聚了吧。」說著我就召喚出了小黑，小黑一出來的瞬間，彩霞流動，隨即消失。相對體型比牠更大的小白，小黑卻顯得比牠更有氣勢，更有高級別寵獸的威嚴。

旁邊人一陣譁然，小聲道：「快看，七級的寵獸，這小子，真他媽的好福氣，竟然有一隻七級的寵獸。」

愛娃也羨慕地道：「依天大哥，你的小黑怎麼升得這麼快啊！」

我神秘一笑道：「愛娃，等拍賣會結束，哥哥送你一件禮物。」

下面的騷動並沒有影響拍賣會的正常運行，主持人又道：「下面拍賣今天最後一隻寵獸，碧眼金雕，底價四千萬，請競價。」

我望著那隻神氣的碧眼金雕，這種既能飛，又極具攻擊力的高級寵獸是最受歡迎的，碧眼金雕雖然還很年幼，已經有了同類中的雄姿，一雙碧綠的眼睛充滿了靈氣，金色的羽毛覆蓋全身，一對翅膀有力地拍打著容器壁。

我已經決定把這隻碧眼金雕買下來送給愛娃妹妹了。我高聲道：「兩億！」在我的報價一喊出口，原先那些興致勃勃幾百萬幾百萬往上加價的人都停了下來，目瞪口呆地看著我。

半晌有一個人道：「兄弟，你自己有了這麼高的寵獸，還要和我們爭這隻寵獸，也太不夠意思了吧，何況你一個人也用不著兩隻寵獸啊。」

我瞥了他一眼淡淡道：「對不起，我買這隻碧眼金雕是送人的。」

在一片不甘和噓聲中，今天的拍賣會落下了帷幕，我將碧眼金雕送到愛娃的手中，道：「這是你的了，大哥送給你的禮物。」

愛娃接著碧眼金雕，神情有些不知所措，結巴著道：「依天大哥，這個禮物太貴重了，愛娃不能收的。」

我笑道：「這是大哥送的，但可不是白送你的喲，你如果不能好好利用這隻碧眼金雕在天下第一武道大會上取得好名次，大哥是不會饒你的。」

愛娃在眾人豔羨嫉妒的眼神中收下了這隻碧眼金雕，小金雕在容器中不安分地跳動拍打著。忽然我感覺到一道極強的能量注視著我的背部，我驀地轉身，剛好看到剛才那個小白臉把視線巧妙的移往它處。

這時主持人從台上下來，我急走幾步，追過去詢問他那隻鼠寵是誰拿來讓他們拍賣的，那人微微笑道：「你拍的那隻碧眼金雕比那隻鼠寵要好上很多。」

他誤以為我打聽那人的原因是想要買一隻鼠寵，我順著他的話道：「我對鼠類寵獸情有獨鍾，剛才一不留神讓那隻奇特的鼠寵從手邊溜走，實在是一大憾事，希望你能告訴我那人是誰，或許他還有一隻鼠寵也說不定呢。」

他見我肩膀上盤踞著那幾隻我從樓下買得的「荔花鼠」，也不疑有它，笑道：「這樣的話，我就破例違規告訴你一次，那個人就是先前在場中搗亂的那個俊俏的傢伙。」

「是他！」我心中一頓，趕緊向剛才那人的方向望去，不想卻遲了一步，對方蹤跡杳然，剛走不久，一定能追得上，我幾步走到愛娃面前，急急道：「妹子，大哥現在有急事，得馬上走，過些天我會去『北斗武道』看你的。」

沒等愛娃說出「再見」兩字，我已經快速搶入人群中，如同一尾滑不溜手的魚兒在人群中穿梭，同時全神貫注尋找那人的身影。

那人長相俊美，身材略矮，一身白衣，倒是很好確認！

等我從人群中擠到樓下時，在寵獸超市的入口處看到一個白色的影子一晃消失在外面。我好不容易趕到門口，他已經不見蹤影了。

我不甘心地追了一陣，才不得不放棄，大好的機會就沒有把握住，真是失敗。我也沒想到，剛到地球就發現了這傢伙。他既然拍賣的是隻徹江鼠的幼崽，極有可能他就是五兄弟中的老四——徹江鼠。

「可惡的傢伙，給我站住！」

一聲厲喝，把我從低落的情緒中驚醒過來，抬頭一看，竟然是紫城書院的幾個年輕人，此刻站在周圍把我攔在中間，看他們氣喘吁吁的樣子，一定是跟了我好長一段路了，才累成這個模樣。

我停下來，面帶微笑地望著他們道：「各位在這攔住我，有什麼事嗎？」

那個領頭的黃頭髮傢伙邊喘氣，邊氣恨地道：「少跟我裝蒜！」

「噢！」我故意裝作恍然大悟的樣子，道：「我知道了，你們是嫌那柄刀太貴了是吧，想再賣給我，行啊，按照行價，八十萬我要了。」

黃頭髮的傢伙怒瞪著我道：「我們不是來賣刀的，我們只想打你一頓出出氣，識相的，就乖乖的別還手，否則非打得你肉青骨折。」

我哈哈笑道：「哪裏有人像你們這麼無賴的，打別人，還讓別人不還手。我這個人有個原則，就是別人不惹我，我是不會主動惹別人的。」

那人道：「還敢說這種不知恥的話，明明是你故意抬高價錢，害得我們兄弟幾人多出了六十萬的價錢買下來。」

我淡淡地道：「那就要怪你們紫城書院的人先惹了我，找不到他們，所以從你們身上，取一點小小的利息。想報復我，就動手吧，不過我先申明一下，我是會還手的哦。」

被我戲弄的幾人，氣哼哼地道：「你以為我們今天會放過你嗎？」

望著這些個年少輕狂的年輕人們，我淡淡一笑，其實我這時沒有要教訓他們的意思，先前在拍賣場捉弄他們，只不過是我一時衝動罷了。那是年少的記憶在作祟。

當初因爲紫城書院的那兩父子，我不得不逃離了高老村，因此在幼小的心中扎下了「凡是紫城書院必定不是好人」的念頭，過了幾年後，成熟的我很清楚的知道，好人和壞人是不分地方的，也是沒有界限的，甚至是可以轉變的。

黃頭髮的那人是他們中修爲最好的一個，此時最先恢復過來，虎吼一聲，一腳提起，另一腳猛的踏在地上，身體被倏地彈起，一記飛腳向我狠狠的踢了過來，我不慌不忙的曲腰後仰，差之毫釐的躲過他快速的一腳。沒想到，他另有妙著，借著身體旋轉之力，陡然提膝，另一腳閃電般向我頭部踢來。

我暗呼一聲好！提氣保持自己的平衡，硬生生的把回拉的身體又向後仰了回去。躲過之後，我立即恢復正常站立姿勢，雙手托著他的身體向外扔了出去。

這個動作還未來得及做完，後面又傳來一聲喊聲，其他人也都陸續恢復了正常狀態，一人見我剛好忙於應付黃頭髮人的進攻，立即以最簡單迅捷的方式，向我衝了過來。

他身體呈跪姿凌空而起，以千斤的巨大撞擊力直擊我的後背大空門。

我把黃頭髮扔出去，剛好來得及轉身面對他，心中對他們配合得如此完美也是大加佩服，我雙手運力，擋住他那致命的膝擊。

他半空中的上半身，突然兩手以肘擊向我的兩肩打下來。

雖然我知道此招兇狠，卻仍對他心存感激，如果他單肘擊打我的頭頂，打擊的力道也大得多，速度也更快。

我小看這群傢伙了，雖然他們修爲差我很多，但以他們這麼豐富的打鬥經驗，恐怕差不了我多少，不拿出一些真本事，我怕在他們手中還討不了好去，何況他們還擅長合擊。

身體運氣，使出了八成的內息，硬生生的受了他一擊，他見自己一擊得逞，心中頓時得意萬分，忽然看到我若無其事的向他眨了眨眼，立即知道不好，怪叫一聲，單手肘擊向我的頭部擊來。

我暗笑道：「好小子，不但不逃走，還敢大著膽子進攻，有一些膽色，可惜你這招用得太遲了呢！」我一手抓著他的腳，猛的向外扔了出去，同時一腳踹飛了另一個偷襲的傢伙。

其他幾人駭的面面相覷，不知道爲何我剛才還是被動挨打，怎麼突然一下變得這麼神勇。

我向他們嘿嘿笑道：「你們還差得遠呢，好久沒有人陪我練練了。」

黃頭髮又是一聲不服氣的虎吼，腳下踏著快步，使了一種大開大闔的陽剛拳法，又向我撲了過來。

我暗笑這傢伙勇則勇矣，可惜不好動腦子，很明顯他的修為比我差好大一截，竟然採用這種以硬打硬的方法和我拚。

我一握拳頭，心道：「就讓我陪你玩玩硬的。」雙拳交錯迎了過去，我們倆拳拳撞擊在一起，充滿了慘烈的氣勢。雖然修為差我一截，但是他的眼神始終無畏地盯著我，充滿了堅忍不拔的意味。

就在我倆正打得熱鬧的時候，其他幾人也不甘示弱的向我打來，沒想到剛才我還打得逍遙自在，誰知道這幾個人是早有預謀的，而並非是有勇無謀，後面上來的幾人使的都是陰柔至極的拳法，陰柔之力軟綿綿的卻纏得無法正常發力。

而我又要面對黃頭髮剛勁十足的拳法，這樣一來頓時讓我叫苦不迭，單獨對付任何一種，我都有把握在數招之內將其制服，偏是這幾個傢伙把兩種截然相反的拳法同時使出來，竟變相達到了剛柔相濟，陰陽交會的程度。我這時候心裏才清楚，憑他們這點修為是根本不可能做到這點的，在他們背後肯定有高人指導啊！

這幾個小傢伙，朝氣蓬勃，揮斥方遒，我倒是有點喜歡他們的拚勁。一時間我想不出好辦法破他們的合擊，只有憑藉自己強大的修為硬破，不過這樣一定會傷害到他們，因為，硬破他們的聯手，我是無法收手的，我暗歎一聲：「算了吧！」

我口中大喝一聲，雙拳霍地迎了出去，本來平淡無奇的雙眼，陡然迸射出兩道金芒，神相威嚴之至，黃頭髮的傢伙被我氣勢所懾，打過來的雙拳憑空弱了三分。兩拳相擊的剎那，他立即被我龐大的氣場所淹沒，悶哼一聲，連續倒退了六七步，才堪堪穩住。

而幾乎同一時間，幾道陰柔的氣勁從我後背打入，向我體內鑽去。

我向外發力，瞬間破去幾道微不足道的內勁，同時把他們震得向後退去，趁這機會，我使出「御風術」倏地飛了起來，絕塵而去！

等他們反應過來，再追已是來不及了，只有恨恨地望著我遠去的背影，卻無可奈何地歎著氣。

我傳音給他們道：「不陪你們玩了，以後不准做壞事，要是讓我知道，你們就沒有今天玩的這麼輕鬆了！」

他們幾人聽到我的傳音，對望一眼，哈哈大笑出來，其中一人道：「他是不是搞錯了，他是打敗的一方，被我們打得夾著尾巴逃跑了，竟然還跟我們說，以後不會這麼輕鬆，哈哈笑死人了！」

與此同時，在我們爭鬥的不遠處一幢五十多層的大廈上，一個扮相奇怪，長相平平無奇的怪老頭，站在大廈的邊緣，轉過身體歎了一口低聲道：「真是笨蛋！」雙手放在背後，也不見他雙腿有何動作，身體便筆直的向上升去，飄飄如仙，修爲竟是十分的高！

我邊往前飛著，邊想，自己還是第一次不敗而逃，那幾個小傢伙恐怕聽到我的傳音，打輸跑了的人還敢警告別人，真是笑都笑死了。我搖了搖頭，直至此刻，我才發覺，一番鬧劇竟讓我對紫城書院一貫的怨氣，全都沒有了。

心中記著答應愛娃的事，我在一個商業區停了下來，想看看哪裏可以看到有賣冷兵器的地方，或者有些好的煉器材料就更好了。

我打算給她打一柄兵器，但是手頭沒有足夠的材料，只有買一柄來再改造了。另外準備送她一些靈丹，好幫她來進化寵獸。

靈丹手上就有現成的，而且有很多，又是黑獸丸，又是血參丸，合計萬把粒，拿出幾百顆給她已經足夠了。現在就缺一柄兵器。

踏破鐵鞋無覓處，得來全不費功夫，沒走多久，我就看到一家商鋪華麗的匾額——煉器坊。光看名字，我就知道這裏是賣兵器的地方，等我興高采烈地走進去，果然正如我所料，裏面正是賣兵器的所在，棍棒斧鉞，刀槍劍戟，應有盡有。

我共付了五十多萬，買了三柄材質各不相同的劍，一柄長劍、一柄闊劍、一柄短劍。

我買到所需要的東西，就起身向郊區飛去，我要找一個僻靜的地方，將這三柄劍給煉化了。

在一個明淨的大湖邊，我停了下來，湖邊種滿了柳樹，微風吹過，楊柳枝徐徐蕩漾，湖面水準如鏡，夕陽撒照，湖面不時泛起一片金粼。

就在這個賞心悅目的地方，我取出了靈龜鼎，又給自己加了一層護罩，然後取出僅剩的地鐵礦，投入到鼎中，先以三昧真火將其煉化。

等到化爲鐵水時，再將三柄不同的劍逐一先後的投進去。

我打算以第三柄短劍爲模，對其進行鍛煉，將其雜質給煉化。我還記得愛娃是陽屬性的內息，所以我要給她鍛煉出一柄火屬性的神劍，這柄神劍一定可以強過以前的烈炎劍。

我將最後煉製成功的短劍取出，以極爲嫺熟的手法，將三朵紫色的三昧真火給打入劍身，再以自身的內息調整劍身與三昧真火的融合，使其在使用中更能得心應手。

最後一步可是一個極艱苦的工作，不大會兒，我就已經汗如雨下，三昧真火和劍身的融合既要靠強大的修爲又不能憑藉修爲硬來，否則走錯一步，全部功虧一簣，這柄不凡的劍將會成爲一堆廢鐵。

劍身逐漸呈現各種彩光，璀璨的光芒簡直令人目迷五色，我卻無暇欣賞這令人心動的異象。我知道這正是最關鍵的一步，我小心翼翼的把三昧真火漸漸的充入到劍身的每一寸的地方。

忽然，我渾身一震，彩光也漸漸消去，只剩下紫色一種光芒，這正是三昧真火與劍身完全融合的現象。因爲以我內息的純度只能發出紫色的三昧真火來，所以當劍身發出紫色光芒，就預示著，這柄火劍已經大功告成了。

我大吼一聲，手中的火劍如同一道紫色光華，投入到我面前的大湖中，轉眼就沒入水中，片刻後我大喝一聲，火劍冉冉從湖水中升起來，像是一條紫色蛟龍。

我點點頭，十分滿意自己的作品。火劍經過眼前清澈流動的湖水淬煉後，質地變得更加堅韌，並且如水一般清透，極富靈性！

我正欣賞自己手中的火劍時，一棵大柳樹後傳來一把蒼老的讚賞聲音：「好劍！好本領！」

我也是反應迅速，反手一劍，帶著炎炎烈殺之氣，朝聲音傳來的方向劈了過去，口中道：「來者是誰?!」

第十一章　良師益友

在這種非常時期，一不小心就會陷入絕境，自己不得不小心行事。

火劍帶著滔天的熱氣席捲而過，當先的那棵大柳樹眼看就要被熾熱的火焰燒成一堆黑炭，那把蒼老的聲音，哈哈笑道：「來得好！」

火劍驟然受到一股絕強的大力，被震了回來。

來人顯然是沒有惡意的，只是震退我的火劍，並沒有順勢追擊過來。

我收起自己的靈龜鼎，手持火劍，望著那把蒼老的聲音從樹後悠悠的走出。一個打扮古樸的奇怪老者出現在我面前，一襲白色短褂，下面是青色褲子，配著一雙布鞋，顯得與時代格格不入。

老者悠然自得，面上帶著和藹的笑意，雙手背在身後，體格顯得瘦弱，且不高，老者的眼神很有力，走路時腳步很輕，再者就是呼吸綿延悠長，這令我立即判斷出老者修爲很高。

老者奇怪的打扮和他獨特不凡的氣質完美的融合在一塊，令人看了兩眼就覺得非常自然，老者笑瞇瞇地望著我道：「我這個老傢伙，躲在紫城書院已經幾十年沒有到外面走動了，最近聽說外面的世界有些亂，但是卻出現了好些少年英雄，尤其其中一位叫作依天的少年英雄，最了不起！且難得有悲天憫人的心腸，再加上有很高的修爲，傳說還有幾隻相當驚人的寵獸，並且和幾大家族都有些關係，這一切都讓我這個老傢伙起了興趣，所以特意出來看看。這一看倒真沒讓我這個老傢伙失望，很不錯的小夥子！」

我就是再厚臉皮，收到了一個陌生老人這麼多讚美的詞語，也早都臉紅了，訥訥地道：「老人家謬贊，小子就是依天！」

老者面容古樸，一抹灑脫悠然的淡笑總是掛在臉上，一雙炯炯有神的雙眼望著我道：「我知道你就是依天，老頭子姓龍，你可以叫我糟老頭子，也可以叫我龍大叔，隨便你怎麼稱呼都行。」

我上前笑道：「見過龍前輩！」

龍姓老者道：「小子，你和我想像中差不多，沒有讓老頭子我失望，不過，有一點老頭子有些不大滿意，英雄尤其是少年英雄，應該灑脫不羈，只要本持原則，大可率性而爲。扭扭捏捏反而會因此失去本心，只要你認爲是對的，盡可去做，如若瞻前顧後，思來想去，則天下事皆不需做，皆不可做，皆不能做！」

我道：「龍前輩，依天覺得您老人家說的有些道理，不過如果做事不多加思考，只是一味憑武力來辦，有勇無謀多會壞事！」

老者聽完哈哈大笑道：「小子說得很對，你的道理是對普通人來說的，你卻是特殊的個體啊，你的性格可從你做的事情上顯露無遺，你是謀大於勇，再加上你本性善良，這會令你性格變得有些懦弱，行事不夠豪爽，作爲新一代的傑出代表人物，老頭子實在不忍心看你這般！」

老者接著道：「就像剛才老頭子親眼看到有幾個小子圍著你，找你麻煩，既然已經打開了，爲什麼不放手教訓他們呢。既然你不願與他們爭鬥，爲何又要在走了後傳那麼一句話給他們呢？本來你逃了，如果不說那句警告的話，他們會覺得打跑了你，出了一口氣，以後再遇到你，也不會再找你麻煩。你現在說了這麼句話，他們定然心裏不忿，只怕以後還會找你的碴！與其到那時你再出手教訓他們，何不現在就徹底解決呢？」

老者又道：「你此時教訓了他們，使他們知道山外有山，他們張揚的性格或許就此收斂、改變，不會惹出更大的事來。你現在因爲考慮其他原因放過了他們，令他們有天下英雄不過如此的自大想法，他日，因爲惹下更大麻煩而丟了性命，追根溯源，你的責任也不可推卸。」

老者說完，神色依然平靜如昔，沒有一點波動。

在老者笑眯眯的注視下，幾句在老者口中平淡道出的話，卻一次次撞擊我那固成的理念，心中如波濤般洶湧，使我無法平靜下來。

老者把視線從我臉上移開，望著水光粼粼的湖面，淡淡地道：「這是老頭子的一點愚見，你可以考慮考慮，如果覺得老頭子的話有些道理，那就改一改。如果覺得老頭子說的有失偏頗，只管當作是老頭子放屁好了。」

我肅容道：「老前輩的金玉良言，小子記下了。」老人家說的都很有道理，只是這些東西，自己以前未曾想過，母親不是也說過，我的性格因爲善良反而顯得有些懦弱嗎？有的時候爲別人著想，卻會害了對方，原因恐怕就是老者說的那樣吧！

原來以爲，自從我的內息由陰柔屬性進化爲純陽屬性，已經使自己的性格產生了很大的變化，這個義父也曾說過的，說自己的性格受到以前的陰柔屬性的影響，而變得猶豫不絕。沒想到經過幾次屬性的改變，仍然沒有徹底改變。

老者笑著道：「小夥子不錯，肯聽老頭子的意見，老人的話總是有幾分道理的，那是他們的經驗，經過千錘百煉的。只是現在的年輕人從來不把我這樣的老頭子放在眼中，更聽不進一句話。等到吃了虧後，才哭著跑回來徵求老人的意見。就像那幾個小子，以爲在紫城書院能夠稱王稱霸，就小覷天下英雄，以爲都不過爾爾。」

我愕然道：「您老人家是說剛才那幾個紫城書院的小傢伙嗎？敢問，您老人家和他們的關係是？」

老者道：「勉強算是我的徒弟吧。」

我一聽，趕忙道歉：「不好意思，我不知道他們幾人是您老人家的……」

老者一揮手，道：「糟老頭子剛才不是說了嗎，做事要率性而爲，不要因爲他們是我的幾個不成器的徒弟就有了顧忌，你代我教訓了他們，我反而高興。那幾個死小子，根骨、悟性都還不錯，就是過於自大、好強，不承認天下還有更強的人！」

他這麼一說，我倒不好再說什麼了，人家是罵自己的徒弟，還輪不到我來插嘴。

老者又道：「飛船聯盟禍國殃民，對四大星球的人民都有極大的危害，你和后羿政府聯手除去飛船聯盟，實在是爲四大星球的人民做了一件大大的好事，只是斬草不除根，後患無窮。」

老者話裏有話，我忙道：「龍前輩，小子這次來地球就是爲了這件事。不知道老人家有什麼話要告訴小子的。」

老者呵呵一笑道：「我就喜歡你的謙虛，機靈的小夥子，老頭子準備送你兩個字。」

我道：「請您老人家明示。」

老頭子淡淡一笑，道：「小心！」

唉，這算什麼嗎！我還以爲老人家知道五鼠的行蹤呢，卻原來說了這麼兩個字！

老者見我遺憾的表情，哈哈笑道：「你要是願意，老頭子倒想給你說個故事，是關於五鼠的！」

聽到他提及五鼠，我頓時來了精神，追問道：「您老人家怎麼會知道五鼠？」這話可是大有內由的，因爲五鼠特別狡猾，行蹤也極爲隱秘，罕有人聽說過五鼠，能夠知道五鼠的人，也一定知道更多的事！

老者歎了口氣道：「你看到我衣服上的這個字了嗎？」

我向著他手指的方向看去，在老人衣服胸部以上靠左的位置，繡了一個極小的字——鼠！

老者落寞地道：「我是五鼠的老師！」這一句話，老者像是費盡了千斤的力才說出來，說完這句話，本來神態矍鑠的老者一下子變得老態龍鍾，盡顯悲愴，彷彿英雄遲暮，力不從心。

我動容道：「您是五鼠的老師?!」

老者又深深的歎了一口氣，望著遠方道：「不用懷疑，我就是他們的老師，我親眼看著五個天真少年一步步成長。這五個人是我最優秀的弟子，可惜最後卻墮入歪門邪道。」

我詳細聽著老者的話，老者說的每個字我都詳細記在腦子中，這會讓我更加瞭解五鼠的性格，在對付他們時也會爲我增加勝算。

老者唏噓地道：「老頭子曾在年輕時自恃武功高強，功法別具一格，獨樹一幟，自大的創建了鼠派！凡是老頭子門下弟子都會在胸前留有一個鼠字。那日老頭子得知東海之濱有神獸出世，特去瞧瞧，卻意外發現五個少年搶先一步，拿到了五隻寵獸蛋，老頭子自然可以動手搶來，卻沒曾想他們五人由此結拜，且每個人的根骨都不錯，於是動了收徒的念頭，就收下了這個五個異姓兄弟，兩年後以他們的修爲高低分別賜名龍大、龍二……龍五！」

我心中驚歎以龍四的高強修爲，竟然只能排在第四位！

老者道：「老頭子傾囊相授，以他們五人的悟性竟然青出於藍而勝於藍，令老頭子十分欣慰，那個時候他們已經小有名氣，闖下了五鼠的名號，幾年後，他們嚮往外面更大的世界，而離開地球四處闖蕩。」

老者沙啞地道：「最後他們在后羿定了下來，加入了飛船聯盟，就這樣開始了他們罪惡的生涯，老頭子是親眼看著他們一步步墮入邪道，就因爲他們是老夫親傳弟子，傾注了最多的心血，始終沒有拿出勇氣，不忍心滅了這幾個逆徒，以至於時至今日闖下大禍事！這一切都是老頭子的過錯！」

望著老者悲傷的表情，我才知道他之前讓我教訓他現在的那些徒弟，乃是有前車之鑒啊！

老者道：「老頭子看著他們一步步的走向墮落，丟盡了鼠派的臉，而我又實在不忍心就這麼斃了這幾個逆畜，我也就隱藏在紫城書院裏，沒臉出現在世間。」

我道：「那您老現在出來是因爲？」

老者深吸了一口氣，神色變得異常堅決，沉聲道：「這麼多年，我已經想透了，這幾個畜生，我不能容忍他們繼續在世上爲惡，趁老頭子這把骨頭還硬朗，我決定把五個畜生給收拾了。」

老者望著我，臉上終於有了一些欣喜之色，道：「老頭子剛出來，就聽到了飛船聯盟被消滅的消息，實在大快人心啊！我打聽之下，才知道是一個叫依天的小夥子做的，所以老頭子很想看看這個小夥子，向他說聲謝謝。」

我忙道：「前輩，這是依天應該做的事，千萬不用謝我。」

老頭子徐徐道：「本來以爲那五個畜生跟著飛船聯盟一塊告別了世界，沒想到前些天，老頭子帶著幾個不成器的小子來京城參加武道的預選賽，竟看到了龍大錦毛鼠！」

我道：「是不是個頭不高，臉白淨無鬚，一襲白衣，像是個翩翩公子哥。」

老者道：「就是你今天在拍賣場看到的那個畜生！這個畜生那天爲了不讓老頭子給制住，竟然和我動手，這麼多年不見，龍大的修爲進步得難以想像，竟然和老頭子打了平手，如果合體後再鬥的話，他仗著神獸之威必然能夠穩贏我。」

老者的修爲，憑剛才那一招，我大致還能猜到一二的，龍大竟然能夠和他打個平手，那就是強我一籌不止，我駭道：「前輩，他的修爲真的有這麼高嗎？」

老者歎了口氣，穩了穩情緒，向我微微一笑道：「怕了嗎？修爲並不能代表一切，不到最後一刻，誰都不敢言必勝！」

老者彷彿可以看穿一切的眼神使我有些心虛，囁嚅道：「前輩猜得沒錯，小子是有些心虛了。」

老者哈哈大笑道：「能夠坦然面對自己的恐懼，老頭子沒看錯你，制服這幾個畜生的重任就要擔在你身上了，老頭子垂垂老矣，明天的世界是你們年輕人的了，他們五兄弟從小就極爲聰明，你一個對付他們五個人要小心了！」

我道：「告訴前輩一個好消息，龍四已經改過自新，此時已經和他的妻子覓一山清水秀的地方過隱居生活了。」

老者一把抓著我的手，激動地道：「真的？還好，還好，總算有一個沒讓老頭子失望，小夥子，老頭子真的要好好謝你啊！」

我扶著他道：「前輩，這也是因爲龍四心中尚存善良之心，否則就算是晚輩想成全他，保他一命，也是做不到的呀！」

老者如釋重負的呼出一口氣，再恢復到原先那種悠然的神情，微微笑道：「如此，老頭子也沒什麼遺憾了，依天你以一敵四，仍然要小心，其實龍大是女兒身，但是五人中屬她的修爲最高，心機最深，對付她，你要打足十二分的精神，不過老頭子始終相信一句話：仁者無敵！」

我驚訝道：「龍大竟然是個女人！搞出了這麼多事，把后羿星弄得烏煙瘴氣，連政府也拿她沒轍，幕後黑手竟然是個女人，太讓人吃驚了！」

老者望著哈哈大笑道：「她再厲害，還不是被你逼得四處逃竄，不用怕她，玩火者必自焚，我相信你，老頭子從此以後就可以放心的教導那幾個不成器的弟子了，一切靠你了！」

說著，老者毫無跡象的騰空而起，說話時，人已不見了蹤影，如此快的速度只有真正的飛行術才能達到，此老修爲當真深不見底。

想著老者之前說的話，我不禁一陣凜然，龍大既然能與老者平分秋色，修爲也不可小瞧，我得多加小心這個女人！

此老幾十年爲師徒之情所累，今日終於拋開一切束縛，回歸到自己的真性情。我也從此老口中獲益良多，懦弱性格是應該有所改變了。

我收起手中的火劍，駕起晚風，向我住的賓館飛去。

此時同在京城的某一個地方，一個女人閃身進了一個巨大的廢棄工廠，此地是京城郊區外的一個地方，工廠雖然是廢棄的，有心人仍能看到一些有人出入的蛛絲馬跡。

龍大從一個升降梯上下到了地下室，一進入地下室，馬上就看到來來往往忙碌穿梭的人，他們見到龍大進來，都恭敬地立在原地，連大氣也不敢出，龍大傲慢的在人群中走著。

等到龍大消失在一間房子裏，所有的人才又恢復了忙碌的工作。

龍大一進入房間，突然有人毫無徵兆的從後面把她緊緊抱住，一雙大手毫無顧忌在她那對被嚴實包裹住的聖母峰上游走。

龍大遭到突然的襲擊，內息隨意念陡然起動，一下子將來人的手給震開，幾乎在一瞬間，兩人位置對調，偷襲的人反而被龍大控制了。

那人發出一聲慘叫，急道：「是我，是我。」

龍大好像和那人十分熟識，聽到他的聲音，便把他放開，口中不滿地道：「和你說過很多次了，不要突然在我背後出現。」

那人反過來將龍大摟在懷裏，調笑道：「小寶貝，你出去幹什麼了，這麼久才回來，我好想你啊。」

龍大淡淡地道：「我出去打探打探情況，破壞了我大事的那個混蛋來到地球了，我們要小心一點，這次我可不想在關鍵時刻再出了簍子！」

本來還在龍大豐滿的肉體上肆意揉捏的那個男人，突然停了下來，恨恨地道：「依天！他活不了多久了！」

龍大一邊迎合的發出若有若無的呻吟，誘人之極，像是一隻思春的貓任人施爲。口中喃喃地道：「事情進行得怎麼樣了，這項計畫可是犧牲了我三個手足兄弟！我不准許出現意外。」

那個男人一邊急色的將手伸到龍大的內衣中，可惜龍大爲了扮成男人，內衣裹得非常緊，根本無法容一隻手伸進去，男人急急的剝龍大穿在外面的衣服。龍大閉著眼睛彷彿非常享受似的，發出漸粗的喘氣聲。聽到男人的口中，更使得他急不可耐。

男人的手很靈活的把龍大衣服全部解開，豐瑩如玉的身體暴露在空氣中，一對玉兔在空氣中彈動，男人如餓狼般，抓住一隻玉兔死命的揉搓起來，另一隻玉兔則在男人的口中呻吟。

男人空出來的另一隻手在她背部來回愛撫著，一直來到挺翹的臀部，男人抓了幾把，不甘心這般隔靴搔癢，將手探入她的褲子裏，輕輕地摸著她的玉臀。摸了幾下，男人放開一隻玉兔，兩手去脫女人的褲子。

龍大忽然間一把他推開，穿上衣服道：「我要親自去看看那邊進行得如何了，我要保證計畫正常進行！」

男人道：「可惜少了龍四的那隻寵獸，不然計畫已經施展得差不多了。」

龍大沒說什麼，拉開門，走了出去。

男人望著她搖曳的身姿，只有拚命壓抑自己的慾火，嘿嘿笑道：「賤女人，自以爲聰明，老子對你的一舉一動瞭若指掌，還跟我裝純潔，總有一天老子要把你弄到床上。」

突然房間的暗處傳來一個聲音，淡淡地道：「這個女人剛才出去幹什麼了，你查清楚了嗎？」

男人聽到聲音一驚，馬上轉過身朝屋內黑處，小心地道：「師父，龍大暗地裏弄了一隻鼠寵在寵獸超市拍賣了一億多，而且她還在當場和上屆天下第一武道大會的季軍打了起來，後來被依天發現了她的身分，跟在她身後，不過最後被她給甩脫了。」

暗處那人道：「依天的動作好快啊，一到地球就發現了龍大的行蹤，給我密切注意依天的行蹤，今次是萬不容有失的。」

男人畢恭畢敬地道：「是，師父！」

暗處人自言自語地道：「難怪龍二的徹江鼠在被吸收的時候，能力沒有多大的進展，原來是被龍大逼牠產了一個蛋，龍大這個女人的所有資金都被各星球的政府沒收了，她現在是分文沒有。」

男人道：「師父，龍大既然下大本錢去賣鼠寵換錢，她的目的是什麼呢？」

暗處人哈哈大笑道：「這個女人狡猾啊，不過想和老夫玩心機還差得遠。她是想一旦計畫成功，她就攜帶製成品逃走，有了錢自然是想逃到哪都可以，可惜啊，她就是計畫的一部分，她不死，計畫又怎麼會成功呢，哈哈！」

男人又道：「師父，依天那邊怎麼辦？」

暗處之人哼了一聲道：「我很欣賞他，真不忍心殺他，要不是他和我作對，老夫也不會忍心殺他啊！依天是個危險的人，暫時不要惹他，虛與委蛇，等到我們大功告成之日，就是他死的時候！」

說完後，師徒兩人一起得意的哈哈大笑，天地彷彿掌握在他們手中。

第二天，我帶著禮物來到了在地球上久負盛名的北斗武道，一進入北斗武道我就感覺到很濃的武道氣息，不愧是地球最強的武道學校，我看到的每個人都有很不錯的根底。

不久就看到前面圍了一圈人，打鬥、叫喊聲不時從圈內傳出來，我本沒有興趣去看這種學校爭鬥，不過我不小心看到圈內爭鬥的一個人很像在那天我所看到的愛娃朋友中的一個。

我暗暗使力推開站在我面前的人擠到了最前面，一看之下，我真是忍不住笑了出來，當真是冤家路窄，另一方正是昨天攔我的那群不知天高地厚的小子們，我不禁想起老者昨天的話，「替我教訓這些不成器的小子，使他們知道山外有山，我倒也省心了」。

我向那人身後望去，赫然昨天的那幾個小子一個都不少的站在那兒，正興致勃勃在吶喊助威，愛娃的朋友可能較她的對手差一些，此時已是香汗淋淋了，而愛娃也正在她身後。

我走到愛娃身邊，拍了拍她，愛娃見到我喜道：「依天大哥，你怎麼來了？」

我笑道：「大哥答應你，說來看你的，看，這是大哥給你帶來的禮物。」我拿出早先在商場買的一個用水晶製成的盒子，「裏面裝的是大哥煉製的靈丹，可以幫助你的小白龜進化，也可以治療寵獸受到的重傷，先用黑色的丸子餵牠，等到用完，再用紅色的，千萬不要記錯了，否則效果差很多。」

愛娃欣然接過水晶盒子，開心地道：「謝謝依天大哥。」

我又取出新製的那柄火劍道：「這柄短劍是大哥昨天親自爲你煉製的，裏面最好封印火屬性的寵獸，會對牠有很大好處，昨天那隻碧眼金雕就很適合封印到這柄短劍中。」

劍一拿出，周圍的溫度迅速攀升，壓制了由我純內息化成的三朵三昧真火，可不是開玩笑的，雖然還不是最好的三昧真火，卻仍是熾熱難擋，如果再配合炎熱的天氣，將發揮出最好的效果。

三昧真火是天下最熱的東西，以內息的純度不同，分別演化成四種顏色。依次是青、藍、紫、紅。因爲修武道的人採集天下各種氣，有日月之氣、天地之氣、星斗之氣、草木之氣、江河湖海之氣、山川丘陵之氣等等。其中名堂很多，這樣的好處就是不同時間同地點都可以採納外界的靈氣來補充自己，使自己的修爲得到更快的提高。

然而事物必有兩面性，有利也有弊，弊端就是采氣越多，自身的氣就越雜，氣越雜，則威力在同等情況下比更純的內息威力就小。

煉製三昧真火也是如此，氣越純，三昧真火的級別也就越高，溫度也就隨之提高。

但是三昧真火雖然溫度極高，用來攻敵卻是極不方便，其一，三昧真火的形成需要相對更多的時間；其二，三昧真火缺乏靈活，不能任自己自由使用攻敵；其三，三昧真火需要更多的內息。

以上種種，就造成了很少有人用三昧真火來攻敵的。況且要想使自己內息的純度足夠到可以演變出三昧真火，本身就是一件很難的事情。內息的不純是因爲採集了多種外界的靈氣，以至於死氣變雜。

你得忍受著巨大的誘惑力，當你的同齡人或是同時修武道的人內息遙遙領先你的時候，你得忍住誘惑力，只能吸收單一的氣。

而演變三昧真火又需要大量的內息作後盾，這就導致了煉器的師傅大多是一大把年紀，除了那些天賦異稟和有特殊練功法門的。

我煉製的這柄短劍不論是從外型還是從它散發出的熱氣來看，每個人都知道這不是凡品，頓時一部分人的注意力就從場上移到了我拿出的這柄劍上。劍身如水一般清瑩透明，讓人一眼看去就會被深深吸引，旁邊響起此起彼伏的嘖嘖聲。

我交給愛娃道：「這是大哥送給你的，彌補失去那柄烈炎的遺憾。」

愛娃滿心歡喜，剛要伸手來拿，卻忽然又把手縮了回去，這個動作令我想起，當年我煉製烈炎送給她的時候，她當時內息不夠，反而被自己的劍給燙著了。我想她剛才也是想到了這件事，才會有這個舉動的。

我望著愛娃的眼睛流露出笑意，示意她再來拿。

愛娃運氣於手，護住嬌嫩的皮膚，探手一把將火劍抓住，其實我將三昧真火與劍體完全融合，正常情況下，是不會發生那種事的，只有當劍的主人將氣運往劍的時候，三昧真火才會順勢而動，產生無與倫比的熱量。

愛娃接過劍歡喜的把玩著，道：「依天大哥，劍有名字嗎？」

我道：「我給它起了一個臨時的名字——火劍。」

愛娃搖頭道：「這個名字雖然與劍相符，不過太普通了，沒有烈炎有氣勢。」

我呵呵笑道：「我還有一個名字，火鳳如何？」

愛娃道：「恩，火鳳這個名字蠻好聽的，可是爲什麼要叫火鳳呢，這柄劍的外型可一點也不像鳳凰哩。」

我對她眨眨眼睛道：「待會你就知道，爲什麼給它取名叫火鳳了。」

這時候，場上的那個女孩已經完全落在下風，根本沒有一點反擊力氣了，只是她的對手卻也相應降低了攻擊力度，只是那麼纏著她。我搖搖頭道：「這群小子，泡妞竟然用這種手段，實在太蹩腳了。」至於我爲什麼會說他們這麼蹩腳，那可全是塔法師兄的功勞。

我高聲向場上的那個小子道：「傻小子，你手中的柳葉彎刀是給女人使的，不過你使起來，好像也蠻順手的嘛。」

我把他比作女人，立時引來很多人的哄笑，外校的人在自己的學校這麼囂張，周圍的人早就看不慣了，只是對方的修爲確實很高，自己學校的高手又不在，早就憋了一肚子氣，此時逮著機會，自然是肆無忌憚的哈哈大笑。

對方到底是臉皮很嫩的年輕人，頓時被笑得臉上一陣紅一陣青，停了下來，立在當場，忽然看到我，用刀指著我道：「又是你，昨天被我們打得狼狽逃竄，今天還敢再這說三道四，今天小爺就用這柄刀教訓教訓你。」說著就向我走過來。

我哈哈一笑，別轉頭對愛娃道：「妹子，想不想試試這柄劍的威力？你替大哥打頭陣，讓他瞧瞧，到底是他買的二手貨破刀厲害，還是大哥親自煉的短劍更勝一籌。」

愛娃向我微微一笑道：「我對大哥的劍最有信心了，大哥你在這安穩的坐著，看妹子上前幫你教訓這個毛頭小子。」

愛娃沾染了我的豪氣，說話也變得大氣起來。

愛娃走了上去，我對那個正走過來的傢伙道：「傻小子，有本事先過了我妹子這關，想和我打，你們還差得遠哦。」

那傢伙望了愛娃兩眼，忽然回頭道：「二哥，你來。」

我不禁啞然失笑，這幾個笨小子分的還挺清楚，我也看得明白，他口中的二哥應該是喜歡愛娃的，這倒好，他們那邊私自就把這邊的幾個女孩給分攤了，一一對應，誰也不搶誰的，有意思！

那小子口中的二哥就是那個黃頭髮，也是他們中最厲害的一個，黃頭髮的悠然走過來，接過柳葉彎刀，刀尖指著我，喊道：「一個大男人，有種就不要躲到女人的身後。」

沒等我說話，愛娃可不願意了，口中清斥一聲，玉臉一寒，揮灑手中的短劍搶先攻出了第一招，愛娃本就有不錯的根基，又經過這幾年在北斗武道的薰陶，劍法也趨於完善。

皓腕彷佛不甚用力，輕輕的轉過幾個圈，黃頭髮的眼前即布下了漫天的寒星，雖然看起來像是「寒」星，可是事實上卻是熱火，如含苞待放的梅花，驟然怒放。黃頭髮像是對這招極爲瞭解，虎口輕鬆一抖，手中的彎刀，雪亮的刀尖如同銀蛇吐信，剛好擊在「花」的中央。

花朵隨即裂開，化爲片片凋零的花瓣，淒美得很。

面對他的質問，我不在意的哈哈大笑著道：「我願意躲在女人背後，你要是真有能耐啊，就打敗我妹子，我自然就出來了，如果你連個女人都打不過，我看你還是回去再跟你師父再多學兩年吧！」

黃頭髮望著眼前點點寒星，渾然不在意，以爲這些寒星還會如以前般在空中散去，分神向我道：「我就打敗她給……」

話剛說到這，他終於發現不妙的地方了，這些「寒星」不但不散，反而順風飄了過來，沾在他的衣服上，衣服也瞬間著了火，這一下，他冷靜的面孔再也無法冷靜了。

一邊忙著應付愛娃接下來一波波不停的攻勢，又要忙著把身上的火給滅了，誰知道火不但不滅，反而越燒越大。

他手忙腳亂地拍著身上的火，嘴裏還一邊怒聲道：「這是什麼鬼東西，怎麼弄不滅！」

看他急得真像是熱鍋上的螞蟻，團團轉啊。別說顧不及和我對罵，就連刀也扔在一邊，只是雙手並用的滅身上的火。

他幾個兄弟終於發現情形不對，三四個人同時跳將出來，如雄鷹搏兔一樣，凌空躍起，向愛娃同時攻了過來。

愛娃向後微退一步，避開他們的攖鋒，驀地擰腰轉身，借這一圈之力，雙手握劍，迸發出全部力量，手中短劍「火鳳」受到激發，驟然啓動了我留在裏面的一個小機關。

三朵三昧真火同時激發出來，順著劍身陡然放了出去，無形的熱氣彌漫在整個空氣中，一個展開雙翅，披著紫色鳳衣的鳳凰，帶動著滾滾熱浪席捲而去，氣勢駭人之極，威力更是非同小可。

火鳳在空中展翅翺翔，雄姿睥睨，威武之極。

幾人的攻勢同時被火鳳攔下，轟然震響，三人竟然同時被震退，愛娃也因這一擊被火鳳吸取了全部內息，此時已經是賊去樓空，搖搖欲墜。

我趕忙上前一把她給扶住。

我抄起她手中的那柄「火鳳」，信手一揮，遺留在空氣中的三昧真火就又被我給吸到劍中，那隻巨大驚人的火鳳凰也消失於無形。

被我扶著的愛娃，驚訝的眨了眨美眸，向我道：「依天大哥，這柄劍好古怪哦，當我全力運勁時，忽然感到劍中出現了一個鳳凰，正欲振翅翺翔，然後我就覺察到從劍身傳來一股極大的吸力，吸走了我全部的內息，想攔都攔不住。」

我哈哈一笑向她解釋道：「這是大哥煉製的時候留下的一個機關，可以算是你的一個絕招使用，以後等你習慣了，自然就可以控制力度，達到隨心所欲的程度，對大哥的禮物還滿意嗎？」

愛娃點點頭道：「嗯，愛娃很喜歡這柄劍，謝謝依天大哥，愛娃只是有點脫力，現在好多了，不用扶著愛娃了。」

我鬆開手，走上幾步，望著那幾人，淡淡地道：「你們還真是窩囊，一對一打不過個女人也就罷了，四對一竟然也能敗得這麼慘。」

四人聽到我的諷刺，一起怒望著我，不過事實擺在眼前，他們又說不出話來，黃頭髮的傢伙望了一眼愛娃手中的「火鳳」，仍有些畏懼，但又不服氣地道：「你們仗著神兵之利罷了，非我們真不如她！」

我悠然道：「哼，神兵之利。你們昨天四人對我一個，剛才還不是趾高氣昂的，怎麼沒見你們羞愧自己以多欺人少，現在輸了，反怪別人用的兵器比你好，你們知不知道這樣做，很讓我們作男人的和你一塊丟面子，還是你們幾個根本就不要面子。遇到事情要從自己身上找原因，不要老找客觀原因。信不信，我赤手空拳和你打，剛才那把神兵也給你用，你連我一根毛都碰不著，啊？」

我對愛娃示意了一下，拿過她的「火鳳」伸在黃頭髮小子的眼前，笑吟吟的道：「拿去，你不會是害怕了吧？」

他狐疑地望著我，徐徐伸手接過「火鳳」，望著我的眼神忽然轉變，得意地露出一抹笑意，陡然橫切過來，竟然妄圖將我橫切成兩半。

我早已做好各種思想準備，他肩膀剛動，我已猜到他下一步的動作，倏地閃到他身側，他一劍落空，動作利索的一反腕，再次向我橫切而來，動作連貫，竟是一氣呵成。

我暗道：「好小子，好純熟的劍法，看來龍姓老者在他們身上花了不少心血。」我憑藉自己野狼般的直覺，總是搶在毫釐之差的驚險時刻，堪堪躲過他的進攻。

我邊迅速的閃動，邊調侃道：「小子，你總算開竅了，知道對敵是可以無所不用其極的，更是可以耍卑鄙手段來偷襲的。只是你我又非生死大仇，竟然妄想用偷襲的手法置我於死地，是不是有些太狠了啊！」

黃頭髮悶著頭也不答腔，手中的「火鳳」如一條火蛇上下飛舞，在空中迤儷盤旋。空氣中熱氣大漲，場地因爲很多人受不了高溫向後退避，而增大了許多。

黃頭髮的劍法頗爲精妙，一點也不差以劍法著稱的地球李家。真不知道龍姓老者會是何方神聖，竟能培養出五鼠這種在修爲上極高的傢伙。既然是同一個老師，只要黃頭髮他們的資質不要相差太多，自然是不會差到哪裏去的。

在黃頭髮催發全力的情況下，又有極高的氣溫擾亂我的六識，不能還手，只能躲閃。此刻我也是躲得非常費力。

我駕起熱風，雙腳微微離開地面，身體凌空而起，由於御風術的特點，我反而比踏著地面要輕鬆許多了。

我接著道：「小子，當有一天，你和你的生死大敵，情形就如你我現在一樣，且位置對調。那個時候你還會抱怨，對手用的是神兵利器，自己是赤手空拳嗎？有你抱怨的時間，還不如想想，該怎麼來應付眼前的危險呢！」

一直緘默不言的小子，終於讓我挑起了怒火，如火山爆發一樣的高聲喊道：「有種就接我一招，不要跳來跳去。」

我哈哈大笑，笑聲如同海浪擊打著巨石，一波波的衝擊著在場每個人的心弦，鼓蕩在每個人的耳膜中，達到了先聲奪人的效果。我在笑聲中道：「接你一招，又有何不可！」

我倏地停下，站在他的對面，從容不迫地望著他。他可能沒想到我會答應得如此快速乾脆，手中的「火鳳」竟也停了下來。

我剛一站定，繼續鞏固自己先聲奪人帶來的優勢，運起自己體內的真氣，使其高速運轉起來。剛才尚是雲淡風輕，只一會兒功夫，立即一股充滿震撼力的浩然正氣從身體向外延伸去。

我雙眼金光閃動，兩道如有實質的金光，令任何人與我對視都無法超過一秒鐘，我竭力運氣體內三股外來真氣中最熟悉的一股，即是狼之力，在我全力調動下，狼之力與我本身的真氣，交纏著，逐漸擰成一股真氣。

我宛若一座巨大高山上挺立的松柏，經年累月經受各種風雨雷電，仍能高聳挺拔，屹立不倒，無人可撼！

面對我驚人的氣勢，黃頭髮小子驚悸不已，產生了高山仰止，不可攀登的無力感，額角的汗水蹭蹭的往下流個不停。

此消彼長之下，黃頭髮小子比起先前更是不如，雙膝竟是漸漸跪下。

我更添一把力，身體突然發出淡淡金芒來，一個巨大威武的狼首在我的頭頂漸漸形成，更添駭人氣勢，無形的巨大壓力，如一柄千斤重錘一次次的打在他心上，讓他手腳都不能動。

我看也差不多了，不能一次打擊得太狠，令他對自己喪失了信心，那我可就是毀了他了。我漸漸收回身外的金芒，巨大威嚴的狼頭也化爲道道金光鑽回了體內。就在我有條不紊的減弱自己的氣勢時，他彷彿垂死掙扎的魚，突然遇到了一些水，拚命的彈跳也要進入到水裏。在我氣勢減弱的情況下，他竟然突起發難，全力揮出了自己最強的一擊，三昧真火形成的火鳳呼嘯著向我衝來。

我一聲厲喝，聲震寰宇，道：「看我怎麼破你！」我站著不動，任火鳳夾帶著無匹的氣勢向我飛來。火鳳雖然是三昧真火而化，而三昧真火卻是我純陰真氣所化，我驟然放出我的雄渾內息，阻在我面前，火鳳一頭鑽了進去，彷彿是水乳交融，連一個水花也沒激起。火鳳就這麼憑空消失了。

如果是純陽真氣所化的三昧真火遇到我的至陰真氣，一定會發生如核彈爆炸的駭人、慘烈情形。

我也暗暗心驚黃頭髮小子心境之堅定，竟若磐石一般，我當真是小看了他們，在第一次受到如此強的精神方面的打擊，仍能在逆境中掙扎尋求勝利，這小子前途不可限量。龍前輩如果看到這一幕，應該很開心才是。

他不可置信的望著我輕鬆的解決了火鳳，甚至連一點汗都沒出，以前建立的自信心在此時頓時毀了一大半，手中的「火鳳」也跌落到地面。

我將劍吸了過來，深深地望了他一眼，淡淡的道：「一山還有一山高，記著，沒有人敢稱自己是最高的那一座！」

黃頭髮小子垂頭喪氣，聽完我說的話，轉身就走，就連其他個師兄弟的喊聲也不顧了。

我將「火鳳」還給愛娃，微微笑道：「妹子，剛才大哥表演的怎麼樣？」

愛娃驚道：「大哥，你每次都讓愛娃這麼吃驚，你是怎麼修煉得那麼厲害的，我一直以爲自己的進步很快了，見到大哥剛才展現的那幾招，我才知道自己錯得多麼離譜，那才叫真正的高手！」

我失笑道：「妹子，千萬不要給你大哥戴高帽子，大哥雖然修爲不錯，但大哥知道仍有很多人和我差不多，更有些人，連大哥也要說一聲佩服，所以說武道無止境，我們仍需要不斷努力。」

愛娃道：「大哥說得沒錯，我們還要很努力，今天開始，愛娃和大哥一塊努力。」

一把蒼老威嚴的聲音突然響起，「小友這一番話說得很好，依天之名，老夫久有耳聞，今日一見確實名不虛傳，小友剛才展現的一番功夫，更是令老夫大開眼界。」

我暗道這麼陌生的聲音會是誰呢?當時轉過身，向來人望過去。

愛娃忽然道：「校長！」

第十二章 巧獲奇緣

來人是個慈祥的老太太，也是赫赫有名的「北斗武道」的校長。

讓我意外的是，在老太太身邊，竟然是白月師姐，師姐向我調皮地道：「是不是很意外會在這裏看到師姐？」

能在這裏看到她，心裏也是萬分的高興，忽然想到了天下第一武道大會的事情，想來師姐來這裏，多半和這檔子事有關，我呵呵笑道：「在這裏看到師姐又有何奇怪，就算小弟我在天下第一武道大會上見到師姐，也不會奇怪的。」

月師姐笑道：「就知道瞞不過你，不過我也知道你來這裏是爲了什麼。」

我歎道：「怎麼每個看到我的人，都知道我來地球的原因！」

月師姐道：「誰叫你現在這麼有名，很少會有人不知道依天的大名！除非他真的是孤陋寡聞了。」

我舉手道：「唉，我投降了，師姐你就不要再諷刺我了。」

月師姐呵呵嬌笑道：「我們的大英雄竟然也會討饒哩，剛才見你教訓那幾個小傢伙，蠻有威嚴的嘛，是不是很有成就感啊？」接著轉向一臉富態的那個女校長那邊道：「校長，這位是家父的親傳弟子。」

那位慈眉善目的女校長望著我點了點頭，道：「怪不得這位少年英雄了得，修爲驚人，原來是你父親的親傳弟子，只是你父親神龍見首不見尾，老太婆也只見過幾面而已，竟能收得如此弟子，也是他的福分。」

月師姐望著愛娃問我道：「這個長相可人的小姑娘是誰？」

我笑道：「月師姐，一別這麼長時間，沒想到你還這麼囉嗦，這個可愛的小姑娘就是你師弟我的妹子。」

月師姐白了我一眼歎道：「唉，妹子果然比師姐要來得親一些，送師姐就是一把木劍，送妹子就是這麼一柄讓人眼饞的神兵利器。」

愛娃不知道我和月師姐的關係，又和自己的校長走在一起，急忙申辯道：「不，不是這樣的，事實上……」

月師姐連忙制止她，笑嘻嘻地道：「我這是在爲難不懂得尊敬師姐的小師弟，你倒急起來了。」

我道：「愛娃，你是不知道我和月師姐的交情，她明著是在故意刁難我，事實上，她可是很疼我這個做師弟的。」

校長微微笑著向我道：「能不能借劍一觀？」

我道：「您客氣了，一個小玩意，有什麼不能借的，只管看好了。」

愛娃把「火鳳」遞到校長的手中。校長拿過「火鳳」，仔細地瞧著，過了一會兒歎道：「這要是小玩意，老太婆就不知道何爲貴重的東西了，你的煉器手法獨到，內息雄渾純淨，十分難得啊！」

我淡淡地道：「校長過譽了，這柄短劍只是依天一時的興起之作，入不得大家法眼。」

校長又將短劍還給愛娃，徐徐地道：「年輕人謙虛是好的，但卻不要失去豪氣干雲的性情。」

我爲之愕然，心中有些迷糊，卻知道這位聞名遐邇的女校長話中有所指，校長娓娓道來：「自從四大聖者相繼歸隱以來，百多年的和平又再起紛爭，先是后羿星出了個滅絕人性的魔羅，梅老頭捨身取義，也算是死得其所。後來就是勢力波及四大星球的飛船聯盟。四大星球都有大小不同的戰事興起。而此時興起的少年英雄們開始爲人所津津樂道，如李雄、梅魁等人，但是他們的身分限制了他們，他們的才能大多只能用在自己世家的發展，而你依天，最燦爛的一顆新星，就像是濃重烏雲背後的一抹陽光，給人帶來了希望！同時引起了很多人關注，老太婆也算是其中之一，從你行事風格上來看，你的性格善良，可是太拘泥於繁文縟節，如果你能再灑脫一些，我想你的成就將是無與倫比的。」

老太太娓娓道來的一番話，平淡的像是在跟我們說一個故事，卻是在繼龍前輩之後又深深地震撼了我。

沒想到會有這麼多人在密切關注我，並關心我的成長，隱然把我譽爲救世主，這令我有些不安，雖然我也是一直向這方面努力的，但是突然被地球第一武道學校的校長說出來，心中的壓力一下增大了。

這時候月師姐摸著我的腦袋道：「校長，你該不是把我這個小師弟嚇壞了吧，怎麼突然不說話了。可是我怎麼看他也就是一個普通人，一個鼻子兩隻眼，沒什麼不一樣啊。」

月師姐的插科打諢，令我心中頓生豪氣，望著北斗武道的校長道：「謝謝校長的引導，依天知道該怎麼做了。」

我望著月師姐道：「師姐，這時候后羿星的天下第一武道大會的預選賽也該開始了吧，你怎麼有閑功夫，跑到地球來。你不想參加天下第一武道大會嗎？」

月師姐嘴角露出一抹古怪的笑意，彷彿是想到了什麼好笑的事，故意淡淡地道：「這你就不知道了，四大星球十個武道學校有權利保送一名本校的人直接進入天下第一武道大會，而不用參加預選賽！」

我道：「哦，那不用說，崑崙武道的那個名額一定是師姐的了，可是就算你不用參加預選賽，也不用笑得這麼齷齪吧！」

月師姐笑道：「小師弟，你是不知道啊，本來那三個頑固的老頭是要把這個名額給白天白師弟的，就是和你比試的那個，你不會忘了吧。」

我也哈哈笑道：「怪不得你笑得這麼奸，你一定是用什麼手段，硬把名額給搶來了。」

月師姐道：「還是小師弟瞭解我，估計這時候，唉，我可憐的白師弟還在為進入天下第一武道大會而在努力呢，真可憐！」

我道：「師姐，你要努力了，這一屆的武道大會可是人才濟濟，臥虎藏龍哩，昨天我看到了上一屆武道大會的季軍，實力非常強，不在你之下哦，你那個白天白師弟好像實力也在你之上，不知道其他世家會不會也派人參加，師姐你要想在天下第一武道大會上有所斬獲，那可不是一件容易的事，就我這個愛娃妹子吧，再苦練一年，恐怕到時候也能和你打成平手！」

月師姐沒好氣的白了我一眼道：「是不是把你師姐看成廢物一樣的人了，我有那麼差勁嗎，我也是很努力的在修煉，只是因爲一些不得已的事，不得不來地球一趟。」

我道：「那就好，小弟記得你的寵獸是五級上品獸，呶，這些血參丸，你好好收著，每日裏餵一粒給你的寵獸，連續一百天，可能達到六級中品的程度，如果好一點可能到上品也說不定。」

月師姐不客氣地接過我遞上的血參丸，嘴裏咕噥道：「還是小師弟知道師姐我現在的最大難處，不怕技不如人，就怕寵獸級別太低，你這些什麼丸的真的有你說的那麼靈驗嗎？」

我道：「那還有假，你師弟我親自煉的。」

校長在一邊看著我拿出血參丸，淡淡一笑，道：「小友每每讓人意外，先是一柄上好的兵器，後是這些充滿靈氣的丹丸，小友真是多才多藝，如果沒有急事，不如今天我們坐而論道，大家談談對武道、煉器、丹藥的見解，如何？」

我哈哈笑道：「求之不得，小子對這些東西早就有很多疑惑不解的地方，今天希望校長能給出解答，解除小子心中的疑惑。」

校長又對愛娃和月師姐道：「咱們既然聚在了一起，那就是有緣，一起來吧。」

月師姐自然是大大咧咧地答應下來，只是愛娃有些惶恐，不敢答應。

武道這東西既重努力，也重悟性，有時候武道的進步就在一念之間，而這一念正如一層窗戶紙，如果有明師指點，自然是一捅就破，不然就是想破了腦袋，也不一定能得出個答案來。

校長是什麼樣人，地球上第一武道學校的校長，修爲高深自不在話下，關鍵是見識廣博，武道方面的學識淵源，能夠和她坐而論道，就是用腳想，也會知道定然受益非淺，日後在武道上的阻礙也會少許多，修爲精進，一日千里。

只不過校長身分特殊，所以愛娃雖然很想參加，卻因爲這層原因，支支吾吾不敢答應。

校長微微笑道：「不用緊張，只不過我們幾人坐下來聊聊天，喝點清茶，沒有什麼嚴肅的場面。」

我見愛娃還是有些忸怩，笑著道：「校長前面帶路，我帶著妹子在後面跟上。」

校長道：「好，跟我來吧。」領先向校園深處走去。月師姐湊過來道：「小師弟，有沒有什麼好辦法能把我的寵獸給提高到第七級？」

我瞥了她一眼，拉著愛娃邊走邊道：「月師姐，你還真是貪心啊，不過你還真的是問對了人，別的師弟我不行，不過要論如何才能有效的提高寵獸的級別，那你可是問對人了！」

月師姐向我眨眨眼道：「小師弟，說實話，你這煉丹的本事是和二叔學的吧？」

我邊走邊道：「月師姐真是冰雪聰明，一猜就中，沒錯，這煉丹的本領就是二叔傳給我的。」

月師姐道：「哈，我說你怎麼又這麼一堆好靈丹，都能拿來當豆子吃著玩了，是不是二叔的『洗武堂』也傳給你了？」

我搖頭歎道：「師姐啊，師姐，你讓我怎麼誇你好哦，你還真是聰明，不過有一點你說錯了，這些靈丹都是我自己煉製的。」

月師姐不服氣地道：「我很早以前就想向二叔學習煉丹之術，可惜父親總是攔著不讓，說這是二叔的獨門本領，只能傳給自己的子嗣，不能教於別人，這可倒好，讓你搶先了，我不管啊，既然沒學到煉丹之術，以後我需要的靈丹，你都得給師姐做！」

我哈哈笑道：「月師姐，您可真是一點也不吃虧啊，你還記得上次，伯母給我們講的故事嗎，那其實是我們師門的傳承，師祖那一代有規定，不得讓幾位叔叔的本領各自交給同一個傳人。」

月師姐嬌哼道：「你還不是一個人獲得了四個人的真傳！」

我笑道：「師姐，您也不要嫉妒我，我只從二叔那學了煉丹術，三叔那學了煉器術，可義父和四叔那，我可是什麼都沒學到哦！」

月師姐嬌蠻的道：「那我可不管，對了，剛才給我的那個什麼血參丸的東西，再給我來點。」

我給她作揖道：「月師姐，您老人家大人有大量，就饒了我吧。你還真想把這好東西當糖豆子吃啊。那一百粒已經是極限了，要想再給你的寵獸升級，那就得換其他的靈丹了。不管是什麼靈丹，都不能吃太多，正所謂過猶不及！而且吃到最後，藥效也是逐漸減弱，吃再多也不頂用。」

月師姐道：「那我得換什麼靈丹啊？」

我笑道：「姑奶奶，您是不是想給你的寵獸升級想瘋了啦？我哪知道要再給你的寵獸吃什麼靈丹。我剛才不是說了嗎，這一百粒的血參丸已經足夠你的寵獸升到六級中上品的水準了，再往上就是神獸和普通護體獸的過渡階段了，要想進入七級，不但需要大量的靈丹，且是需要一些天才地寶才有可能，我隨便給你舉兩種啊，比如九葉血蓮、金絲棗王、千年野參。」

月師姐聽完後，面有難色地道：「小師弟，你舉的這幾種，我聽都沒聽說過，你讓我到哪去找啊，你有嗎？」

我道：「這些東西也是二叔給我說的，我也沒見過。不過這血參丸也非等閒之靈丹可比，上百多種靈貴藥材用了我幾天的功夫才煉成。如能善加使用，說不定就能把你的寵獸一下子升到七級。」

月師姐歎道：「哇，一百多種藥材，都是什麼藥材？」

我笑道：「這你就甭管了，告訴你，你也沒聽說過，更找不著。實話告訴你吧，這是『洗武堂』自己精心培育多年才成的！這一粒沒有萬金都別想買得著，而且效果還沒我這個好！」

月師姐道：「那我應該怎麼用，才能把寵獸升到第七級？」

我歎了口氣道：「第七級已經是普通寵獸最高的級別了，再想往上升，幾乎就是不可能的事了。我最近從別人那偷師，又經過自己的琢磨，想出了一個提升寵獸的法兒。」

月師姐急道：「那我該怎麼做啊，小師弟，你就別賣關子了。」

愛娃也在一直注意聽我倆談話，聽到我談寵獸升級的事，也立馬集中精神，焦急地望著我。

這個法子，是我那次見洪海以本身真氣催化、凝練他的雙頂火鶴的精魄所想到的。而我又因此聯想到了我的小黑龜的進化過程，小黑從不到三級的奴隸寵跟著我後，級別便一直向上攀升，我以前並沒在意此事，只是因爲洪海煉丹幫助自己的寵獸升級而引起了我的興趣。

我這才想到小黑能夠升到七級上品的極高級別，是有很大的原因。其一，和吞食很多靈丹離不開；其二，得到我龍之力的幫助也分不開；其三，也是最重要的一點，牠經常陪著我一塊練功。

從另一角度來看，我在練功的時候，幫助牠修煉牠的精魄，使牠能夠不斷的提升自己的能力。

換句話說，寵獸是什麼級別，有多大的能力，那都得看牠的精魄如何！

由此我得出結果，要想寵獸升級，就得幫助牠鍛煉牠的精魄。

人工培育出來的寵獸和野寵還不大一樣，野寵懂得自己從外界汲取能量來鍛煉自己的精魄，所以說野寵會和主人一塊提升。

而人工培育出來的，能力較差，也不懂得汲取能量鍛煉自己體內的精魄，因此不管是什麼級別的，都要比同級別的野寵相差很多。

我先把這番道理說給兩人聽，然後道：「所以，歸根結底，要想你的寵獸能夠最大程度的提升，就是要幫助牠們鍛煉自己的精魄。」

月師姐道：「那我該怎麼呢？」

我道：「這個我就不好說了，首先得讓你的寵獸相信你，甘願吐出自己的精魄，然後你再利用自己的內息幫助牠鍛煉，最後在餵牠吃了靈丹後就開始，可以極大的利用藥力。」

月師姐欣喜地道：「多謝小師弟，如果真能把我的寵獸提高到七級，等師姐贏了天下第一武道大會的冠軍，一定不會忘了你。」

我淡淡地道：「月師姐，您就別做您的冠軍夢了，像您這樣一心都放在寵獸上，哪能得到冠軍！可別怪作師弟的沒提點你，你幫助寵獸凝練精魄，會極大的損失自己的內息！所以你要想獲得冠軍，你就要比平常更多倍的修煉，否則什麼好事都別想。」

月師姐歎道：「竟然還有這種事，小師弟，那你覺得師姐該怎麼辦？」

我瞥了她一眼道：「你要真相信師弟，那我就說說，靠寵獸提高自己的能力終究是其他的途徑，萬一武道大會今年都不許和寵獸鎧化來比鬥，你辛苦給寵獸升級不是白費了嗎？重要的是自己能力的提高，寵獸只是輔助你提高能力的一種手段罷了！」

這時候，在前面領路的校長忽然道：「小友一席話，倒令我老太婆茅塞頓開，小友一語道破了寵獸升級之謎，又一語道出修爲的提升最終只能靠個人的能力提升，而非是寵獸。」

我呵呵笑道：「這也是小子有感而發，這些道理也是小子一直在思索的問題，也被它們深深的困惑著，經過很多具有大智慧的長者幫助下，小子終於想明白，也不能全算是小子的功勞。」

走著，走著，我們就來到一處很雅致的地方，在一個竹林中，一個別致的小亭子裏，校長給我們每人沏上一杯香茶，我們一邊品著香茗，一邊繼續著剛才的話題。

校長道：「從剛才一席話中，聽得出小友對寵獸獨具精闢見解，不知道小友有幾隻寵獸，又分別是什麼級別的呢？」

我道：「我的寵獸很有很多，不少於十隻。」在她們驚訝的視線裏，我取出了那五隻剛獲得的「荔花鼠」，我逗弄這幾隻「荔花鼠」，道：「我不但寵獸很多，而且各具不同的特點，並非是只養具有強大攻擊力的，牠們的級別也各不相同，最低的恐怕就是這幾隻可愛的『荔花鼠』了，最高的是七級上品的一隻野寵龜。」

校長歎道：「小友真是天賦異秉，平常人能夠駕馭兩隻寵獸已是一件極辛苦的事了，沒想到今天倒讓老婆子開了眼界。小友在精神修爲上一定高人一籌。」

校長的觀點與我的猜測不謀而合，寵獸確實耗費人類的精神力，只不過我比較特殊，所以始終不覺得駕馭很多寵獸有什麼困難的。

我微笑問道：「不知道校長與寵獸合體是一種什麼情況？」

校長笑笑道：「小友的問題也正是老婆子想要問的，不過小友既然先提出來了，老婆子就先說。對普通大多數人來說，鎧化，是和自己的寵獸合體，身上套上一件活鎧甲，並且一定程度上擁有寵獸的特殊本領，同時也能夠使自己的潛能得到更大程度的發揮。事實上等到我們年齡比較大的時候，一般我們在這個階段修爲精進很多。我們才發現，與寵獸合體還有另外一種情況。原先我一直以爲這種情況是視個人的修爲而定的，必須到某一定程度的修爲才能夠進行，不過現在小友提出這個問題，我相信，小友一定能給我一個滿意的答案。」

月師姐和愛娃驚訝地道：「另外一種合體方式？」

於是我向她們解釋了所謂的另外一種合體是個怎麼樣的形式，然後我道：「月師姐，這可是關係你能不能極大提高自己能力，離冠軍之路更近一些，你要聽仔細嘍。」

校長正笑瞇瞇地望著我，等我說出自己的答案，我悠然地道：「合體可以比鎧化更大程度上的開發自己的潛能，使自己的口耳眼鼻更爲靈敏，動作更加迅捷，抗擊打能力和攻擊力得到極大的提高，而寵獸的特殊本領也能夠更好的應用。」

月師姐心急地道：「那究竟怎麼才能合體，而非鎧化呢？」

我道：「這我也不太清楚，不過有一點，答案就在自己的寵獸上！如果寵獸在合體的時候，願意將自己的精魄和主人的內息融爲一體，我想大概就可以合體而不是鎧化了。」

月師姐道：「就這麼簡單啊！」

我道：「知易行難，不然你也不會到現在才知道合體這回事了！」

說是坐而論道，談談煉丹，說說制器，事實上卻是無所不談，甚至包括時下最熱門的話題「天下第一武道大會」都說到了，在座之人都獲益非淺，並且令我對當今時事也更爲瞭解，同時更慶幸自己當初能夠痛下決定一勇破萬難，和塔法將軍聯手破除飛船聯盟。飛船聯盟的破滅，對現今紛亂的勢力有著重大影響。

回到賓館，靜心回悟了一下之前與「北斗武道」校長交流所得的收獲。我憶起之前靈光一閃而想到的寵獸精魄的問題，心中一動，卻想到自己身體中的龍之力可不就是龍的精魄嗎，那麼狼之力定是狼的精魄了，「長者」賜我的植物之力該是植物的精魄。

我身體中糾纏不休，又無法分出高下的三股力量就是三種精魄的鬥爭而已，既然寵獸們可以將自己的精魄給釋放出來，那麼我是不是也可以利用這種方法將體內三種精魄給釋放出來？

我望著窗外大好的月光，打開窗戶飛了出去，夜風颼颼的，刮得人遍體生涼，我向著上次在郊區看到的那個大湖飛了過去。

如果我可以成功的將三種精魄釋放出來，這對我內息的存儲將是一個巨大改變，寵獸的精魄就像是人類的丹田。人類修煉所得的內息經過煉化後，都存儲在丹田中。

而寵獸經過吸收外界菁華煉化後，就凝結成精魄。以前每逢滿月或者月能大好的時候，我都會修煉身體中的一種能量，一般都是用來修煉龍之力，然後想辦法剝離出一部分存儲在丹田中，留給自己吸收。

龍丹跟我最久，已經和我身體相融了，所以我可以輕鬆釋放出龍丹，也就是龍的精魄，只是以前並沒有想到利用龍丹來吸收月能，所以我都是化身爲龍來吸收月能。

因爲我分身乏術，更不能一心多用，分別控制三種強大的力量，所以都是修煉其中一種，而忽視了另外兩種。這不免有些浪費。

我盤膝坐在河邊，望著圓盤似的大半滿月，體內的幾種力量都有些騷動，我強壓住心中的激動與興奮，我知道越是這種時候越是要靜下心來，我慢慢地推動龍之力在體內運行，大概轉了幾個大周天之後，我導引著龍之力向體外運去。

龍之力到了喉嚨的位置突然停止不前了，所有的力量都聚集到這兒，我頓時被嚇了一身冷汗，龍之力可不是開玩笑的，強悍異常，一不小心在喉嚨處暴開，我就得屍骨無存。

我無計可施靜觀其變，聚集到一塊的龍之力忽然產生一個衝力，我情不自禁地張開口，龍丹倏地奪口而出，衝到半空中，放出璀璨的紅芒，一道道月光像是撲火的飛蛾投射在龍丹上。

我驚喜萬分地望著在空中的龍丹，這還是我第一次在無法變身爲龍的情況下，吐出龍丹。看來我的猜測對了，我感覺到一種虛無偏又很真實的聯繫在我和龍丹之間。

我循著這個感覺，感應著龍丹，不久果然感覺到一絲絲的清涼之意透過這種似有若無的聯繫傳過來。初步成功令我高興得手舞足蹈，突然之間聯繫便又中斷了，待我靜下心神，全力感應龍丹的時候，那種飄渺不真實的感覺便又再次出現。

我小心地收回龍丹，這次換狼之力試試。狼是一種桀驁不馴、兇狠、暴戾的寵獸，牠們有極嚴格的等級之分，狼群對自己的狼王絕對忠誠。狼之力也具有這種情況，充滿了暴躁、嗜血的情緒，龍之力是偉大的、威嚴的、睥睨一切的，而狼之力則是兇狠的、暴躁的、撕毀一切的。每次化爲狼人，我都抑制不住嗜血的衝動。

因爲那次重生，龍之力意外的將上百隻狼的血肉混合著精魄與我的身體混成了一體，因此可以說，狼之力與我是血肉相連不可分離。

躁動的狼之力不是很聽話的在體內與我的內息玩著捉迷藏，沒有七小的幫忙，挖掘出我的潛力，憑我現在的內息是無法得心應手駕馭它的。

經過我數次努力，狼之力終於乖乖走上了正軌，幾個大周天過後，我如剛才般引導著狼之力向體外運行。

狼之力像是一隻不安分的小狼崽子，在我全力御動下，尙不大情願的向體外聚去。狼之力一邊凝結在一起，一邊向外行去，等到了我口中，已是鵝卵大小。我張開嘴巴，一個黑色的小球倏地衝了出去。

這個散發著濛濛黑光的小球就是狼的精魄，它與龍之力一樣，自行吸收著月亮的純淨能量，狼之力與本體的聯繫相較龍之力來說也要差一些，不過我仍能勉強駕馭著它。

我再將狼的精魄收回身體中，試著最後一種——植物之力！這植物之力與我的聯繫是最爲緊密的，就像我體內的經絡一般充斥在身體的各個角落，盤根錯節，看來最溫和的能量，駕馭起來反而是最困難的。

我小心翼翼一點點的引導著這些分散在各個角落的植物之力，誰想到累了半天，仍是一點效果也沒有，任憑我怎麼驅動它，它就是一點反應也沒有，就在我準備放棄的時候，突然手背處發出一陣陣綠光。

明暗對比，可清晰的看到手背上印出一株植物般的圖騰。

我恍然大悟，這植物之力是有自己的本體的，不像龍之力和狼之力已經失去了本體只能依靠我生存。

植物之力是依附在我從石頂天得到的那個廢物植物寵獸身上的。

想通這點，我立即明白了，心中默念著召喚口訣，將那株小植物給召喚了出來，那株植物仍如藤蔓一般纖嫩柔軟，嫩綠色的枝莖嬌嫩的彷彿可以滴出水來。

小植物看不出口耳眼鼻在哪裏，小傢伙顯得很活潑，一出來就揮動著四肢，柔軟的枝葉在空中揮舞著，忽然，一道綠光從它體內射出，片刻間，一片綠光將我籠罩起來。

天空的月能彷彿受到了什麼吸引，也紛紛的依附過來，月能通過它的身體，直接傳到我身體中來，月能一進入我身體，就不斷的傳到身體中的每個部分，就連最偏僻的角落也沒遺漏，只要有植物之力盤踞的地方，就有月能源源不斷的傳送而來。

我大為欣慰，照這種吸收月能的速度，一天可以抵得上我十天的量，那我的修為將會以正常十倍的進度提升。

我敞開心懷，任由月能穿梭在我的經脈中，同時心中希望，月能吸收得越多越好，我充分享受著充足的月能給我帶來的滿足感。

月能越來越多，終於連丹田也給填滿了，我一邊利用自己的內息來煉化這些月能，一邊召喚植物寵回到體內。

植物寵倒也聽話得很，馬上又從手背處鑽回了體內。可是就當我鬆下一口氣之時，所有運行月能的經脈都散發出綠色的光芒。正當我驚訝不知發生什麼事的時候，突然植物之力開始同化我體內的細胞。

那株小植物開始瘋長，一會兒時間，小小的體形已經佔據了一條胳臂，我睜開眼睛驚駭地發現，自己的手臂竟然變成了樹幹一樣，上面樹皮斑斑，還長了很多的鬚。

植物寵不斷的在我體內擴大它的領地，而那些月能則源源不斷的被它吸收作為能量，抵抗著我內息對它的攻擊。

這時，我真是欲哭無淚，沒想到一個試驗，就把自己陷入如此絕地，屢經大難都得不死，難道我依天今天反而要死在自己的寵獸手裏嗎？

不大一會兒，我全身三分之一已經受到植物之力的同化，我已經使出全部內息抵抗它的侵襲，卻不能奏效。

當我以爲必死無疑的時候，我忽然想起了在第五行星時，「長者」和我說的話，他曾經勸告我，在我本身內息還未強大到足以駕馭他贈予我的植物之力時，千萬不要修煉植物之力，否則我就有可能成爲一株和它一般的大樹，從此只能固定的生活在一個地方。

我不甘心的努力抵抗著，當初「長者」贈我植物之力，是用來抑制我變身時因爲野獸的本能而帶來的噬血殺戮的性格，沒想到今天反倒是被植物之力給吞噬了。

就當我左念右想的時候，在紛亂的念頭中，突然出現一道靈光！如同雨後甘霖給我帶來了生的希望，既然植物之力是用來抑制龍之力與狼之力的，那麼反過來說，同樣的，龍之力和狼之力也同樣可以用來抑制它！

我立即放棄抵抗，全神貫注的引導著龍之力和狼之力來阻擋植物之力的侵蝕。

三種力量不愧是相輔相成的，龍之力與狼之力一加入，植物寵獸對我身體的同化速度就立即降低了許多。

我剛想歎一口氣，突然植物之力開始瘋狂的吸收剩在我經脈中的純淨月能，來壯大自己的實力與龍之力和狼之力角逐。

我一看不行，也立即把所剩無幾的內息加入到龍之力這邊，同一時間和植物寵獸搶著煉化月能！

兩邊勢均力敵，卻突然發生了意想不到的異變，三股強大能量的鬥爭，形成了一個極強的斡旋，生生將我的內息削成兩團，形成陰陽二氣。

這時候，月能逐漸耗盡的植物之力，漸漸落在下風，被逼得回到自己原先的地盤上，而龍之力和狼之力也慢慢退了回去。

體內就剩下兩股不協調的陰陽二氣，一正一反，在同一位置分別以兩個不同的方向在經脈裏運轉，所過之處令我產生如刀割斧砍的痛苦。

如果在正常情況下，我興許還有餘力解決這種情況，可是在眼下這種內息耗盡，油乾燈枯的突發狀態下，我只有咬緊牙關，忍受煎熬。

陰陽二氣像是兩柄凌厲的刀，一熱一寒，所過之處，那些受到同化產生異變的細胞，紛紛被絞得粉碎。

每一次，陰陽二氣大周天一次回到起點交匯的時候，都會產生強烈的冷熱流，這個時候身體都呈現一半冰冷刺骨，另一半卻熱得如同蒸爐，汗剛滴出來，立即被凍成冰滴，如此一來，我已經被一層薄冰凍結在裏面，連呼吸都無法正常進行。

我只有保持著靈台一點清明，盡力忍受著，還好在這等於武功全廢的情況下，我打下練就的一身水功終於派上了用場，那倒不是說游泳派上了用場，而是游泳練成的憋氣功派上了用場。

我深吸一口氣，可以維持很長時間。

陰陽二氣，不斷的運轉著、壯大著，經過這麼多圈的循環，剛才被同化的細胞大多被絞成了粉末，而陰陽二氣也逐漸長大到了顛峰，再一次的交匯中，陰陽二氣忽然融合成一團旋轉起來。

忽然在能量團的中間爆炸開，陰陽二氣再次被分開，這次陰陽逆轉，反而沿著先前運行的相反方向運轉了。經過這次爆炸，陰陽二氣的能量顯得更加強大，又循環了十圈，兩股陰陽二氣再交匯到一起。

整個能量團循著經脈運行起來，一熱一冷交替影響著我的身體，半天的折騰，不斷令我筋疲力盡，精神也疲乏不堪，早先吸的一口空氣，此時已是即將用完，受到大氣的壓力，我感到胸悶異常。

陡然一陣強烈的刺痛，令我忍受不住的大聲喊叫出來，可是卻沒有發出一絲聲音。就在同一時刻，體內陰陽二氣組成的能量團「轟然」炸開。

兩股能量流回歸到最先流經方向，舒緩的流動著，一圈過後，兩股能量流合併在一起，形成一股暖洋洋的能量流在體內運轉，使我疲勞不堪的身體十分受用。

不知什麼時候，我已經可以開口說話了，身體也恢復了正常，可以自由行走，我躺在地面動也不動的大口大口喘著氣，身上的薄冰化成頗含涼意的冷水打濕了全身衣服。

等到我恢復了一些氣力，我吃力地駕著風往回飛去，習習晚風將身上的衣物很快吹乾，我搖晃著走進自己的房間，卻不想被一個侍者給擋住了，「對不起，先生，您恐怕走錯了房間，這間房間的主人是依天先生。」

我茫然望著他，他難道沒認出我就是依天嗎！我道：「我就是依天！」

侍者仔細地盯著我看了幾眼，忽然道：「依天先生，你怎麼忽然變得這麼瘦，你臉色蒼白，看起來好像生病了！」

我勉強笑道：「沒事，一點老毛病了，明天就能好。」說著，我懷著疑惑走進了自己的房間，侍者怎麼會突然認不出我了，莫不是剛才的突變，令我的外貌產生了什麼變化。

我站在鏡子前望著自己，我真有點不敢相信，臉上少了很多肉，顯得稜角分明，脫去身上的衣物，發現身上和臉部一樣，少了很多的肉，我平日裏鍛煉得很強壯的身軀，此時候反而覺得有些瘦弱。

這一定是陰陽二氣造成的後果，削除了那些近三分之一發生異變的細胞，身體當然會瘦成現在這個樣子。

我歎了口氣，信手將身外幾米遠的桌上的一個盛滿水的玻璃杯吸過來，一把將杯子握到手裏，玻璃杯卻意外的被我捏成了碎片，水「嘩啦」傾瀉在地毯上。

我望著手上的玻璃碎片，忽然驚覺自己的力氣大了許多，想起剛才飛回來的時候，雖然精神疲勞得要命，可是卻沒費多大的勁就回來了。

我想到了一個可能，心臟不爭氣的「砰砰」激烈跳動著。難道我經過意外的冷暖洗禮，竟然因禍得福的突破瓶頸，度過了第三曲的兩劫，一下子進入了第四曲的境界嗎？

陰陽二氣正是進入第四曲的標誌，當下我抑制住興奮的心情，收拾激動的情緒，就地盤膝坐下，內視全身，受創的經脈中鼓蕩著充足的內息，比以前還要凝重！事實證明，這次我成功度過第三曲的劫數，由至陰而轉爲陰陽二氣。

這對我來說不啻是最好的禮物，我因爲追擊五鼠而正在苦惱自己的修爲無法正面對付他們，這次突破令我有把握應付五鼠的聯手進攻。

連日的陰霾一掃而空，望著窗外浩瀚的星河，我不禁感慨良多，世事就是這麼難料，你強求卻偏偏不可得，你將其拋之腦後，反而唾手而得。難道冥冥中自有定數的嗎？

有沒有定數暫且不管他，我受傷的經脈卻不可拖下去，強大的內息在經脈中滾動流淌，衝擊力和摩擦力會令經脈的傷勢雪上加霜，還是早治爲妙，何況我有現成的治傷聖藥。

我拿出五粒黑獸丸逐一服食，先服一粒將其藥力化開，使經脈得到初步的適應，然後再服兩粒，最後服下剩餘的三粒。

黑獸丸是千金難求的好東西，又經過我的靈龜鼎煉製，再存放到那天地所結的葫蘆中，靈氣自然更加充沛。

這一打坐可就坐了一天兩夜，功夫不負有心人，幾十個小時的靜坐，總算是將經脈修補好了，這也多虧我底子扎得牢，肌體韌勁足，此刻我更加深刻體會到，爲什麼四位長輩說我有武學天分。

常人鍛煉基本功久而乏味，容易犯好高騖遠的毛病，而我則不然，勤勤懇懇，一心只放在基礎功底上。

否則，我若沒有堅實的基礎，就算我有這許多的機緣，恐怕不但精進不了，小命也早丟了很多回了。這莫非就是修煉武道之人，修爲再難有寸進的原因了？如若強求，不是丟了性命，就是走火入魔，失了一身的功法。今天我才終於明白其中秘密。

雖然境界進步了很多，可是我卻開始發愁了，偌大一個城市，上百萬的人口，我該從何處找起呢？我雖然見過她的外貌，卻無法公佈於眾，這會打草驚蛇，逼她放棄在京城的計畫，逃離此地。

況且像她這樣的高手，自然有很多方法改變自己的樣貌，我一個人想找到他們幾個人，並且還要抓住或者擊斃他們，更是難上加難。

此時，我便想起了洪海，想起了「洗武堂」，雖然我對他們有懷疑，不過眼下，我毫無頭緒，只能借助「洗武堂」的力量和情報網，幫我在京城搜尋這四人。

在沒有證明洪曆就是那天晚上刺殺我的刺客之前，我都不能妄下定論，因爲洪海是二叔的人，跟著二叔出生入死，白手起家數十載，我要是就這麼輕易的與洪海翻了臉，誓如水火，又怎麼對得起栽培我、疼愛我的二叔呢！

所以證明洪海之事，我一定要小心謹慎。我來京城所爲何事，洪海也是十分清楚，所以如果我在這個孤立無援的時候不去找他們求助，反而會使他們對我產生疑心。一但他們生了疑心，不論他們是真的和刺殺我的事有關聯，還是沒關聯，都不是好事情！

所以，我決定去向他們求助。

在某個隱秘的地方，一個老人問一個年輕人，道：「這兩天，他有什麼動靜？」

年輕人道：「師父，這傢伙在這幾天裏都沒有出過賓館。」

老人聲音忽然提高，顯得有些急促，道：「他是不是已經不在賓館了？」

年輕人忙道：「師父，您放心，四周我都布下了人，就算是一隻蒼蠅飛過，也不會逃過我們的眼線。」

老人沉吟了一會兒道：「他既然都沒有出來過，知不知道他悶在房子裏做什麼？」

年輕人道：「這個不太清楚，不過據那個侍者說，依天回來的時候，臉色慘白，好像得了一場大病似的。以弟子認爲，他並不是得了病，而是經過一場激烈的比鬥。而且對方的修為十分高！」

老人微微點頭道：「你猜的有些道理，眼下京城中，高手雲集，他可能會和誰發生了爭執呢？」

年輕人道：「依弟子看，京城中雖然因為天下第一武道大會的原因來了很多武道界高手，可是有能力與他一拚的卻是寥寥無幾，以他的性格，不會輕易和人發生爭執，而且傷得這麼厲害，一天兩夜都沒動靜，那他的對手不但修為極高，而且定和他有一些不凡的仇恨！」

老人忽然眼中暴射精光，道：「你是說她？她最近都有什麼舉動？」

年輕人道：「這個女人十分精明，她好像已經知道徒弟在暗中派人跟蹤，派出的人手已經死了好幾個了。」

老人輕哼一聲，悠悠地道：「就算知道，她又能拿老夫怎麼樣！還不是得像狗一樣對老夫搖尾乞憐！」

第十三章　各展奇謀

在京城最大規模的一家「洗武堂」的後堂，我見到了洪曆，洪曆見到是我，急忙地迎上來，客氣的道：「少主，您來了，怎麼不叫人通知一聲，我好去迎你？」

俗話說伸手不打笑臉人，何況他又對我畢恭畢敬的，就算是雞蛋裏挑骨頭，也沒理由找人家的錯，即便我深深的懷疑他就是那天的刺客，原因在於那時候只有他瞭解我的修爲程度。

我淡淡一笑，道：「洪曆啊，我們都是一起出生入死過的，還那麼客氣幹嘛，以後無人在場的時候，不用稱我少主，只管叫我依天老弟。」

洪曆肅容道：「這萬萬不可，師父有交代過，他老人家說禮不可廢，何況他老人家都稱您少主，我要是和您稱兄道弟的，師父他老人家還不扒了我的皮不可！」

我哈哈笑道：「隨便你，我來是想請你幫我一點忙。」

洪曆恭敬地站在我旁邊道：「少主是想讓我幫你查查五鼠的藏匿之所吧，這個您放心，我已經早就吩咐下去，在全城查找五鼠下落，只要一有新的情況，我保證少主是第一個得悉的！」

我漫不經心地道：「你怎麼知道五鼠的長相？」

洪曆沒有絲毫停頓，馬上答我道：「五鼠行蹤隱秘，哪會有人知道他們的真面目，我只是吩咐屬下，發現形跡鬼祟，身上散發著邪惡感覺且修爲極高的人，就密切注意。」

洪曆的回答滴水不露，有些打消了我的疑念，我深深地望了他一眼，淡淡地道：「要是有了消息，立即去酒店通知我。」

在我走後不久，一個老人從密室中走了出來，赫然是洪海。

洪曆道：「師父，他好像對我們已有懷疑了，您說我們該怎麼辦？」

洪海道：「這麼長時間的準備，就爲了這一天，千萬不能弄砸了，你把那個女人的行蹤透露給他。」

洪曆納悶的道：「師父，這是爲什麼？那個女人現在對我們還有很大用處，透露給依天知道，不是成全了他嗎？」

洪海陰森的笑道：「你還是太嫩了，我這招叫作坐觀兩虎鬥，那個女人是武學奇才，修為極為高強，再加上一隻神獸，如果她想逃，沒人能夠阻止她。老主人曾經告訴過我，依天是武學天才，萬萬不可小瞧。剛才為師在暗處看得一清二楚，這個小子修為又有精進，這一定是他受傷後在房間內療傷，破而後立，修為增添了好幾倍。他的精氣神溢而外放，等他再達到內斂的程度，就躋身超一流水準了。現在趁他尚未完全蛻變，讓他與那個女人劇鬥一場，我們只需坐收漁利就好了。兩虎相鬥必然兩敗俱傷，到時候，兩個人我們一起給收拾了，豈不省心！」

洪曆道：「師父，我派出去的人回來報告，那個女人這幾天連續出去是在找一個姓龍的老頭，不知道是為了什麼事？」

洪海道：「查到那個老頭的底細了嗎？」

洪曆答道：「那個老頭在幾十年前的資料是一片空白，不過現在是紫城書院的一個老師，這次他帶著他的幾個學生來參加第一武道大會的預選賽的，他那幾個學生前不久還在北斗武道裏與依天發生過衝突，被教訓了一頓！對了，他在崑崙武道的師姐也來了，後來北斗武道的校長還請他們幾人一起聊天喝茶。因為崑崙武道校長的修為很高，無法在她們不知情的情況下靠近，所以詳細情況無法得知。」

洪海吸了口氣，歎道：「那個老太婆找他幹什麼呢？暫時不要驚動他們，繼續密切注意他們的行動。」

兩人在密室密談，卻沒想到「螳螂捕蟬，黃雀在後」，一個人在聽完了兩人的談話後，躡手躡腳的離開了。

在另一個地方，一個男子，在一間不起眼的小房子前停下，雙手有節奏的扣在門上，兩長三短的暗號，很快房子的主人就打開了門，門只開了一條逢，男子就如泥鰍一樣鑽了進去。

一個美豔女子，身著薄紗，玲瓏玉體若隱若現，具有成年男人所無法抵擋的勾魂懾魄的致命吸引力。這個一副性感打扮的女人正是龍大。

龍大放那男子進來後，又坐回到床上，纖細的嫩手無限優雅的掠了一下鬢角，淡淡地道：「老傢伙都說什麼了？」

男子點頭哈腰地道：「老傢伙正和洪曆商量怎麼對付你呢。」接著一五一十的把洪海兩人在密室中的對話又重複了一遍。說完後，就兩眼放光的在龍大凹凸有致的嬌軀上來回逡巡。

龍大在聽完了男子的報告後，細想了一會，抬起頭向那男人狐媚一笑道：「做得好！」

男人咽了一口唾沫，收回放肆的目光，邊向前走，邊興奮的吞吞吐吐地道：「我們之前說過，只要我幫你探聽他們的計畫，你就要陪我一晚的，既然我已做到了，你，你，是不是現在就……」

說到後面，男人只覺口乾舌燥，氣喘如牛，說不出連續的話來。

女人瞟了他一眼，嬌笑連連地道：「死相，你看人家穿成這個樣子，難道你還不明白嗎，莫非還要人家主動？」

得到龍大的首肯，男人興奮得兩眼放光，滿臉紅潮，「呼」的一下子撲上去，將龍大玲瓏嬌軀壓在身下面，一張大嘴迫不及待的在龍大粉嫩的玉頸上親著，不時發出嘖嘖的聲音。

龍大眼中忽然現出一絲厭惡的神色，陡然伸出一隻手指點在他的腦袋上，男人哼也沒哼即倒在一邊，臉上還留有興奮的餘韻。龍大推開他的身體，蓮步輕移走下床來，剛走沒幾步，床上已經死去的那個男人頭部忽然爆炸，腦漿迸裂，面目全非。

龍大拿起桌上的杯子，輕啜了一小口，毫不憐惜的望著床上的屍體，像是在看一隻蟑螂，輕蔑地道：「也不看看自己的能耐，竟然妄想占我的便宜，這麼死已經很便宜你了。」

龍大喃喃地道：「老傢伙竟然想坐山觀虎鬥，想我和依天拚得兩敗俱傷，你再出來收拾殘局，不費吹灰之力解決兩大強敵！你想得很好啊，只是你太小看我了，依天的修為固然很強，卻又怎麼是我的對手！」

龍大越想越妙，索性「咯咯」笑出聲來，一會兒，龍大坐在鏡子面前，幾分鐘後，一個美妙的臉蛋便成了一個粗鄙的老太婆。

龍大佝僂著身軀試著走了幾步，發覺沒有什麼破綻，即轉身走出門去，只留下一俱沒有生命的屍體。

床上的屍體，活著的時候，幾個月前曾經參加了洪曆挑選的五百人的突擊隊，對飛船聯盟進行過圍剿，所以洪曆很信任的選他出來，命他一天二十四小時秘密跟蹤龍大。誰也沒想到，龍大計高一籌，竟然利用自己的美貌，成功的策反了這個傢伙，於是洪曆派出去跟蹤龍大的人，反而成了自己這方面的內奸，洩露了所有的計畫。

我從「洗武堂」出來，想了想，便向著天下第一武道大會預選賽的場地飛去。

在如此浩瀚人海尋一人，單憑我個人的能力，只能靠運氣，天下第一武道大會的預選賽吸引了眾多人氣，也許我在那裏會有些收獲也說不定。再者我已經通知「洗武堂」幫忙尋找五鼠兄弟的下落，不論「洗武堂」是好是壞，我相信自己都可從「洗武堂」獲得線索！

那天我發現龍大的時候，同時龍大也發現了我，不然她不會逃得那麼快，我親手毀了他們的心血——飛船聯盟，他們能不恨我入骨嗎！我堅定地認爲，他們一定會來找我報仇的。

與其像隻無頭蒼蠅一樣到處亂找，我不如故意暴露行藏，來個守株待兔，同時也靜待那些想對付我的人露出馬腳來！

我來到預選賽場地的時候，一場比試剛落下帷幕，下面是興奮的人群，正在評頭論足的議論著剛才的賽事。我落下來也擠到人群中，視線注意著前後左右的人群，比賽用的場地搭建得非常高，有四五米之高，沒有階梯，修爲差一點的人連上也上不去。

由於場地透明地板都經過特殊處理，觀眾可以非常清楚的從下往上看到兩位參賽者的一舉一動。因爲是預選賽，所有報名的人都可以參加，所以擂台的設置，可以令很多人無法魚目混珠，耽誤比賽的正常進行。

此時又有兩個人到了擂台上，我只用餘光掃了一眼，即發現兩人修爲平平，沒什麼看頭。

倒是場下的觀眾，毫不吝嗇的不時暴出熱烈的歡呼和掌聲，氣氛十分熱烈，我在其中，倒像是個另類，好在人人都興致勃勃的觀看比賽，沒有人注意到我。

遍尋一周，也沒什麼收獲，我剛從人群中擠了出來，就突然聽到愛娃在叫我道：「依天大哥！」

我轉過頭來，看到愛娃興高采烈的向我跑過來，我笑道：「這麼巧，你也在這。」

愛娃拉著我的手臂道：「哪裏是巧，今天有我的比賽，剛剛比完了。多虧那天你和校長的談話讓我收獲很大，這幾天修爲都在快速增長，剛才我輕鬆擊敗一個來自民間的高手。」

我哈哈笑道：「那我要恭喜妹子獲勝了，大哥請你吃飯祝賀吧！」

愛娃道：「我的好多朋友都要給我祝賀呢，依天大哥你和我一塊兒去吧，她們聽我說有一個很厲害的大哥，連我們校長都非常推崇，她們都很想見你哩。」

我笑道：「不要到處給你哥吹牛皮，不過這次就算了，就和你一塊去吧，也省了我一頓飯錢。」

愛娃獲得勝利，高興得像是個孩子，拉著我一蹦一跳的去找她的那些小夥伴們。酒席上，杯來盞去的竟然也鬧了三個多小時，吃完飯，愛娃忽然想起剛才忘記看一看，下一場自己的對手是誰。「知己知彼百戰百勝」，這個資料一定是要看看的！

伴著愛娃，我們一行幾人又向白天的場地走去，那裏貼有戰況表，只要看一看，下一場的對手就一目了然了。

前面不遠就是預賽場，我憑藉著眾人中最好的眼力第一個看到了戰況表貼的位置。我奇怪地發現一個看似老態龍鍾的老太婆竟然也在看戰況表，我們還沒走近，老太婆忽然回頭準確無誤的向我們的位置掃了一眼，隨即馬上走開了，看似走得很慢，可一眨眼就不見了。

愛娃的一個朋友見我神情專注地望著前面，伸出手在我眼前晃了晃，道：「看什麼呢？前面不就一個清潔工人嗎？」說著她又向前看去，突然發現眼前連個鬼影都沒有，奇怪的道：「咦，剛才的人呢？」

我暗暗忖度，剛才那個老態畢露的老太婆怎麼會是個清潔工人，以愛娃她們這樣的修爲尙看不清這麼遠的事物，那個看起來很老的老太婆又怎麼會這麼快發現我們走過來，並且回頭望的那一眼，分明看得十分真切，臨走時露了一手極高的身法，看似走得很慢，實際上卻是非常快，這和我的「咫尺天涯」身法非常相像！

這個老婆子會是誰呢？看她的眼神好像非常熟悉。可偏是想不起來在哪裏見過了，唉，都怪自己喝了很多酒，現在酒精在腦子裏作祟，有些不大靈光了。

我們走到戰況表前，看愛娃下一場的對手會是誰。在愛娃那一欄，寫著一名字——丁麥！

愛娃的朋友忽然都笑起來，我訝異的一問，才知道這個叫丁麥的傢伙正是龍老前輩的徒弟之一，也是那天被我教訓的其中一個，大家之所以歡呼，是在提前爲愛娃祝賀，以愛娃那天使用「火鳳」勇猛的以一招絕殺逼退三人的表現，下一場的勝利已經變得毫無爭議了。

我一個人在心中靜靜思索，龍前輩的一個徒弟明天和愛娃比試，忽然我心中產生一絲不安，如同一個夢魘令我擺脫不掉。

將愛娃幾人送回崑崙武道的女生宿舍，我也匆匆回到了賓館，躺在床上，在酒精的作用下，不多大會兒，我就呼呼的睡著了。

等到第二天，太陽呈六十度角斜射在地球表面的時候，我才懵懵懂懂的醒來，我痛苦的搖了搖還有些微痛的腦袋，心中有些哀歎，爲何那些女孩子竟比男人還能喝酒，我一人面對群雌，都已經忘了被灌了多少杯，我發誓以後一定不要和女人一起喝酒，喝贏了落得個男人欺負女人的罵名，喝輸了則更沒面子。

我取出少量的鞭樹汁，用開水沖淡了服下。這玩意雖然對醒酒有奇怪的妙用，可是服用過後，卻有一些副作用！看到美麗的女孩子總會有一些不該有的衝動。所以，在昨天那種情況下，我寧願被灌醉了，也沒有拿出鞭樹汁來解酒。

男人一旦老了，或者雄風不在了，就會想辦法弄一些稀奇古怪的東西來補腎以壯雄風。比如一些牛鞭啊，虎鞭啊，鹿鞭啊！想來這鞭樹不但也占了個鞭字，而且效果倒也是奇佳！改天我倒想研究一下鞭樹汁的成分，以防哪天我很窮的時候，我就多多的煉製一堆壯陽藥，那可不就發大了嗎！

我一邊想著，一邊已經洗漱好了。換好衣服，我就飛出門，說好今天去爲愛娃加油的，況且我還想再見見龍前輩。不曉得這時候比賽是不是已經結束了。

等我趕到的時候，正好看到愛娃輕鬆將丁麥給擊敗，獲得勝利。愛娃確實有練武的天分，吸收了我和她們校長的一些武道理論，竟然能夠很快與自身的武學觀點融合起來，令自己的修爲一日千里的精進。

月師姐不知怎麼看到了我，也飛到我身邊，向我道：「你這個妹子真是武學天才，讓人嫉妒啊。她的對手也是個修爲很不錯的傢伙，要不是碰上你的妹子，也不會敗得這麼慘！」

我哈哈一笑道：「師姐，你該不會是怕了她吧，愛娃的進步是不是給你添了一些壓力，有沒有感覺自己已經老了，以後的時代是年輕人的了？」

月師姐滿不在乎的哼了一聲，道：「我只讚歎你妹子是個武學天才，並沒說我就怕了她，何況你師姐我也是武學天才，無論她悟性再怎麼好，想超越我，沒有十年左右的時間是不可能的。要說今年在天下第一武道大會上真正讓我感到懼怕的除了你，沒有人放在我眼裏！」

我納悶地道：「咦，我從來不知道，自己會使一向驕傲自詡的月師姐感到害怕，真是該引以爲榮了。」

月師姐歎道：「本來我以爲我們白家的明月殺法是無法可破的，只有以硬打硬，拚實力。沒想到你這個怪胎，竟然能夠變成狼人，吸收了我們辛苦聚集來的大部分能量！」

我哈哈大笑道：「原來是爲這個，如果真的是硬拚的話，確實很少有年輕一輩的人有超過你數倍修爲的能耐，看來你贏面很大哦。不知道到時候會不會開你的盤口，要是你的賠率大，小弟我就押上全部家當，賭你勝！狠狠賺上一票！」

月師姐白了我一眼道：「沒個正經，小師弟，你是不是窮瘋了，跟師姐說，雖然我們白家的生意再加上父親的崑崙武道都沒有『洗武堂』賺得多，不過師姐借給你幾百萬零花錢還是很容易的。」

我啞然失笑道：「小弟我還沒窮到要向師姐借錢過日子的慘相，真到了那麼一天，小弟我還有一手煉丹製器的本領，還會怕沒飯吃嗎，師姐過慮了。」

月師姐咯咯笑道：「這我倒忘了，等真到那麼一天啊，師姐我就把你買了，每天讓你給我煉丹製兵器！小師弟，師姐還差一柄趁手的兵器，你什麼時候幫我煉製一柄啊？」

我道：「你明明知道『煉器坊』就是三叔的產業，你只管去找三叔，求三叔幫你煉製一柄，何苦來勒索我這三腳貓的本領！」

月師姐道：「你又不是不知道三叔和父親他們一塊兒歸隱了，你讓我找誰？」

我一邊看著台上向觀眾致敬的愛娃兩人，一邊隨口道：「我就不信，以『煉器坊』這麼多雄居煉器榜第一位的水準，會連一個煉器高手都沒有！聽說三叔不是有一個兒子嗎，你認不認識？」

月師姐氣道：「別和我提那小子，那個臭小子整天只知道追逐在女人的裙角邊，論武道修爲更是差得一塌糊塗，三叔的煉器術他也不願學，就會一些不知從哪學來的障眼法，成天捉弄別人，如果我要不看在三叔的面子上，他有幾隻臭手都讓我給剁了！」

看著她氣恨難平的架勢，好像兩人之間的怨恨不小啊，我試探地道：「他不會膽大包天的對師姐您起了什麼心吧！」

月師姐哼了聲，寒著臉道：「他敢起什麼賊心啊，就算敢起，也要小心我剁了那隻惹是生非的爪子！」

我光看月師姐忿忿的樣子，就知道這位未見面的三叔兒子定是招惹過師姐，以師姐的直腸子脾氣，心裏的那點事全擺到臉上了，這不禁讓我對他產生了極大的興趣，有誰會敢打母老虎的主意！

月師姐道：「藍薇不是去了夢幻星嗎？你有沒有叮囑她，去了夢幻星要小心那個草包花花公子。」

「藍薇？」我呵呵笑道：「你知道藍薇以前被人稱作什麼嗎？冰山美人，別人就是想看她的一個笑臉都難比登天，而且藍薇的修爲與我差不多，就算有人想用強的，也只是徒勞心力！」我又暗道還有一個脾氣更厲害的風笑兒和天下第一保鏢的肥豬王。這三個人的組合，不是誰都可以靠近的。

月師姐道：「藍薇竟然和你實力差不了多少！哇！師姐可真是沒有多少優勢了！不行，小師弟，你一定要幫我煉製一柄趁手的武器！」

我也不推辭，道：「沒問題，只要師姐的命令，小弟怎麼會反對呢，不過我現在啊，是一點煉器用的材料都沒有，只有等再過一段日子再說吧。」

月師姐道：「你需要什麼材料，回頭都告訴我，等我先回后羿，幫你準備去。」

我忽然想到一個問題，道：「這個先不急，我想問你，你和『洗武堂』的洪海認不認識？」

師姐道：「二叔的老屬下了，熟得很！」

我喜道：「既然你和洪海很熟，那你一定對他有所瞭解吧。」

月師姐道：「那是當然，二叔尚未歸隱之前，我是經常去看他的，所以也時常看到洪海，洪海對二叔忠心耿耿，爲人也古道熱腸，平時和我說話的時候都是和顏悅色的，不過就是癡心於煉製丹藥，癡迷程度無人能比。他有什麼不對勁的地方嗎？」

我心中暗道，難道是自己太過小心了嗎？所以有些疑神疑鬼的，誤以爲洪海與飛船聯盟是沆瀣一氣，其實卻不然！可是種種跡象表明，洪海確實形跡可疑啊，本以爲師姐會說出一些更讓我堅定的話，卻不曾想，月師姐對洪海的印象這麼好，這倒令我更加糊塗了。

我正容道：「師姐，我與洪海兩人，你更相信哪一個？」

精彩內容請續看《馭獸齋傳說》卷五　魔獸迷蹤

【同場加映】

出場寵獸特色簡介

豬豬寵：粉紅色的皮膚，嬌小精緻的身體，不具有任何攻擊力，是一種輔助性質的寵獸，平常喜睡，但是因為其憨厚的模樣受到女孩子們的喜愛。可以進行時間和空間的跳躍，非常神奇的寵獸。因為有了這隻寵獸，依天才能安然穿過時空隧道，不至於死在強大敵人的手中，雖不具有攻擊力，卻不可缺少。

小馬王：依天在第四行星獲得的另一枚寵獸蛋，後贈於自己的愛妻藍薇，在夢幻星逐漸長大，因為棗紅色的鬃毛而得名棗子，後在全家定居在方舟山時，成為山上的一個小霸王。

七小：七隻幼年狼寵，是飛狗與母狼王的孩子，聰明而強悍，擁有無窮的潛力，更從父親那裏繼承了龍丹的力量，是狼原中無數小狼的王，七個小傢伙調皮可愛，最喜歡吃魚，粉嫩的腳掌卻快速有力，連似鳳也深受七個小東西的虐待，粉嘟嘟的鼻子靈敏無比。最後隨依天離開了第四行星。逐漸成長為無可匹敵的天狼！

似鳳：最接近鳳凰的種族，是鳳凰的旁支，體型嬌小，形似鳳凰而得名，身披鳳衣，在頭腹胸尾背分別有五種顏色鐫刻著「仁義禮智信」五字，善百音，可以將音樂轉化為克敵的強大武器，智慧無比，可懂人言，可惜貪玩、貪吃，是個狡猾的小東西。速度極快，任何一種寵獸都無法比擬。

就因為有牠的存在，依天的英雄之旅才顯得不那麼孤單。與主人合體後，會在背後形成兩隻嬌小的翅膀，只是這對翅膀裝飾的作用更大些，是讓依天又喜歡又頭疼的小傢伙，是依天極為重要的寵獸之一。

雙頂火鶴：六級中品的雙頂火鶴，火屬性，具有操控火的本領，是洪海的寵獸，用來在煉丹時細微的控制火候。

小龜：可愛的小東西，聰明乖巧，剛出生時，幼嫩的身體，通體烏色，靈動的小眼睛顯得十分機靈，合體後可寄予主人很強的抗擊打力。依天第一隻寵獸，得自一隻野生龜寵的卵，孵化後隨著依天一塊成長，為依天立下汗馬功勞，成就依天「鎧甲王」的尊號。乃是水中的霸者，後被依天煉為鼎靈，從奴隸獸進化至七級護體獸鼎級行列。在成長過程中屢次幫助依天度過劫難。是依天不可缺少的寵獸。

翻山鼠寵：飛船聯盟中龍四的寵獸，屬於神獸級別，威力強大，身體碩大，宛如獅虎，強大的力量可輕易撕碎自己的敵人，具有特殊的本領，能從土地中變化出千斤重大石來攻擊敵人。

荔花鼠：因為喜食荔枝花而得名，沒有戰鬥力，但是卻擁有寵獸界中最靈敏的嗅覺。毛色白黃相間，圓頭圓腦，模樣可愛。

【同場加映】

出場人物簡介

依天：依天以龍丹之力硬闖五大傳世神劍，在第四行星，歷經數次生死，在眾多朋友和寵獸的幫助下，斬殺魔鬼，蕩平邪惡城堡。在后羿星除掉為害甚大的魔羅，又幫助梅魁登上家主之位，除去為禍后羿人民數十年的飛船聯盟組織。歷經各種磨難，終於獲得藍薇的青睞，暢遊方舟星太陽海，卻意外的驚醒了一個絕世兇惡的人物……

風笑兒：擁有具變形能力的異形獸，是四大星球中最有名的超級歌星，美若天仙，與李藍薇是閨中好友，曾在依天剛到后羿星時有過誤會。具有非凡的武道修為，並把對音樂的造詣轉化為奇特的武道，以樂符作為攻擊的武器。

李藍薇：容貌氣質具佳，美麗可人，後與依天喜結良緣。具有很高的武學天分，得到李家五大傳世神劍「霜之哀傷」的認主，並在依天的說明下喚出劍中沉睡了幾百年的上古神獸「九尾冰狐」。與依天感情深厚。

梅魁：修煉梅家家主的最高武學「無影功法」，是梅家年輕一代中最傑出的人物，在梅無影逝世後成為家主。與依天是好朋友。

梅妙兒：梅家的小公主，嬌媚的麗人，深受梅無影寵愛，喜愛李雄。在梅家遭遇大變之後，最終與李雄確定了關係。

李雄：李家年輕一輩中第一高手，從小被藍薇的父母收養，對李藍薇有非同一般的感情，但是在依天出現後，黯然退出，將藍薇的一生幸福託付給了依天，並與依天成為好朋友。李雄擁有李家五大傳世神劍的「火之熱情」，是默認的下一代李家家主。

李獵：李家年輕一代中的高手，幾次試圖喚醒五大傳世神劍，都未能成功，因此有些自暴自棄，後與依天結為好友，得到了依天的魚皮蛇紋刀，並由此而攀登上武道另一高峰。

白月：依天的師姐，四大聖者之一力王的女兒，父親隱世後，繼承了父親的「崑崙武道」，是個性格剛強的女人，與依天的關係很好。武道修為上雖然不若依天，亦極為精深。

三老：崑崙武道的三位長老，忠於身為四大聖者之一的力王，修為極高，但是過於頑固。

梅無影：最負盛名的家主之一，人稱欺天無影，擁有神器乾坤環，有「乾坤環現，天地一變」的說法，最後與魔羅同歸於盡。

洪海：跟隨四大聖者之一的鷹王闖蕩天下，對「洗武堂」的建立發展功不可沒，但是過於迷戀「洗武堂」，令他犯下不可饒恕的錯誤。

洪曆：洪海的徒弟，覬覦依天的少主之位，野心勃勃的妄圖篡奪，取而代之。

龍四：飛船聯盟中主幹之一，為人豪爽忠於愛情，卻誤入歧途。飛船聯盟被政府軍擊潰後，被抓住，由於配合政府剿滅飛船聯盟，與自己心愛的女人歸隱田園。

菲菲：龍四最心愛的女人，為了救龍四不得不與政府合作，幸好兩人有一個完美的結局。

塔法將軍：政府部門與依天合力剿滅飛船聯盟的少將，功不可沒。

警備司令：奸狡之人，政府中的敗類，與飛船聯盟沆瀣一氣，飛船聯盟倒台後，馬上搶奪了飛船聯盟在牛頭城的地盤。

索斐：藍天城索斐家族是后羿星最老的一個黑道勢力的家族，也是勢力最大，根基最穩的一個家族，和許多政客都有密切的關聯。甚至和許多白道家族也有很好的關係。

愛娃：里威的孫女，美麗乖巧，性格溫柔可人，巧得依天的三級寵白龜。與依天關係親密，情同兄妹，後進入地球第一武道學校「北斗武道」進修。

龍姓老者：五鼠的師父，修為絕高，自創鼠流派，因疼愛五鼠又不忍心收拾作惡的五人，掩耳盜鈴的躲在紫城書院。

地球武道校長：一個充滿智慧的老人，修為很高，在依天追擊五鼠到地球時，指點過依天。

幻獸志異 ④ 潛龍之力（原名：馭獸齋傳說）

作　　者：雨　魔
發 行 人：陳曉林
出 版 所：風雲時代出版股份有限公司
地　　址：105台北市民生東路五段178號7樓之3
風雲書網：http://www.eastbooks.com.tw
官方部落格：http://eastbooks.pixnet.net/blog
信　　箱：h7560949@ms15.hinet.net
郵撥帳號：12043291
服務專線：(02)27560949
傳眞專線：(02)27653799
執行主編：劉宇青
美術編輯：吳宗潔

法律顧問：永然法律事務所　李永然律師
　　　　　北辰著作權事務所　蕭雄淋律師
版權授權：蔡雷平
初版換封：2015年9月

ISBN：978-986-352-218-8

總 經 銷：成信文化事業股份有限公司
地　　址：新北市新店區中正路四維巷二弄2號4樓
電　　話：(02)2219-2080

行政院新聞局局版台業字第3595號
營利事業統一編號22759935

定 價：280元　特價：199元

國家圖書館出版品預行編目資料

幻獸志異 / 雨魔 著. — 初版. —
臺北市 ： 風雲時代, 2015.07-
冊 ； 公分
ISBN 978-986-352-218-8(第4冊 ： 平裝). —

857.7　　104009473